Einblicke · Durchblicke

Erich Fried

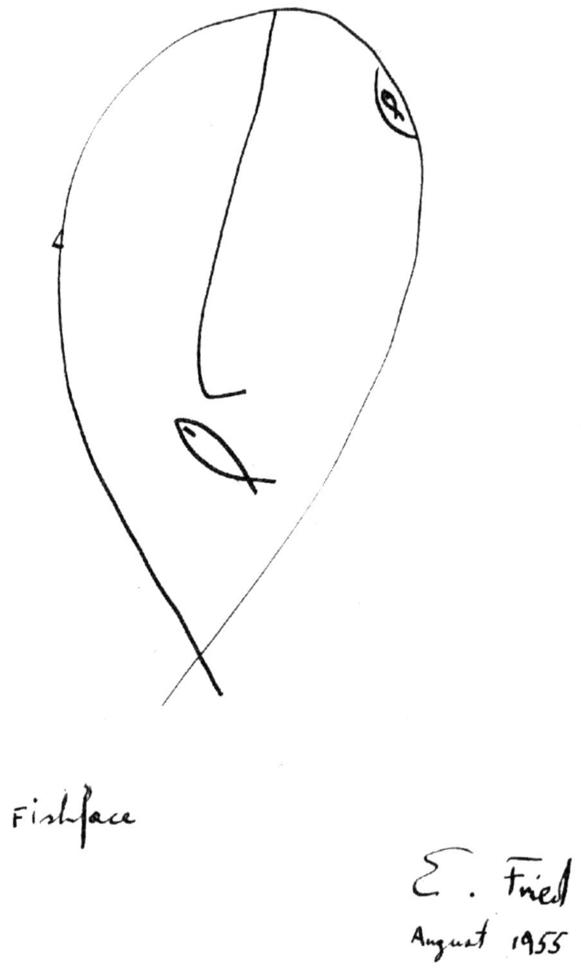


»Fishface«
Zeichnung mit eigenhändiger Signatur von
Erich Fried in blauer Tinte
London: August 1955
(Nachlaß Erich Fried, Österreichisches Literaturarchiv
an der Österreichischen Nationalbibliothek)

# Einblicke · Durchblicke

Fundstücke und Werkstattberichte
aus dem Nachlaß von Erich Fried

Im Auftrag der
Österreichischen Nationalbibliothek
zusammengestellt von
Volker Kaukoreit

Verlag Turia & Kant
Wien

**Die Deutsche Bibliothek - CIP-Einheitsaufnahme**

**Einblicke - Durchblicke** : Fundstücke und
Werkstattberichte aus dem Nachlaß von Erich Fried.
[Eine Publikation der Österreichischen Nationalbibliothek (Wien)]
/ Zsges. von Volker Kaukoreit. - Wien : Turia und Kant, 1993
ISBN 3-85132-067-0
NE: Fried, Erich; Kaukoreit, Volker [Hrsg.];
Österreichische Nationalbibliothek <Wien>

Eine Publikation
der Österreichischen Nationalbibliothek (Wien)
in Zusammenarbeit mit dem Bundesministerium für
Wissenschaft und Forschung in Wien
und der Internationalen Erich Fried Gesellschaft für
Sprache und Literatur in Wien

Einband unter Verwendung eines Fotos von
Isabel Snyder (New York)



ISBN 3-85132-067-0
Verlag Turia & Kant 1993
A-1190 Wien, Weinberggasse 17

# Inhalt


Vorwort und Dank ....................................................................7

**Der Nachlass** .................................................................... 11

- *Volker Kaukoreit*
  Abenteuer Praxis – Die Bearbeitung des Nachlasses von Erich Fried .................................................................... 13

**I. Nachlassgruppe 1 – Werke und Aufzeichnungen** ....................................................................29

Lyrik-Werkschau .................................................................... 31

- Umschlagentwurf zum »Deutschland«-Band (1944), »Österreich« (1945), »Oskar Übel«, »Einheitslied« und »Die Schlacht um Frankreich« (3 Gedichte aus Frieds »Tagebuch«, 1942–43), »Die Abnehmer« und »Totenmaske« (2 »Warngedichte«), »Fragen eines engagierten Dichters« (1973), »35 Jahre nach einem Begräbnis / für Franz Baermann Steiner« (1986), »Auf der Suche« (1986), »Der Schonung bedürftig« (1987) ....................................................................31
- Allerlei Reimarten (1947) ....................................................................40

Prosa-Werkschau .................................................................... 45

- »Ein Soldat und ein Mädchen«, »Die schönen Augen«, »Angst und Trost«, »Der Klapperstorch«....................45

Erich Fried und die BBC .................................................................... 51

- *Volker Kaukoreit*
  Erich Fried als politischer Kommentator des »German Soviet Zone Programme« der BBC - Eine erste Bestandsaufnahme....................................................................51

Erich Fried als szenischer Dichter .................................................................... 70

- *Werner Rotter*
  Sprache · Fried · Stücke - Ein Einblick in unbekanntes Nachlaßmaterial....................................................................75

Erich Frieds autobiographische Aufzeichnungen ................ 82

- *Izabella Ferens*
  »Meine Zeit ist zu ereignisreich für ein Tagebuch«
  Erich Frieds »Tagebuch aus den Jahren 1942 und 1943« ......87

**II. Nachlassgruppe 2 – Die Korrespondenz** .............93

- Auszüge aus Schreiben an Alfred Döblin, C. Busby Smith, Peter Zadek, Stephan Hermlin, Wolfgang Kraus und Richard von Weizsäcker ................................................ 98
- Auszüge aus Schreiben von Alfred Döblin, Walter Buchebner, Christoph Meckel, Ernst Jandl, Heinz Cleve, Anne Duden, Peter-Paul Zahl, Hugo Huppert und Gitta Deutsch ................................................ 102
- Briefe von Heinrich Mann, Theodor Kramer, Georg Eisler, Hilde Spiel und Rudi Dutschke ...................... 108

**III. Nachlassgruppe 3 – Lebensdokumente** ............ 113

- Amtliche Dokumente, Einladungen, Honorarabrechungen und Familiendokumente ................................................ 113

**IV. Nachlassgruppe 4 – Sammlungen** .........................124

- Handzettel, Werke anderer Autoren, politische Broschüren und Zeitschriften ................................................ 121

**V. Nachlassgruppe 5 – Die Bibliothek Erich Frieds** ................................................ 131

- *Ingrid Schramm*
  Die Ordnungssystematik der Nachlaß-Bibliothek................135

  *Ingrid Schramm*
- Erich Frieds »Shakespeare-Gallery« .................................... 145
- Der Shakespeare-Bestand in Frieds Nachlaß-Bibliothek ... 151

Die Widmungsexemplare der Fried-Bibliothek .................. 155

- *Irmelin M. Hoffer*
  In Verbundenheit und Verehrung ....................................... 156

**Rara, Kuriosa und Varia** ................................................ 169

Personenregister ................................................ 179

# Vorwort und Dank

Erich Fried, 1921 als Sohn einer jüdischen Familie in Wien geboren, wurde 1938 als Gymnasiast von den Nationalsozialisten ins Londoner Exil vertrieben. Fried blieb in England, wo er späterhin als renommierter Übersetzer aus der englischsprachigen Literatur wirkte. Mit seinen literarischen und journalistischen Arbeiten bezog er zunehmend Stellung gegenüber den politischen Entwicklungen in Deutschland und Österreich. Sein kritisches Wort vertrat er als »poète engagé« und Integrationsfigur der politischen Linken bei zahlreichen Lesungen, Vorträgen, Kundgebungen und Demonstrationen in diesen Ländern. Der Träger des »Österreichischen Staatspreises für Verdienste um die österreichische Kultur im Ausland« (1986) und eines der anerkanntesten deutschen Literaturpreise, des Georg-Büchner-Preises (1987), verstarb am 22. November 1988 in Baden-Baden.
Frieds Nachlaß wurde Ende 1989 von der Republik Österreich für die Österreichische Nationalbiliothek angekauft, wo er seit März 1992 im neu eingerichteten Österreichischen Literaturarchiv bearbeitet wird. Anläßlich des fünften Todestages wurde von hier aus die Wiener Ausstellung »Einblicke · Durchblicke. Fundstücke und Werkstattberichte aus dem Nachlaß von Erich Fried« organisiert, bei deren Vorbereitung die vorliegende Publikation entstand. Ausstellung und Begleitbuch beabsichtigen nicht nur die Präsentation von repräsentativen Exponaten bzw. Katalogisaten zu Leben, Werk und Arbeitsstil Erich Frieds, sondern auch eine Einsicht in die wissenschaftliche Methodik bei der Nachlaßbearbeitung unter dem Gesichtspunkt einer ›Work-in-progress‹-Dokumentation.
Dank für die Unterstützung und Mitträgerschaft des Gesamtprojekts schulden wir dem Bundesministerium für Wissenschaft und Forschung und der Internationalen Erich Fried Gesellschaft für Sprache und Literatur. Weitere Institutionen, Verlage und Personen, die durch Abdruckgenehmigungen oder sonstigen Beistand Ausstellung und Katalog förderten, sind: Walter Buchebner Ge-

sellschaft, Erwin Chvojka, Frieda Cleve, Gitta Deutsch, Anne Duden, Georg Eisler, Dr. Erler (Aufbau Verlag, Berlin), Lili Flechtheim, Peter M. Hamel, Ernst Jandl, Lou Fischer, Kurt Groenewold, Hans A. Neunzig, Zora Otálora, Siedler Verlag (Berlin), Ginka Steinwachs, Suhrkamp Verlag (Frankfurt / M.), Verlag Klaus Wagenbach (Berlin), Peter-Paul Zahl und die Fotografen: Heidi Heide, Gisela Erlacher, Peter Peitsch und Reinhard Werner. Auch hausintern ist zu danken, Herrn Generaldirektor Dr. Marte, Herrn Generaldirektor Stellvertreter Hofrat Dr. Lang, Frau Ingrid Oentrich vom Fotoatelier und Frau Brigitte Hascher (Forschungsabteilung). Nicht zustande gekommen wäre das vorliegende Buch ohne den selbstlosen und freizeitraubenden Einsatz der Beiträger Izabella Ferens (Posen/Polen), Irmelin M. Hoffer (Erich Fried Gesellschaft), Werner Rotter und Ingrid Schramm (beide Österreichische Nationalbiliothek).
Trotz intensiver Nachforschungen konnten nicht alle Urheberrechte an Fotos und Texten ermittelt werden. Berechtigte Ansprüche mögen der Österreichischen Nationalbibliothek zugetragen werden.

*Dr. Volker Kaukoreit*
*Projektleiter*

*Dr. Rüdiger Schiferer*
*Öffentlichkeitsarbeit*

Österreichische Nationalbibliothek
Wien, im August 1993

Erich Fried bei einer Lesung in der
»Altstadtschmiede« in Recklinghausen am
23.10.1983 (Foto: Dieter H. Lohse).

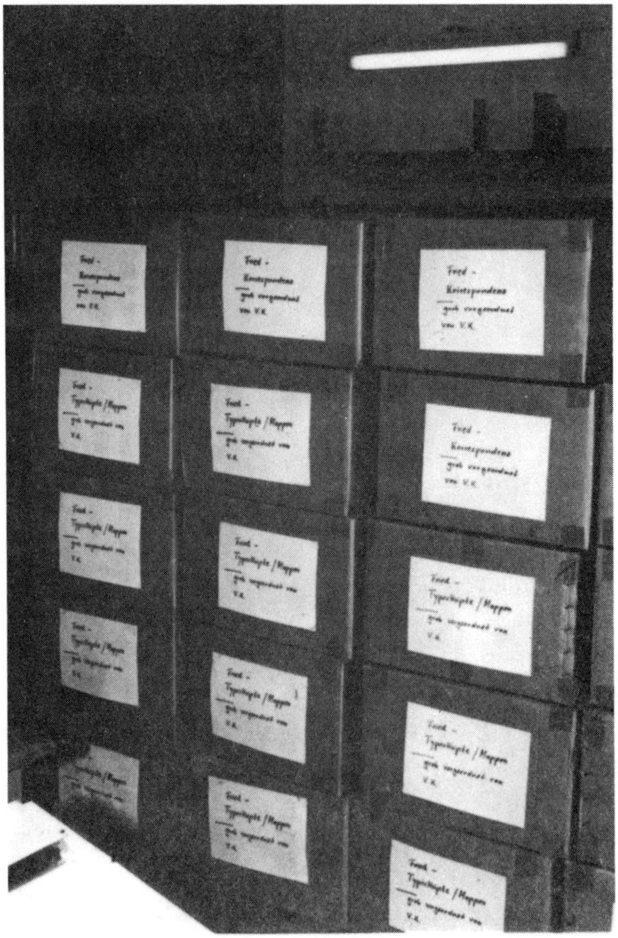

Fünfzehn von rund 200 Umzugsschachteln aus dem Nachlaß von Erich Fried, deren Inhalt bei der Erstdurchsicht grob vorgeordnet wurde.

# Der Nachlass

# Abenteuer Praxis – Die Bearbeitung des Nachlasses von Erich Fried

*Volker Kaukoreit*

Erich Fried war ein Sammler, leidenschaftlich, aber ungewöhnlich. Von seinen Papieren hat er offenbar so gut wie nichts ausgesondert und weggeworfen. Bis unter die Decke verstaute er sie in seinem Londoner Arbeitszimmer. Aber auch dort, wo sich sonst im Hause noch Platz befand, nutzte er diesen als ›Unterschlupf‹ für seine Arbeitsunterlagen, sogar in einem Schuppen im Garten. Ganz seiner liebenswert unbürgerlichen Art gemäß deponierte er sie zum Teil in Pappkartons, Holzschachteln, Plastiktüten und Obststeigen. Es mag daher nicht verwundern, daß bei der bekannten Produktivität des Schriftstellers, Journalisten und Übersetzers der Nachlaß über einen außergewöhnlich großen Umfang verfügt. Dieser besteht aus rund 200 Umzugskartons mit vermischten Papieren (Werkmanuskripten, Korrespondenzen, Drucksachen etc.) und 120 Kisten Bibliothek.
Alles in allem stellt dieser Nachlaß nicht nur ein bedeutendes Forschungsareal in bezug auf einen der großen Repräsentanten der deutschsprachigen Nachkriegsliteratur dar. Die Reichhaltigkeit seines Materials bietet sich darüber hinaus auch für fachübergreifende Fragestellungen an, beispielsweise für Forschungsschwerpunkte wie »Exil« und österreichische und deutsche »Zeitgeschichte« und »Tagespolitik«.

## Die Grob-Systematik

Zusammen mit der ersten Durchsicht des komplexen Materials stellte sich als vordringliche Aufgabe die Erstellung einer Ordnungssystematik. Diese orientiert sich im Grobaufbau an den Vorgaben der Deutschen Forschungsgemeinschaft (»Richtlinien Handschriftenkatalogisierung«, 4. Aufl. 1985) und an den von Christoph König erarbeiteten Vorschlägen (»Verwaltung und wissenschaftliche Erschließung von Nachlässen in Literaturarchiven. Österreichische Richtlinien als Modell«, München u.a.: Saur 1988). Von diesen Ansätzen ausgehend, aber in manchen Punkten abweichend, wurde die Nachlaß-Ordnung in vier Hauptgruppen untergliedert und für den besonderen Fall eine Gruppe 5 zur Bibliothek nachgestellt:

1. E. Fried: Werke, persönliche Aufzeichnungen und künstlerische Objekte
2. Korrespondenz
3. Lebensdokumente
4. Sammlungen
5 Bibliothek

Für die ersten vier Hauptgruppen (wie auch für die Bibliotheks-systematik; vgl. dazu S. 131–143) galt es daraufhin Untergruppen zu finden, die sowohl dem Nachlasser Fried als auch der Vielschichtigkeit des vorhandenen Materials gerecht werden sollten. Hier konnte der Nachlaßbearbeiter auf eigene Vorarbeiten zu einer feinuntergliederten Fried-Bibliographie zurückgreifen und zusätzliche Kategorien aus der ersten Sichtung des Nachlasses gewinnen.
Die erste Gruppe trennt Fried als Verfasser eigener Werke vom Übersetzer. Diesem nachgeordnet ist der Tagebuchschreiber, Erfinder, bildende Künstler und Interviewpartner Fried. Während die Untergliederung der Gruppen 2 (Korrespondenz) und 3 (Lebensdokumente) keine sonderlichen Schwierigkeiten bereitete und eigentlich auch keiner weiteren Erläuterung bedarf, erwies sich die Ausdifferenzierung der Gruppe 4 (Sammlungen), die den gesamten restlichen Nachlaß repräsentiert, als problematisch. Hier wurde zuerst wieder der Autor Fried berücksichtigt, wobei Bearbeitungen seiner Werke den Ausgangspunkt bilden. Es folgt die Sekundärliteratur (inklusive Presseberichte) zu Fried, in etwa analog zu den Untergruppen der Gruppe 1. Die Person Erich Frieds steht im Vordergrund bis zur Untergruppe 4.9. Danach folgen Sammlungsschwerpunkte, deren Reihenfolge zum Teil mehr oder weniger beliebig erscheinen mag. So etwa wäre es denkbar gewesen, die für den Fried-Nachlaß gewichtige, aber hier unter der Absatznummer 4.10 laufende Gruppe »Werke anderer Autoren« besonders hervorzuheben. Um die an sich übersichtli-

che Grob-Konzeption nicht zu verändern, wurde darauf verzichtet. Eine Hervorhebung wurde auch hinsichtlich der sich im Fried-Nachlaß befindlichen Papiere Hugo Frieds erwogen. Sie wurden letztendlich als (Krypto-)Teilnachlaß an den Schluß der Gruppe »Sammlungen« gestellt (4.30), wo sie bei späterer Bearbeitung nach den Kriterien der vorgestellten Nachlaß-ordnung untergliedert werden sollen. Noch ungelöst ist das Problem der Zuordnung von Zeitungen und Periodika, die bisher provisorisch in den »Sammlungen« unter 4.22 geführt werden. Möglicherweise wird diese Gruppe später in die »Bibliothek« überführt.

Durch die detaillierte Gliederung der Nachlaß-Systematik in den Untergruppen besteht die Gefahr, daß der Benutzer möglicherweise die Übersicht verliert. Aus diesem Grund ist geplant, die Nachlaß-Ordnung in einer ›doppelten Ausführung‹ zu präsentieren: in der systematischen Version und umgesetzt in ein alphabetisches Register, das einen raschen Zugriff zu einem gesuchten Titel, Thema oder Stichwort erlaubt. Die Eintragungen dieses Registers muß man sich folgendermaßen vorstellen:

| | |
|---|---|
| »Am Rand unserer Lebenszeit« | 1.1.1.31, 4.2.2.51 |
| »Anfechtungen« | 1.1.1.8, 4.2.2.10 |
| »Angst und Trost« | 1.3.2, 4.2.2.35 |
| Adressen | 1.10.13, 3.9 |
| Afrika | 5.9.4.4 |
| Agenturen (Verträge) | 3.4 |
| Akademisch-wissenschaftliche Schriften (unpubliziert) | 4.2.12 |
| Anarchismus | 5.9.1.3 |
| Andere Autoren (Werke) | 4.10 |
| Anonyme Zuschriften | 2.2.3 |
| Antiatomkraftbewegung | 5.9.5.3 |
| Antisemitismus | 5.10.3 |
| Appelle (politische) | 1.7 |
| »Arden muß sterben« | 1.4.1.8, 4.2.2.11, 4.2.3.1 |
| Asien | 5.9.4.2 |
| Aufsätze Frieds | 1.6, 5.2.3 |
| »Aufforderung zur Unruhe« | 1.1.1.14, 4.2.2.18 |
| »Auf den Tod des Generalbundesanwalts Siegfried Buback« | 4.2.8.3 |
| Aufrufe (politische) | 1.7 |
| Auftritte (öffentliche) | 4.2.10 |
| Ausweise | 3.1.2 |
| Autobiographisches | 1.1 |
| Autorenwidmungen | 5.5.1 |
| etc. | |

## Ordnungs-Systematik für den Nachlaß von Erich Fried (Stand: 15.8.1993)

**1 E. Fried: Werke, persönliche Aufzeichnungen und künstlerische Objekte**

1.1 Lyrik
- 1.1.1 Lyrikbände
  - 1.1.1.1 Deutschland (1944)
  - 1.1.1.2 Österreich (1946)
  - 1.1.1.3 Gedichte (1958)
  - bis
  - 1.1.1.37 Unverwundenes (1988)
  - 1.1.1.38 Totenköpfe (1988)
- 1.1.2 Konvolute / Sammlungen
- 1.1.3 Einzelgedichte
- 1.1.4 Gedichte in eigenen Übersetzungen
- 1.1.5 (Unidentifizierte) Gedichtentwürfe und -fragmente
- 1.1.6 Gedichtlisten
- 1.1.7 Vorsatzblätter und Mappen zu Gedichten

1.2 Prosa
- 1.2.1 Roman »Ein Soldat und ein Mädchen«
- 1.2.2 Kurzprosa
  - 1.2.2.1 Prosabände
    - 1.2.2.1.1 Kinder und Narren (1965)
    - bis
    - 1.2.2.1.5 Mitunter sogar Lachen (1986)
  - 1.2.2.2 Konvolute / Sammlungen
  - 1.2.2.3 Einzelne Kurzprosastücke
  - 1.2.2.4 Kurzprosastücke in eigenen Übersetzungen
  - 1.2.2.5 (Bisher nicht identifizierte) Kurzprosafragmente
- 1.2.3 Aphorismen

1.3 Sammelbände (mit Lyrik, Prosa etc.) und Fried als Mitautor und Herausgeber (Buchausgaben)
- 1.3.1 [Mitautor]: Intellektuelle und Sozialismus (1968)
- bis
- 1.3.10 Mißtrauen lernen (1989)

1.4 Bühnenarbeiten (inklsv. Libretti)
- 1.4.1 Stücke / Dramen / Libretti
  - 1.4.1.1 Ring-Rund (1941)
  - 1.4.1.2 Die Schule der 5. Kolonne (1942)
  - bis
  - 1.4.1.9 ... und alle seine Mörder ... (1984)
- 1.4.2 Bearbeitungen von Stücken anderer (ggf. auch Hörspiel- und Filmdrehbuch-Fassungen)

1.5 Hör- und Fernsehspiele
- 1.5.1 Die Hunde oder Wetter veränderlich (o.J.)
- bis
- 1.5.7 Welch' Licht scheint dort (1980)

1.6 Aufsätze, Reden, Besprechungen, Vorworte, Rundfunkbeiträge
- 1.6.1 Aufsätze, Reden, Besprechungen, Vorworte
- 1.6.2 Rundfunkbeiträge
  - 1.6.2.1 BBC
    - 1.6.2.1.1 BBC-GSZP »Intimus«
    - 1.6.2.1.2 BBC-GSZP »Kritischer und kritikloser Kommunismus«
    - 1.6.2.1.3 BBC-GSZP »Kultur und Ideologie«
    - 1.6.2.1.4 BBC-GSZP – Sonstiges
    - 1.6.2.1.5 BBC (außerhalb vom GSZP)
  - 1.6.2.2 Hessischer Rundfunk
  - 1.6.2.3 Norddeutscher Rundfunk
  - 1.6.2.4 Österreichischer Rundfunk
  - 1.6.2.5 Radio Bremen
  - 1.6.2.6 Süddeutscher Rundfunk
  - 1.6.2.7 Südwestfunk
    - 1.6.2.7.1 SWF »Blick in die Zeit«
    - 1.6.2.7.2 SWF – Sonstiges
  - 1.6.2.8 Westdeutscher Rundfunk
    - 1.6.2.8.1 WDR »Kritisches Tagebuch«
    - 1.6.2.8.2 WDR – Sonstiges

1.7 Politische Aufrufe, Manifeste, Appelle mit Beteiligung Frieds

1.8 Übersetzungen
- 1.8.1 David Rokeah
- 1.8.2 William Shakespeare
  - 1.8.2.1 Hanser-Ausgabe 1968
  - 1.8.2.2 Einzelstücke (in der Ordnung der Wagenbach-Gesamtausgabe von 1989).
- 1.8.3 Dylan Thomas
- 1.8.4 Weitere Autoren (A-Z)
- 1.8.5 Übersetzungen anonymer Texte
  - 1.8.5.1 Einzeltexte
  - 1.8.5.2 Betreff: Yorker Mysterien
- 1.8.6 Sammelübersetzungen
- 1.8.7 Nicht identifizierte Übersetzungen
  - 1.8.7.1 Einzeltexte
  - 1.8.7.2 Vermischtes (Fragmente etc.)

1.9 Bearbeitungen (von Texten anderer Autoren, außer Bühnenbearbeitungen)

1.10 Notizen, Autobiographisches
- 1.10.1 Tagebücher
- 1.10.2 Notizbücher und Kalender
- 1.10.3 Autobiographische Notizen
- 1.10.4 Notizen zur Literatur und anderen Autoren
- 1.10.5 Notizen zu eigenen literarischen Arbeiten (unidentifiziert)
- 1.10.6 Notizen zu Lesungen und öffentl. Auftritten
- 1.10.7 Notizen zur Politik
- 1.10.8 Vermischte Notizen (zu mehreren Themen)
- 1.10.9 Notizen zu Reisen (Reisepläne)
- 1.10.10 Notizen zur Finanzlage
- 1.10.11 Notizen für Besucher des Hauses

1.10.12 Notizen u. Mitteilungen für weitere (unidentifizierte) Personen
1.10.13 Notizzettel – Adressen u. Telefonnummern
1.10.14 Notizzettel – Diverses
1.10.15 Nicht eindeutig zu identifizierende Notizen

1.11 Erfindungen

1.12 Künstlerische Objekte

1.13 Interviews

1.14 Ton- und Videomaterial (Fried liest eigene Werke etc.)

1.15 Varia

1.16 Zweifelhaftes

**2 Korrespondenz**

2.1 Von Erich Fried
2.1.1 Laufende Korrespondenzen
2.1.1.1 Empfänger A-Z
2.1.1.2 Nicht identifizierte Empfänger
2.1.2 Leserbriefe und Offene Briefe
2.1.3 Briefumschläge ohne Inhalt

2.2 An Erich Fried
2.2.1 Laufende Korrespondenzen
2.2.1.1 Schreiber A-Z
2.2.1.2 Nicht identifizierte Schreiber
2.2.2 Drucksachen (mit privatem Inhalt)
2.2.2.1 Geburtsanzeigen
2.2.2.2 Verlobungs- u. Hochzeitsanzeigen
2.2.2.3 Parten
2.2.3 Anonyme Zuschriften
2.2.4 Briefumschläge ohne Inhalt

**3 Lebensdokumente**

3.1 Allgemeine Lebensdokumente (Ausweise, Zeugnisse etc.)
3.1.1 Geburtsurkunde
3.1.2 Ausweise
3.1.3 Schul- und Berufszeugnisse
3.1.4 Krankheiten und Operationen
3.1.5 Testamente
3.1.6 Dokumente zum Tod

3.2 Behördenangelegenheiten und Mitgliedschaften (Verbände und Parteien)
3.2.1 Behörden: Deutschland
3.2.1.1 Bundesrepublik Deutschland
3.2.1.2 Deutsche Demokratische Republik
3.2.2 Behörden: England
3.2.3 Behörden: Österreich
3.2.4 Akademien, Gesellschaften und Verbände
3.2.5 Gewerkschaften und Parteien

- 3.3 Ehrungen und Würdigungen
  - 3.3.1 Literaturpreise
    - 3.3.1.1 Georg-Büchner-Preis
  - 3.3.2 Sonstige Würdigungen

- 3.4 Verträge, Vermögens- und Steuerangelegenheiten, Versicherungen, Rechnungen, Lieferscheine
  - 3.4.1 Verlage, Agenturen und Bühnen (Verträge, Honorar- u. Reisekostenabrechnungen)
  - 3.4.2 Rundfunk-, TV- und Film-Beiträge (Verträge, Honorar- u. Reisekostenabrechnungen)
  - 3.4.3 Zeitungs- und Zeitschriftenbeiträge (Verträge u. Honorarabrechnungen)
  - 3.4.4 Lesungen und öffentliche Auftritte (Verträge, Honorar- u. Reisekostenabrechnungen)
  - 3.4.5 Unterlagen, Verträge und Abrechungen zu Lehraufträgen
  - 3.4.6 Versicherungsangelegenheiten
    - 3.4.6.1 Pensionsversicherung
  - 3.4.7 Steuerangelegenheiten
  - 3.4.8 Bankangelegenheiten
  - 3.4.9 Haus- und Immobilienangelegenheiten
  - 3.4.10 Rechnungen (ohne Arzt-, Krankenhaus-, Immobilien- und Reisebüro-Rechnungen)
  - 3.4.11 Zollangelegenheiten
  - 3.4.12 Lieferscheine
  - 3.4.13 Mahnungen

- 3.5 Juristische Angelegenheiten
- 3.6 (Gedruckte) Einladungen
- 3.7 Eintrittskarten und Messe-Ausweise

- 3.8 Reisedokumente
  - 3.8.1 Fahrscheine, Flugtickets, Reisebüroabrechnungen
  - 3.8.2 Taxibelege

- 3.9 Anschriften und Visitenkarten
  - 3.9.1 Adressbücher
  - 3.9.2 Anschriften u. Visitenkarten lose

- 3.10 Lebensdokumente zur Familie
  - 3.10.1 Familiendokumente, allgemeines
  - 3.10.2 Stein, Malvine (Großmutter)
  - 3.10.3 Fried, Hugo (Vater)
  - 3.10.4 Fried, Nellie (Mutter)
  - 3.10.5 Marburg, Maria Elisabeth Adrienne Mathilde (1. Ehefrau)
  - 3.10.6 Eichner, Nan Marion Macrae (2. Ehefrau)
  - 3.10.7 Boswell, Catherine (3. Ehefrau)
  - 3.10.8 Fried, Hans Rolf (Sohn)
  - 3.10.9 Fried, David (Sohn)
  - 3.10.10 Fried, Katherine (Tochter)
  - 3.10.11 Fried, Petra (Tochter)
  - 3.10.12 Fried, Klaus (Sohn)
  - 3.10.13 Fried, Tom (Sohn)

- 3.11 Mitteilungen an Erich Fried von fremder Hand

## 4 Sammlungen

4.1 Fremdbearbeitungen von Fried-Werken
- 4.1.1 Übersetzungen
- 4.1.2 Vertonungen
- 4.1.3 Bühnenbearbeitungen

4.2 Sekundärliteratur zu Erich Fried (inklsv. Presseberichte)
- 4.2.1 Gesamtdarstellungen / Übergreifende Aufsätze / Portraits und Würdigungen
  - 4.2.1.1 Allgemeines
  - 4.2.1.2 Zum 50. Geburtstag
  - 4.2.1.3 Zum 60. Geburtstag
  - 4.2.1.4 Zum 65. Geburtstag
- 4.2.2 Zu den Buchausgaben
  - 4.2.2.1 Deutschland (1944)
  - 4.2.2.2 Österreich (1946)
  - 4.2.2.3 Gedichte (1958)
  - bis
  - 4.2.2.57 Totenköpfe (1988)
  - 4.2.2.58 Mißtrauen lernen (1989)

- 4.2.3 Zu den Bühnenarbeiten (Aufführungen)
  - 4.2.3.1 Arden muß sterben
  - 4.2.3.2 ... und alle seine Mörder ...

- 4.2.4 Zu den Hörspielen
  - 4.2.4.1 Die Expedition
  - 4.2.4.2 Indizienbeweise

- 4.2.5 Zur Lyrik
  - 4.2.5.1 Allgemeines
  - 4.2.5.2 Zu einzelnen Gedichten

- 4.2.6 Zur kleinen Prosa
  - 4.2.6.1 Allgemeines
  - 4.2.6.2 Zu einzelnen Texten

- 4.2.7 Zu Fried als Übersetzer
  - 4.2.7.1 Übergreifende Darstellungen
  - 4.2.7.2 Shakespeare-Übersetzungen
  - 4.2.7.3 Dylan Thomas-Übersetzungen
  - 4.2.7.4 Zu: Verschiedenes
    - 4.2.7.4.1 Der Stern, der tat sie lenken
  - 4.2.7.5 Programmhefte zu Aufführungen von Fried-Übersetzungen

- 4.2.8 Zu Konflikten und Kontroversen
  - 4.2.8.1 Zum Gedicht »Höre, Israel«, 1967
  - 4.2.8.2 Fried als Sachverständiger im Beleidigungsprozeß gegen Klaus Wagenbach, 1974
  - 4.2.8.3 Zum Gedicht »Auf den Tod des Generalbundesanwalts Siegfried Buback«, 1977
  - 4.2.8.4 Zum Gedicht »Die Anfrage« / Bremer Bürgerschaftsdebatte, 1977
  - 4.2.8.5 Zum »Schulbuch-Verbot« in Bayern, 1977/78

4.2.9 Repliken und Kommentare zu Fried

4.2.10 Zu öffentlichen Auftritten
- 4.2.10.1 Lesungen
- 4.2.10.2 Teilnahme an Kongressen, Podiumsdiskussionen, Pressekonferenzen und politischen Veranstaltungen

4.2.11 Zu Literaturpreisen, Ehrungen und Würdigungen
- 4.2.11.1 Wiener »Würdigungspreis für Literatur«, 1972
- bis
- 4.2.11.7 Ehrendoktorwürde der Universität Osnabrück, Januar 1988

4.2.12 Akademisch-wissenschaftliche Schriften zu Fried (unpubliziert)
4.2.13 Arbeiten von Schülern über und zu Fried

4.3 Ton- und Videomaterial von und über Fried
- 4.3.1 Tonbänder mit der Stimme Frieds (ohne eigene Werke)
- 4.3.2 Tonbänder (über Fried)
- 4.3.3 Videobänder und Filme

4.4 Fotos
- 4.4.1 Aufnahmen mit Fried
- 4.4.2 Familienfotos, Fotos mit Freunden u. Bekannten
- 4.4.3 Aufnahmen von Fried-Aufführungen (z.B. Übersetzungen)
- 4.4.4 Sonstige Fotos

4.5 Darstellungen anderer Künstler von Erich Fried

4.6 Material zu Veranstaltungen mit Fried (Poster, Programmhefte etc.)

4.7 Material zu Veranstaltungen über Fried

4.8 Material zu Veranstaltungen mit Fried-Vertonungen und Lesungen oder Inszenierungen von Fried-Texten

4.9 Material zu Erich Fried in Film, Funk und Fernsehen

4.10 Werke anderer Autoren (ohne BBC-Beiträge)
- 4.10.1 Autoren u. Herausgeber (alphabetisch)
- 4.10.2 Nicht identifizierte Werke (Einzelwerke)
- 4.10.3 Nicht identifizierte Werke (Vermischtes)

4.11 Kunstwerke anderer Künstler
- 4.11.1 Künstler (alphabetisch)
- 4.11.2 Nicht identifizierte Kunstwerke (einschließlich Kinderzeichnungen)

4.12 Tagebücher, Poesiealben etc. fremder Herkunft

4.13 Briefe, die weder von noch an Fried geschrieben sind

4.14 Dokumentationskonvolute
- 4.14.1 (Welt-) Politik und Soziales
- 4.14.2 Literatur und Kunst (allgemein)

4.15 Materialien zu anderen Literaten
4.16 Materialien zu literarischen Veranstaltungen (ohne E.F.)
4.17 Materialien zu anderen Personen (nicht Literatur)
4.18 Materialien zu Akademien, Gesellschaften und Verbänden
4.19 Materialien zu Gewerkschaften und Parteien

4.20 Materialien zu Rundfunk- und Fernsehanstalten
- 4.20.1 BBC
  - 4.20.1.1 Beiträge anderer BBC-Mitarbeiter
  - 4.20.1.2 Sonstiges (datiert)
  - 4.20.1.3 Sonstiges (undatiert)
- 4.20.2 Deutsche Welle
- 4.20.3 Norddeutscher Rundfunk
- 4.20.4 Süddeutscher Rundfunk
- 4.20.5 Westdeutscher Rundfunk

4.21 Theaterprogramme / Materialien zu einzelnen Bühnen

4.22 Zeitungen und Zeitschriften

4.23 Verlagsprogramme und Verlagswerbung
- 4.23.1 Verlage (A-Z)
- 4.23.2 Vermischtes

4.24 Reiseunterlagen (Landkarten, Touristik etc.)
- 4.24.1 Stadtpläne und Landkarten
- 4.24.2 Tourismus-Broschüren

4.25 Schallplatten
4.26 Postkarten
4.27 Briefmarken
4.28 Erinnerungsstücke des Nachlassers
4.29 Erinnerungsstücke an den Nachlasser
4.30 Der (Krypto-)Teilnachlaß von Hugo Fried

5 **Bibliothek** (vgl. S. 139–143).

Einblick in die Nachlaßarbeit im ersten Jahr (1992). Vorne auf den Tischen bearbeitete Mappen aus der Nachlaßgruppe 1. Im Hintergrund vorgeordnete Mappen und Schachteln, wie sie Erich Fried hinterlassen hat.

## Bearbeitungsweise und Einzelprobleme

Probleme bei der Aufarbeitung schafft nicht allein der enorme Umfang des Nachlasses. Als häufig reisender Schriftsteller hat Fried Papiere unterschiedlichster Art (eigene und fremde Manuskripte, Notizzettel, Drucksachen, Fahrscheine, Briefe etc.) oft in einer Ablage gesammelt, ohne diese jemals wieder zu sortieren. Viele solcher Ablagen, zumeist Einlegemappen, sind mit Aufschriften wie »Sichten«, »Laufend«, »Mixed« und »Material Tisch« versehen. Eine zügige Auflösung dieser Mappen bereitet im Einzelfall Schwierigkeiten, da bei schematischer Entnahme und Gattungszuordnung des Materials einerseits Datierungshinweise für undatierte Dokumente verloren gehen, andererseits die Gefahr besteht, Sachzusammenhänge auseinanderzureißen (z.B. Korrespondenzen und Beilagen, Werke und nicht adhoc zu identifizierende Notizen oder Beilagen dazu).
Zudem kommt es nicht selten vor, daß Frieds Beschriftungen zum Inhalt eines Ablageobjekts vom tatsächlichen Inhalt abweichen. Und selbst dort, wo Fried-Aufschrift und Inhalt übereinstimmen, stellen sich einer raschen Aufarbeitung Probleme, z.B. wenn verschiedene Textstufen eines umfangreicheren Werkes wild vermengt liegen. Alles in allem kann man sich nicht des Eindrucks erwehren, daß Fried seine Ablagen (ab irgendeinem Zeitpunkt) selbst nicht mehr überblickt und ursprüngliche Ordnungseinheiten bei späterem ›Durchforsten‹ oder bei dringlichen Suchaktionen zunehmend durcheinander gebracht hat.
Um den Auflösungsprozeß bestimmter, nicht zum Zusammenhalt geeigneter ›Sammelsurien‹, wie die oben erwähnten »Mixed«-Mappen, für die Forschung festzuhalten, wurden zu Beginn der Nachlaßbearbeitung die Erwerbslisten der Österreichischen Nationalbibliothek, die aber repräsentativ nur ein Achtel des Nachlasses im Feinbestand verzeichnen, präzisiert und erweitert, indem detaillierte ›Objekt‹-Beschreibungen mit Datierungsversuchen angelegt wurden. Dieser aufwendige Ansatz mußte aus Rationalisierungsgründen aufgegeben werden. Ausnahmsweise wird er etwa nur noch bei der Auflösung inhomogener Gedichtkonvolute beibehalten, bei denen eine Überführung in die Gruppe »Einzelgedichte« sinnvoll erscheint, das Forschungsinteresse am ursprünglichen Ablageort des isolierten Textes jedoch einbezogen werden muß.

An Stelle der umfassenden ›Objekt‹-Beschreibung werden nunmehr die wichtigsten, aus der Bearbeitung gewonnenen Informationen auf einem Bearbeiterblatt verzeichnet, das der betreffenden Archivalie beigelegt und somit auch dem Archiv-Benutzer zugänglich gemacht wird. Dieses »Erfassungsformular« ist auch in den österreichischen Richtlinien vorgesehen. Für die Bearbeitung des umfangreichen Fried-Nachlasses wurde es aber vereinfacht. Wo nötig, macht es nur noch Angaben zur Identifizierung (Allgemeine Angaben zum Verfasser bzw. Adressaten; Datierung; Publikations- bzw. Sendenachweis) und zum ursprünglichen ›Fundort‹ der Archivalie. Des weiteren läßt es Raum für allgemeine Anmerkungen. In bezug auf die Nachlaßgruppe 2 (Korrespondenz) verzeichnen diese Anmerkungen beispielsweise, daß bestimmte Briefe verschlossen waren und vom Nachlaßbearbeiter geöffnet wurden. Auch die Trennung von Beilagen, z.B. ein Manuskript eines anderen Autors, das der Nachlaßgruppe »Werke anderer Autoren« (4.10) zugeordnet wurde, wird an dieser Stelle festgehalten.
Zur Benutzung wird die einzelne Archivalie in (bei Bedarf säurefreie) Falt- und Flügelmappen abgelegt. Auf diesen Mappen sind verzeichnet: Nachlaßgruppe, Verfasser (u. ggf. Übersetzer), Titel (bei Gedichten Titel und Gedichtanfang), Art der Archivalie (z.B. Angabe zum Schrifttypus und Umfang), Beilage und Kollationsvermerk. Bei fehlendem Titel werden die vom Nachlaßbearbeiter gewählten Arbeitstitel (sowie etwaige Zusätze) in spitze Klammern gesetzt (vgl. z.B. die Auflistung von Erich Frieds GSZP-Beiträgen, S. 59–69). Für den auf S. 38 abgedruckten Entwurf des Gedichts »Auf der Suche« lautet die Mappenbeschriftung folgendermaßen:

Nachlaß Erich Fried
Gruppe 1.1.3

Fried, Erich
*Auf der Suche* ‹Entwurf und weitere Notizen›
Gedichtanfang: *Nacht für Nacht*

Eigenhändig (auf Briefumschlag des Verlages
Klaus Wagenbach mit Poststempel vom 15.9.1986)

1 Briefumschlag (beidseitig beschrieben)

In der Nachlaßgruppe 1.1.3 (»Einzelgedichte«) wird diese Mappe im Alphabet der Gedichtanfänge bewahrt (also: *N-acht).* Andere Nachlaßgruppen folgen wieder anderen Ordnungskriterien, für die Christoph König maßgebliche Anregungen gibt. Nebenbei sei bemerkt, daß die innere Ordnung vieler anderer Gruppen, die nicht aus der Nachlaß-Systematik hervorgeht, arbeitsintern auf Computer festgehalten wird, was gleichzeitig eine Vorarbeit für die spätere Katalogisierung (und Beschlagwortung) bedeutet. So etwa wurden für die Untergruppe 4.14.1 »(Welt-) Politik und Soziales« folgende Themen und Stichwörter aufgenommen, die lediglich auf den Mappen der entsprechenden Dokumentationskonvolute vermerkt sind. Eine Übernahme dieser Stichwörter in die Nachlaß-Systematik schien indes nicht ratsam, da dies dann doch ihre Übersichtlichkeit unverhältnismäßig belasten würde:

- Afrika
- Anti-Atomkraftbewegung in der BRD
- Antifaschismus (allgemein)
- Bolivien
- Bundesrepublik Deutschland (allgemein)
- Dritte Welt (allgemein)
- Friedensbewegung in der BRD (allgemein)
- Israel / Palästina
- Kampuchea
- Kolumbien
- Kriegsdienstverweigerung / Antimilitarismus
- Neofaschismus / Rechtsradikalismus
- Nicaragua
- Sinti und Roma
- Terrorismus in der BRD (allgemein)
- Türken und Kurden

Wie das obige Beispiel mit dem Gedicht »Auf der Suche« zeigt, enthält die Archivalie gleichzeitig Texte, die sich nicht auf das Gedicht beziehen. Zugeordnet wurde die Archivalie jedoch der Lyrik, da der Gedichtentwurf als der relevante Kern des Dokuments anzusehen ist. Auf eine Vervielfältigung und Zuordnung des gedichtfremden Textanteils wurde verzichtet, da der ohnehin umfangreiche Nachlaßbestand dadurch unzulässig aufgebläht würde. Kopien werden nur in Sonderfällen angefertigt, etwa bei Briefen mit beigefügten Werken. Der Brief verbleibt im Original in der Gruppe »Korrespondenz«, eine Kopie liegt dem Werk bei, das in der Gruppe »Werke anderer Autoren« untergebracht wird. Bei der letzten Bestandsaufnahme im Februar 1993 wurden über 2700 vom Nachlaßbearbeiter eingerichtete Mappen gezählt.

In der vorliegenden Skizzierung der Nachlaßarbeit konnten keineswegs alle Probleme und offenen Fragen, z.B. nach der Skartierung, thematisiert werden. Beabsichtigt ist, darüber in Fachpublikationen weiterzuberichten. Auch kommt der Ausblick auf die Zukunft der Nachlaßbenutzung hier zu kurz, die vor der Enderschließung wohl kaum möglich sein wird. Dagegen ist es hoffentlich gelungen, deutlich zu machen: Die konkrete Arbeit an einem Nachlaß ist nicht allein Sache von fachlicher Kompetenz und archivarischer Routine. Sie ist auf ihre Weise auch immer kreativ, unter wechselnden Anforderungen und mit ihren Unabwägbarkeiten immer auch eine Herausforderung. Sie ist das Abenteuer Praxis, gerade bei einem so außergewöhnlichen Nachlaß wie dem von Erich Fried.

# I. Nachlassgruppe 1
# Werke und Aufzeichnungen

# Lyrik-Werkschau

## Erich Fried: Deutschland. Gedichte (1944)

Erich Fried: »Tagebuch aus den Jahren 1942 und 1943«. – Eigenhändiger Entwurfs Frieds für den Umschlag seines ersten Gedichtbandes »Deutschland«.

# Erich Fried: Österreich. Gedichte (1945)

ERICH FRIED • OESTERREICH

Geschrieben 1944 — 1945 in England

GEWIDMET DEM ANDENKEN
STEFAN BRILLS

STEFAN BRILL

Unser Freund Stefan Brill, Sekretär unserer Organisation "Young Austria," weilt nicht mehr unter uns. Vor wenigen Tagen ist er plötzlich an einem Herzleiden gestorben. Alle, die ihn kannten, seine Opferbereitschaft, seine unermüdliche Arbeitskraft und seine Kameradschaft allen gegenüber, werden unseren jungen Freund und Kampfgefährten nicht vergessen.

Unsere Organisation ist gross und stark geworden durch die unermüdliche Arbeit von Freunden, wie Stefan einer war. Lange werden wir ihn bei uns vermissen, seine Fröhlichkeit, seine Einsatzbereitschaft. Wir alle haben einen grossen Verlust durch seinen Tod erlitten. Unsere volle Sympathie gilt Stefans Mutter und unserer Freundin Martha.

Stefan war auch fern der Heimat, für die er arbeitete und kämpfte, ein Freiheitskämpfer. Am Tage der Befreiung Oesterreichs wissen wir, dass Stefan nicht mit uns sein wird, aber ihn und seine Tätigkeit für jenen Tag werden wir hicht vergessen.

FRITZ WALTER, *Junges Oesterreich, Gross Britannien.*

Erich Fried: Österreich. Gedichte. Zürich: Atrium Verlag 1946 [vordatiert; recte Spätherbst 1945]. – Abgebildet sind ein Ausschnitt der S. 1 und ein Nachruf auf Stefan Brill in »Jung Österreich« (London), Nr.8 vom 24.2.1945, S. 3. Verfasser des Nachrufs ist Fritz Walter, damaliger Leiter des Jugendverbandes »Young Austria« in der Londoner Exilorganisation »Austrian Centre«.

## Erich Fried: »Oskar Übel«, »Einheitslied« und »Die Schlacht um Frankreich« (Drei Gedichte von 1944)

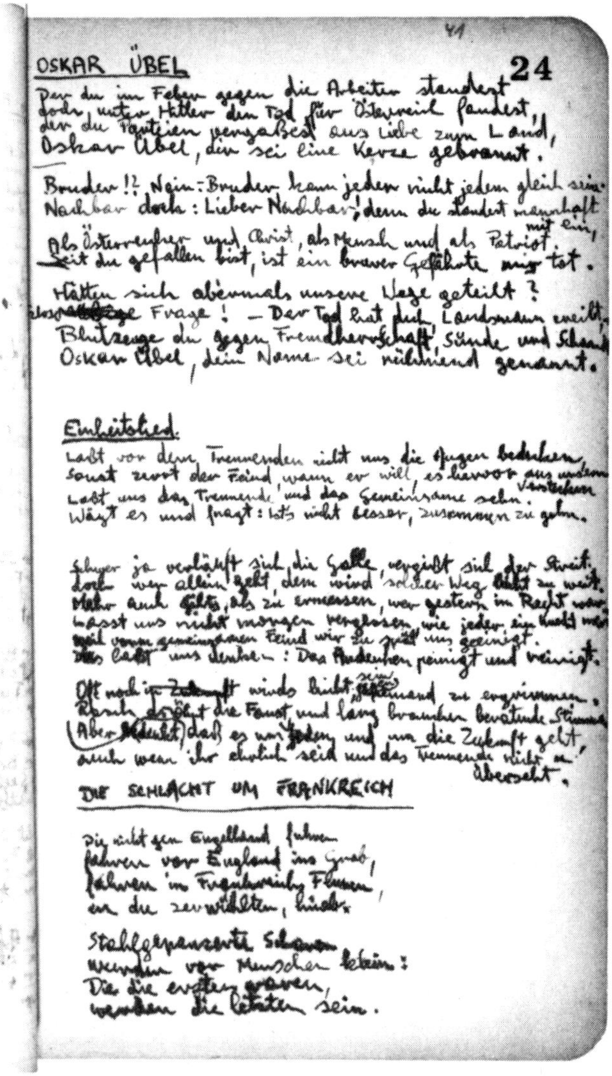


Erich Fried: »Tagebuch aus den Jahren 1942 und 1943«.Abgebildet ist eine Tagebuchseite mit den Gedichten »Oskar Übel«, »Eineitslied« und »Die Schlacht um Frankreich«. Das zweite und dritte Gedicht erschien 1945 in Frieds Sammlung »Österreich« (»Einheitslied«, S. 28 unter dem Titel

»Einheit«; »Die Schlacht um Frankreich«, S. 21 unter dem Titel »Das Ende«).
Oskar Übel, geboren 1895 in Wien, war Gemeinde-Angestellter (in Hollabrunn?), Monarchist, Mitglied der Vaterländischen Front und seit 1938 im Widerstand gegen Hitlers »Anschluß« tätig. Er wurde wegen Abhörens deutschsprachiger BBC-Sendungen von einem Wiener Sondergericht zunächst zu 10 Jahren Zuchthaus, dann zum Tode verurteilt und am 15.1.1943 hingerichtet. Über ihn und seine Hinrichtung berichtete ein 16seitiges Papier des »Free Austrian Movement« in London vom 15.6.1943, in dem sich auch Informationen zu den exekutierten österreichischen Widerstandskämpfern Rosa Hoffmann, Felix Grafe, Ferdinand Strasser und Karl Drews befinden. Die zuletzt Genannten kommen in dem Gedicht »Den Toten der Freiheit« vor, das Fried 1945 in seinen »Österreich«-Band aufnahm. Für die Verse »Oskar Übel« liegt bis jetzt kein Drucknachweis vor. (Hinweise zu Oskar Übel unter Mithilfe des Dokumentationsarchivs des Österreichischen Widerstandes, Wien)

*Zu Seite 35*

Erich Fried: »Die Abnehmer« und »Totenmaske«. – Zwei Gedichte aus der Sammlung »Warngedichte« (München: Hanser 1964), abgebildet aus den Fahnen des Bandes mit eigenhändigen Korrekturen Erich Frieds. Die mit Bleistift nachgetragene und auf dem Foto nur schemenhaft erkennbare Motto-Ergänzung »(IN M F.G.)« zu dem Gedicht »Totenmaske« bezieht sich auf Frieds Exilfreund, den Schriftsteller und Journalisten Fritz Gross (1897-1947). Von Gross hat sich in Frieds Nachlaß eine Reihe von Typoskripten erhalten, darunter Essays, Szenenfolgen und Gedichtzyklen zum Thema »Österreicher« (vgl. S. 126) und »Dreimal Wien« (3 Dramen). Kennengelernt hatte Erich Fried den ›Trotzkisten‹ Gross über Hans Flesch. In der Nachlaßbibliothek befindet sich ein Hans Flesch mit Datum vom 15.1.1944 gewidmetes Exemplar von Gross' Zyklenband »Kameraden« (Morriston 1943), der Texte u.a. zu Theodor Lessing, Erich Mühsam, Carl von Ossietzky, Jura Soyfer und Ernst Toller enthält.

# ERICH FRIED: »DIE ABNEHMER« UND »TOTENMASKE« (ZWEI »WARNGEDICHTE«, 1964)

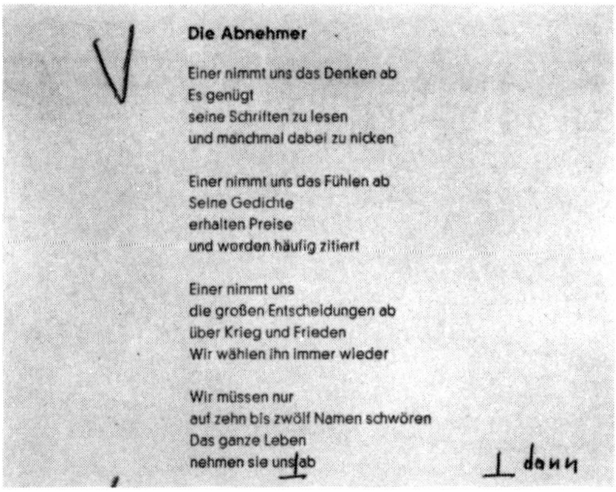

**Die Abnehmer**

Einer nimmt uns das Denken ab
Es genügt
seine Schriften zu lesen
und manchmal dabei zu nicken

Einer nimmt uns das Fühlen ab
Seine Gedichte
erhalten Preise
und werden häufig zitiert

Einer nimmt uns
die großen Entscheidungen ab
über Krieg und Frieden
Wir wählen ihn immer wieder

Wir müssen nur
auf zehn bis zwölf Namen schwören
Das ganze Leben
nehmen sie uns ab

dann

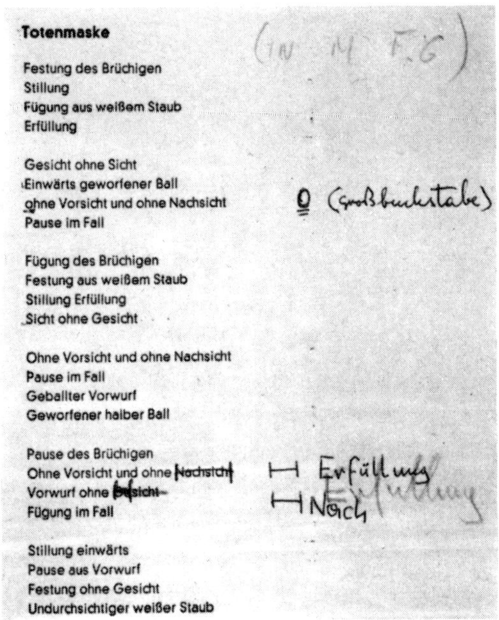

**Totenmaske**

(in M F.G)

Festung des Brüchigen
Stillung
Fügung aus weißem Staub
Erfüllung

Gesicht ohne Sicht
Einwärts geworfener Ball
ohne Vorsicht und ohne Nachsicht
Pause im Fall

O (Großbuchstabe)

Fügung des Brüchigen
Festung aus weißem Staub
Stillung Erfüllung
Sicht ohne Gesicht

Ohne Vorsicht und ohne Nachsicht
Pause im Fall
Geballter Vorwurf
Geworfener halber Ball

Pause des Brüchigen
Ohne Vorsicht und ohne ~~Nachsicht~~
Vorwurf ohne ~~[illegible]sicht~~
Fügung im Fall

Erfüllung
Nach

Stillung einwärts
Pause aus Vorwurf
Festung ohne Gesicht
Undurchsichtiger weißer Staub

## Erich Fried: Fragen eines engagierten Dichters (Gedicht von 1973)

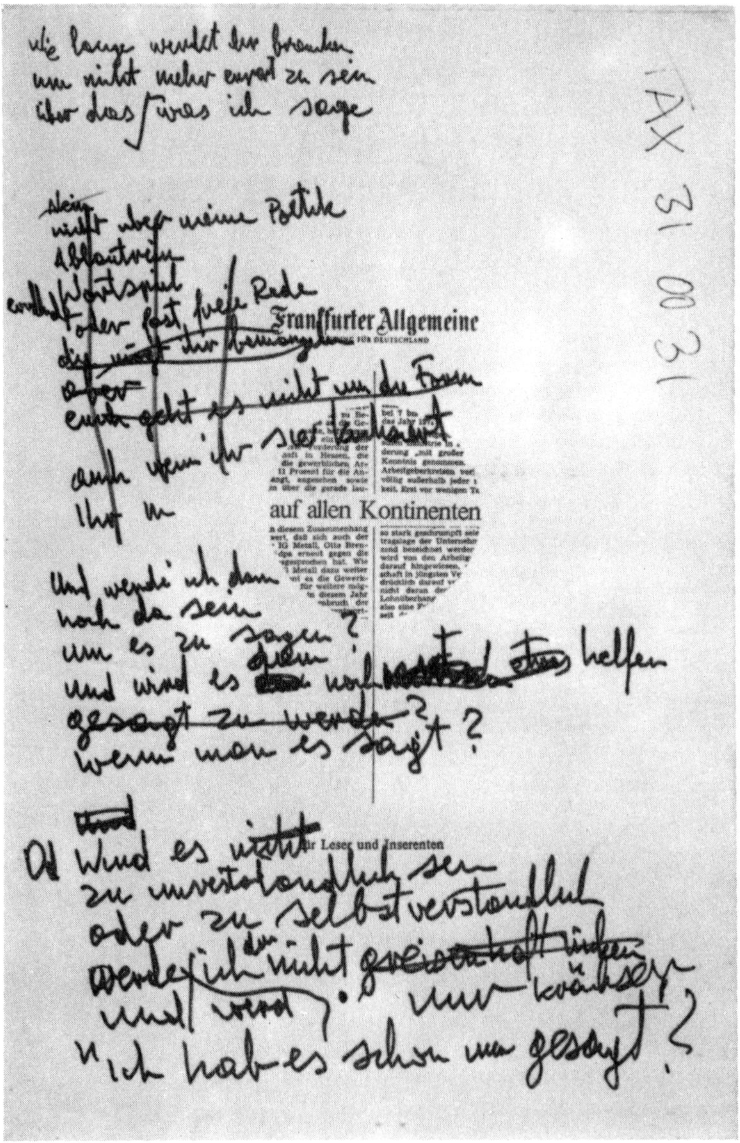


Erich Fried: »Fragen eines engagierten Dichters«. – Eigenhändiger Entwurf des Gedichts, das 1974 in Frieds Lyriksammlung »Gegengift« erschien. Der Entwurf befindet sich auf der Rückseite des Heftes 72 der Zeitschrift »Literatur und Kritik« (März 1973), dessen Schwerpunkt der österreichische »Tag der Lyrik« ist.

# Erich Fried: 35 Jahre nach einem Begräbnis / für Franz Baermann Steiner (Gedicht mit der Datierung vom 27.12.1986)

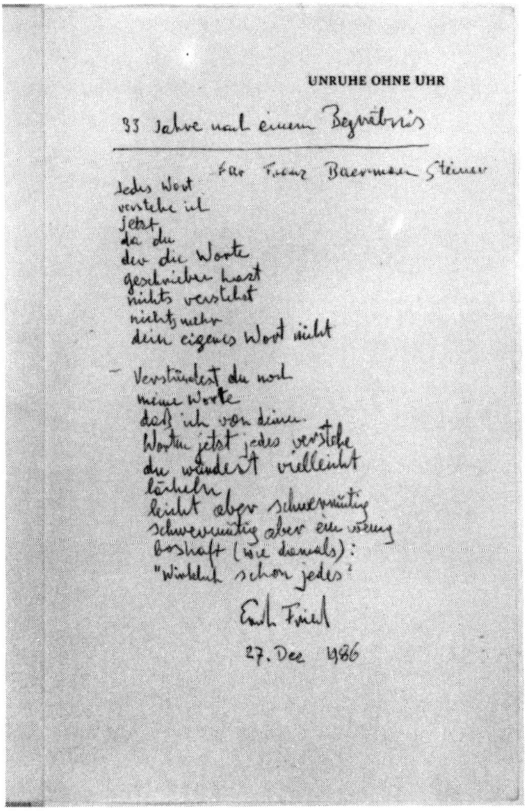
UNRUHE OHNE UHR

35 Jahre nach einem Begräbnis

für Franz Baermann Steiner

Jedes Wort
verstehe ich
jetzt
da du
der die Worte
geschrieben hast
nichts verstehst
nichts mehr
dein eigenes Wort nicht

– Verstündest du noch
meine Worte
daß ich von deinen
Worten jetzt jedes verstehe
du würdest vielleicht
lächeln
leicht aber schwermütig
schwermütig aber ein wenig
boshaft (wie damals):
"Wirklich schon jedes?"

Erich Fried

27. Dec 1986

Erich Fried: 35 Jahre nach einem Begräbnis / für Franz Baermann Steiner. Gedicht mit der Datierung vom 27.12.1986. Eigenhändige Reinschrift. – Erich Fried schrieb dieses (vermutlich unveröffentlichte) Gedicht in ein Exemplar von Franz Baermann Steiners postum erschienenen Gedichtband »Unruhe ohne Uhr« (Heidelberg 1954). Das Buch hatte Fried von Wilhelm Sternfeld geschenkt bekommen, der auf das Vorsatzblatt schrieb: »Erich Fried in aufrichtiger Wertschätzung und Verbundenheit. London, 18. August 1966[?]«. Frieds Kontakt zu dem Ethnologen, Anthropologen und Schriftsteller F.B. Steiner (1909-1952) hatte sich über Elias Canetti ergeben. Ab 1947 arbeiteten Fried und Steiner in London für einige Zeit in einer Dichtergruppe zusammen, der u.a. auch H.G. Adler und Hans Eichner angehörten. Frieds Nachkriegslyrik weist vielfältige Einflüsse Steiners auf. Erich Fried hat sich späterhin wiederholt bemüht, auf den im deutschsprachigen Raum weitgehend unbekannt gebliebenen Steiner aufmerksam zu machen (vgl. z.B. Brief an Richard von Weizsäcker vom 12.3.1987, S. 101 f.).

# Erich Fried: Auf der Suche (Gedicht von 1986)

Erich Fried: Auf der Suche. Eigenhändiger Gedichtentwurf (quergeschrieben in der Mitte des Blattes mit dem Incipit: »N f N«). – Fried notierte seinen Einfall auf einen Briefumschlag des Wagenbach-Verlages mit Poststempel vom 15.9.1986. Den Umschlag hat er darüber hinaus als provisorische Mappe für ein Konvolut unveröffentlichter politischer Gedichte (vgl. die Aufschrift »POL UNVER«) und für weitere Notizen benutzt

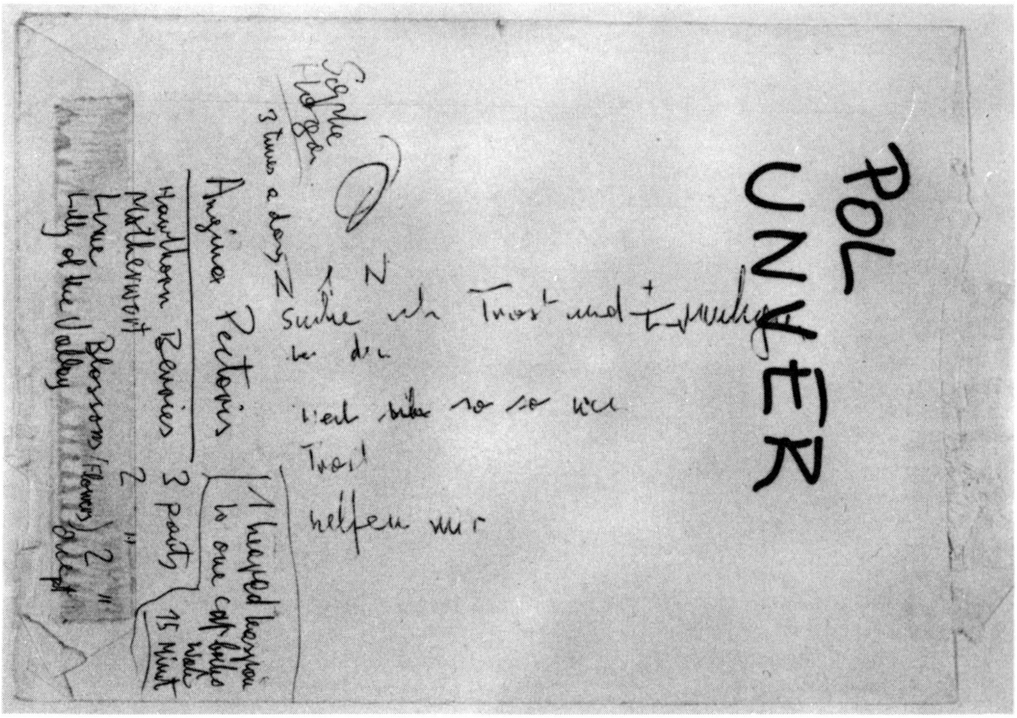


(vgl. die Rezeptur für einen Aufguß gegen »Angina Pectoris« und dazu Auszug aus einem Brief Erich Frieds an Wolfgang Kraus vom 8.10.1973, hier S. 100f.; auf der Rückseite befinden sich Notizen mit Zeitangaben für eine Lesung). Nach dem ›Wertigkeits‹-Maßstab der Nachlaßbearbeitung wurde das Blatt der Nachlaßgruppe »Einzelgedichte« zugeordnet (vgl. S. 25f.).

»Auf der Suche« erschien 1987 in Frieds Sammlung »Am Rand unserer Lebenszeit« (Berlin: Wagenbach, S. 74): »Nacht für Nacht / suche ich Trost und Ermutigung / in den Gedichten / Toter und Lebender // Nacht für Nacht / enttäuschen mich ihre Gedichte / weil ich in ihnen so wenig / Trost und Ermutigung finde // Nacht für Nacht / helfen mir ihre Gedichte / weil sie Ermutigung suchten / und Trost wie ich«.

# Erich Fried: Der Schonung bedürftig (Gedicht von 1987)

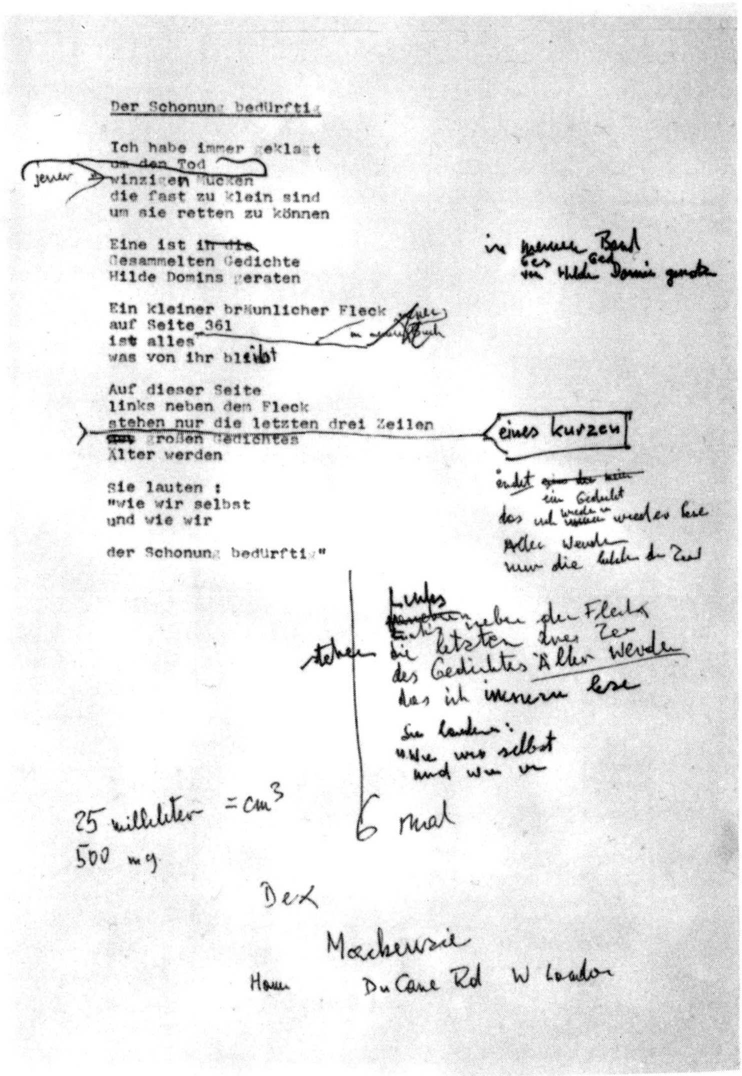

Der Schonung bedürftig

Ich habe immer geklagt
um den Tod
winzigen Mücken
die fast zu klein sind
um sie retten zu können

Eine ist in die
Gesammelten Gedichte
Hilde Domins geraten

Ein kleiner bräunlicher Fleck
auf Seite 361
ist alles
was von ihr blieb

Auf dieser Seite
links neben dem Fleck
stehen nur die letzten drei Zeilen
des großen Gedichtes
Älter werden

Sie lauten :
"wie wir selbst
und wie wir

der Schonung bedürftig"

jener

eines kurzen

6 mal

25 milliliter = cm3
500 mg

Erich Fried: Der Schonung bedürftig. Gedicht von 1987. Typoskript/Durchschlag mit eigenhändigen Korrekturen und Ergänzungen Frieds. – Das Gedicht erschien 1988 in Frieds Lyrikband »Unverwundenes« (Berlin: Wagenbach) und bezieht sich auf den Text »Älter werden« in Hilde Domins »Gesammelten Gedichten« (Frankfurt / M.: Fischer 1987). Das Widmungsexemplar dieser Ausgabe hat sich in Frieds Bibliothek erhalten und weist auf der erwähnten S. 361 tatsächlich einen »Mücken-Fleck« auf.

## Allerlei Reimarten

Einen besonderen Einblick in die »Werkstatt« des Dichters erlaubt ein Arbeitsheftchen, das Erich Fried »Allerlei Reimarten, 1947« betitelte und das der Nachlaßgruppe »Notizen zu eigenen literarischen Werken« zugeordnet wurde. Der Autor, der in der unmittelbaren Nachkriegszeit um eine neue Form-Akzentuierung in seiner Lyrik und Prosa bemüht ist, notiert dort:

S. 1

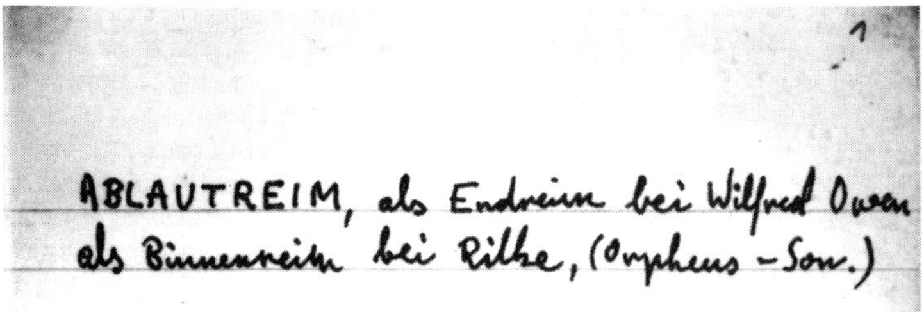

1

ABLAUTREIM, als Endreim bei Wilfred Owen
als Binnenreim bei Rilke, (Orpheus-Son.)

S. 2

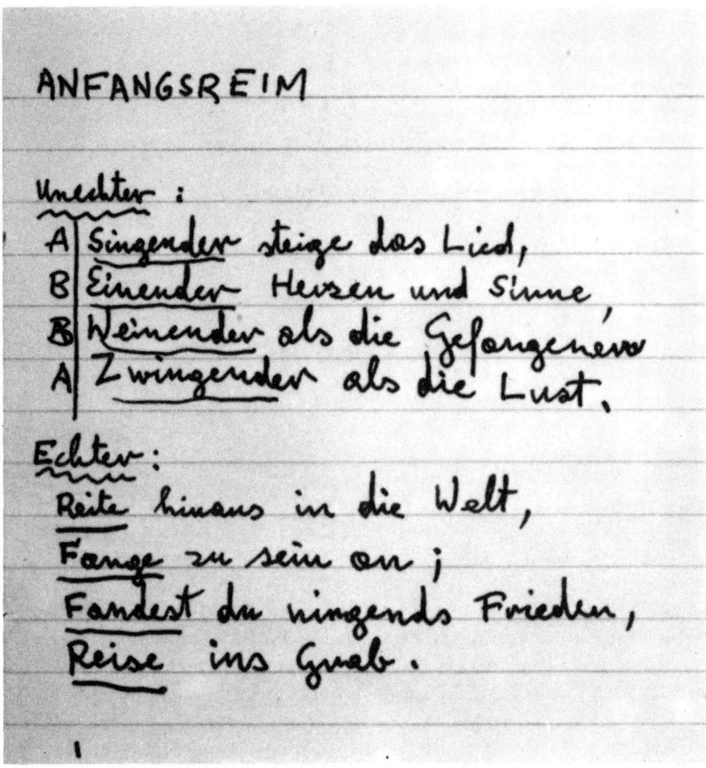

ANFANGSREIM

Unechter:

A Singender steige das Lied,
B Einender Herzen und Sinne,
B Weinender als die Gefangenen
A Zwingender als die Lust,

Echter:

Reite hinaus in die Welt,
Fange zu sein an;
Fandest du nirgends Frieden,
Reise ins Grab.

S. 3

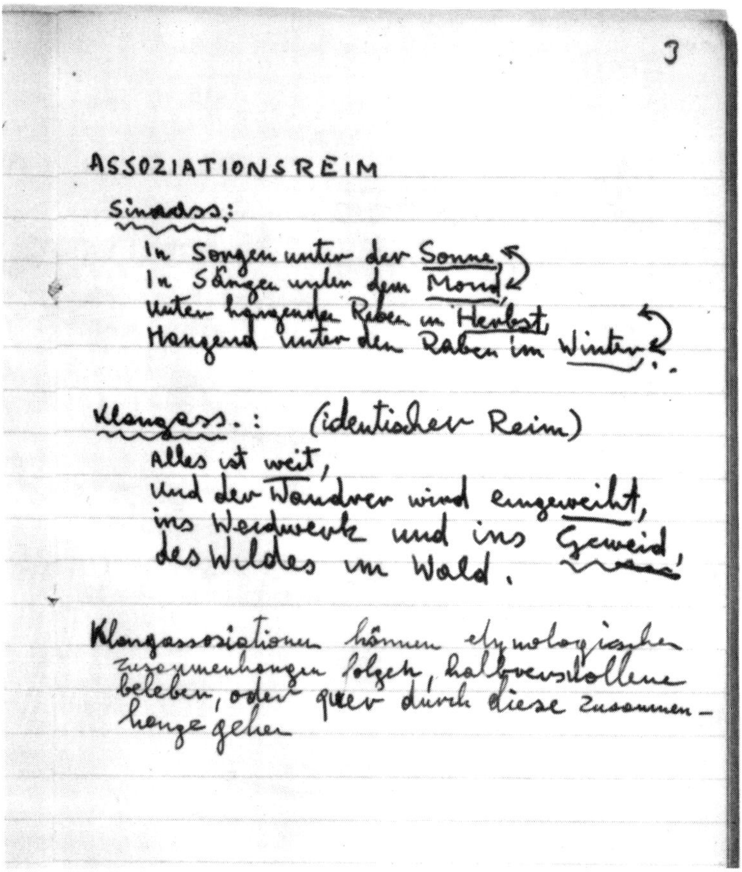
3

ASSOZIATIONSREIM

Sinnass.:

In Sorgen unter der Sonne
In Sängen unter dem Mond
Unter hängenden Raben im Herbst
Hängend unter den Raben im Winter.

Klangass.: (identischer Reim)

Alles ist weit,
Und der Wandrer wird eingeweiht,
ins Weidwerk und ins Geweid,
des Wildes im Wald.

Klangassoziationen können etymologischen Zusammenhängen folgen, halbverschollene beleben, oder quer durch diese Zusammenhänge gehen

Die Verse, die Fried auf S. ‹3› seines ›Reim-Büchleins‹ als Beispiel für eine »Sinnassoziation« anführt (»In Sorgen unter der Sonne«), eröffnen ein Gedicht, das zunächst den Titel »Figuren« erhielt und später in überarbeiteter Form als 2. Teil in den Zyklus »Zur Zeit der Kriege« einfloß. Der Zyklus wurde veröffentlicht in der von Hans Weigel herausgegebenen Anthologie »Stimmen der Gegenwart 1952«, in der der Herausgeber einen »(nicht im Hinblick auf die Veröffentlichung geschriebenen) Brief Erich Frieds« zitiert: »Ich weiß, daß viele mir vorwerfen werden, Wortspielerei zu betreiben. Nun, wenn man in unserer Zeit ohne allgemein anerkanntes, gültiges Bezugssystem etwas Neues findet, so bleibt man vielleicht daran kleben, in der Wissenschaft wie in der Kunst. Ob ich dieser Gefahr immer entgangen bin, das darf ich selbst nicht zu beurteilen versuchen. Aber mir scheint,

S. 4

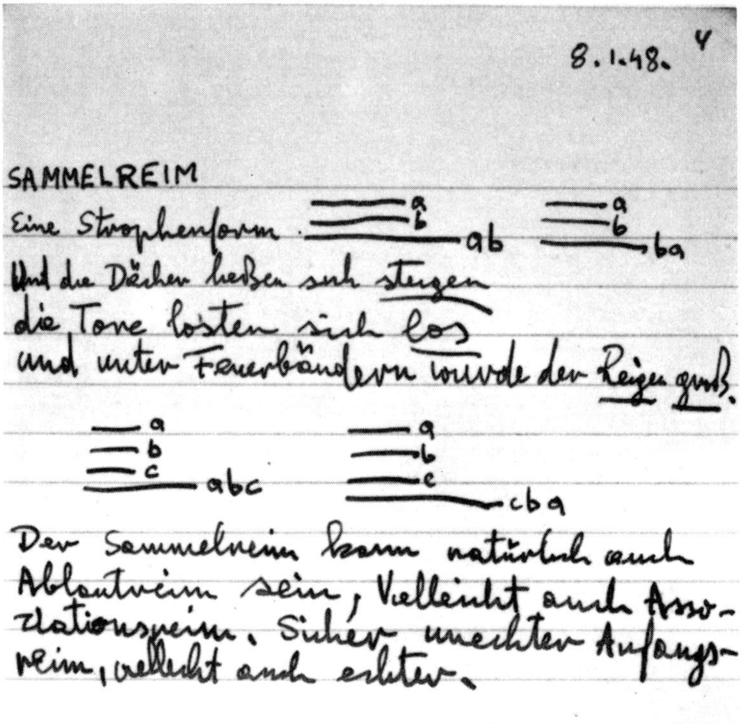

8.1.48. 4

SAMMELREIM

Eine Strophenform a b ab a b ba

Und die Dächer ließen sich steigen
die Tore lösten sich los
und unter Feuerbändern wurde der Reigen groß.

a b c abc a b c cba

Der Sammelreim kann natürlich auch Ablautreim sein, vielleicht auch Assoziationsreim. Sicher unechter Anfangsreim, vielleicht auch echter.

S. 5

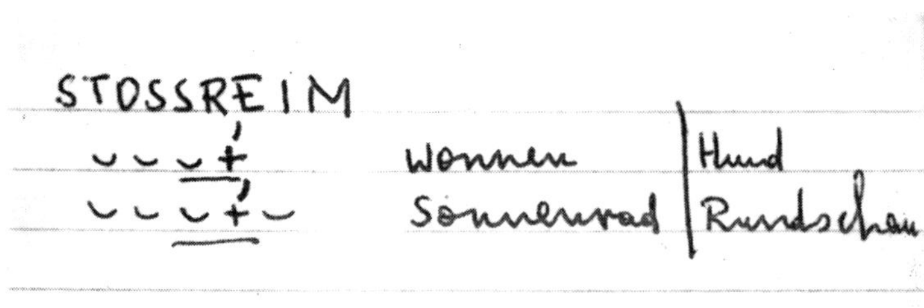

STOSSREIM

Wonnen | Hund
Sonnenrad | Rundschau

daß mein Thema durch alle Wandlungen der Form im Grunde immer das gleiche geblieben ist und das ist vielleicht doch ein Beweis, daß ich nicht ›um der Form willen‹ schreibe. Und wenn ich etwas korrigiere, ändert sich dabei gewöhnlich nicht der Sinn, sondern ein geändertes Assoziationsgefüge sucht ihn klarer herauszuarbeiten. – Zu dieser Form kam ich vielleicht auch durch die Berührung mit der modernen englischen Literatur, wo Joyce namentlich in seinem Finnegans Wake ähnliches tut und wo es Lyriker gibt, wie Gerald Manley Hopkins und Dylan Thomas, deren Arbeiten ich in kleinen Bruchstücken übersetzt habe. Zuerst der ›Ablautreim‹ (Hand – Hund, Rand – rennt – rinnt – rund), der mich dann auf die Wortassoziation als Bindemittel brachte, weil ja Konsonantengefüge in indogermanischen Sprachen dauerhafte Stämme und Wurzeln bilden, während die Vokale sich ändern. Zwar macht kein englischer Dichter heute wirklich ähnliches wie die Assoziationsgedichte, aber doch ist es in mancher Hinsicht ›Englische Dichtung in deutscher Sprache‹. Daß allerdings Ablaute und Assoziaionsdichtung auch der deutschen Sprache entsprechen, zeigt die althochdeutsche Dichtung, vor allem aber die Barockdichtung, zum Beispiel Murner und Abraham a Sancta Clara. Wie weit man um der Assoziation willen dichtet? Nun, nicht weiter und nicht weniger weit als sonst um des Reimes willen« (Wien: Verlag für Jugend und Volk / Verlag Jungbrunnen 1952, S. 73). Zu dem Aspekt »englischer Lyrik in deutscher Sprache« äußerte sich Fried ebenfalls (relativierend) in dem Nachwort zu seiner Sammlung »Gedichte« (Hamburg: Claassen 1958, S. 108-109).

*Zur Abbildung auf der rechten Seite*

Erich Fried: Der Soldat und das Mädchen. – Inhaltsübersicht einer Fassung (zwischen 1952-1960) von Frieds einzigem Roman (mit dem späteren Titel »Ein Soldat und ein Mädchen«). Typoskript mit eigenhändigen Korrekturen und Ergänzungen. Seine Entscheidung, einige Texte aus der vorliegenden Roman-Konzeption auszuscheiden (»weg«), hat der Autor nicht in allen Fällen eingehalten. Weggefallen sind in der Endfassung lediglich die Texte »Wir sind die letzten Freien«, »Schicksalsschläge«, »Die Falle« (2. u. 3. Ende) und »An einem Holzgerüst«.

# Prosa-Werkschau

## Erich Fried: Ein Soldat und ein Mädchen

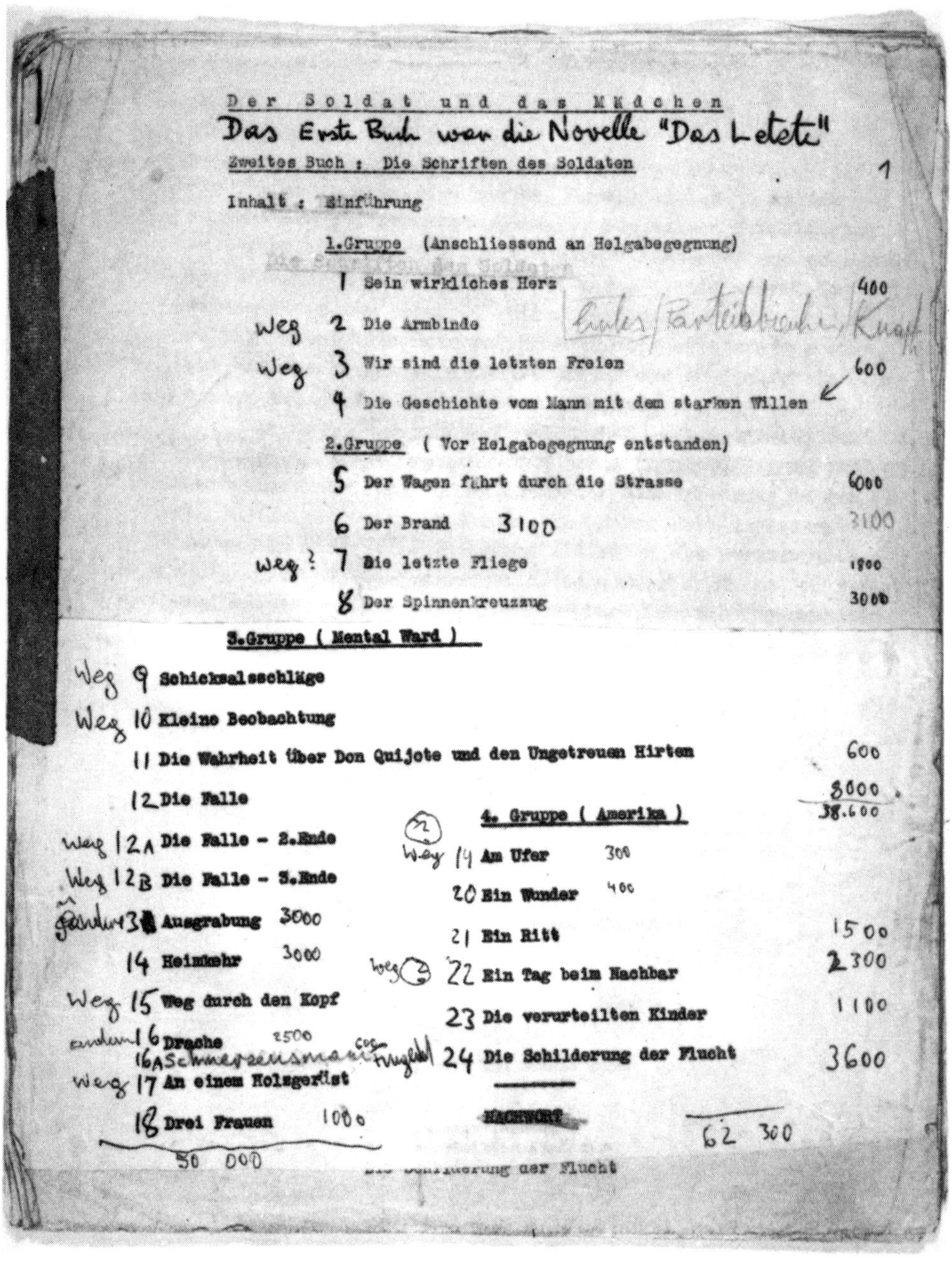

Der Soldat und das Mädchen
Das Erste Buch war die Novelle "Das Letzte"
Zweites Buch : Die Schriften des Soldaten 1

Inhalt : Einführung

1.Gruppe (Anschliessend an Helgabegegnung)

1 Sein wirkliches Herz 400
Weg 2 Die Armbinde
Weg 3 Wir sind die letzten Freien 600
4 Die Geschichte vom Mann mit dem starken Willen

2.Gruppe ( Vor Helgabegegnung entstanden)

5 Der Wagen fährt durch die Strasse 6000
6 Der Brand 3100 3100
weg? 7 Die letzte Fliege 1800
8 Der Spinnenkreuzzug 3000

3.Gruppe ( Mental Ward )

Weg 9 Schicksalsschläge
Weg 10 Kleine Beobachtung
11 Die Wahrheit über Don Quijote und den Ungetreuen Hirten 600
12 Die Falle 8000
38.600
Weg 12A Die Falle - 2.Ende
Weg 12B Die Falle - 3.Ende
13 Ausgrabung 3000
14 Heimkehr 3000
Weg 15 Weg durch den Kopf
16 Drache 2500
Weg 17 An einem Holzgerüst
18 Drei Frauen 1000
50 000

4. Gruppe ( Amerika )

Weg 19 Am Ufer 300
20 Ein Wunder 400
21 Ein Ritt 1500
22 Ein Tag beim Nachbar 2300
23 Die verurteilten Kinder 1100
24 Die Schilderung der Flucht 3600

NACHWORT
62 300

Die Schilderung der Flucht

# ERICH FRIED: DIE SCHÖNEN AUGEN

Erich Fried

**Die schönen Augen**

Eine ebenso gutaussehende wie eigensinnige Frau erfuhr im Gespräch, es gebe kein Wesen mit schöneren Augen als eine Kuh. Schon Homer habe die Göttin Hera "die Kuhäugige" genannt, um ihre Schönheit zu rühmen.

Früh am nächsten Morgen ging die Dame ins Schlachthaus. Sie schritt graziös und selbstsicher durch Blutlachen, bahnte sich einen Weg durch ~~xxxxxxxx~~ dampfende ~~xxxxxxxxxxxxxxxxxxxxx~~ eben erst abgezogene Häute und ~~xxxxxxxxxxx~~ Eimer mit ~~xxxxxxxxxx~~ Gedärmen und verschaffte sich Kuhaugen. Die reihte sie auf und trug sie als Kette um den Hals. Die Leute waren fassungslos. Kein ~~xxxxxxxx~~ Mann, der sich nicht umdrehte und ihr nachsah.

Nur hielten sich die Augen nicht lange. Abends waren sie trübe und nach ein, zwei Tagen runzelig. Also mußte die Dame sehr oft ins Schlachthaus gehen, um ihren einzigartigen Schmuck zu erneuern.

Sie wurde mit der Zeit eine immer bessere Kennerin ihrer Augen. Nur mehr frische, tränennasse, nicht ein bisschen blutunterlaufene schienen ihr gut genug. Auch Augen älterer Tiere verschmähte sie, denn ~~xxxxxxxxxxxxxxxxxx~~ bei denen waren die Augäpfel oft leicht gelblich, oder ein Schleier schien die Regenbogenhaut zu überziehen. So hatte sie vollauf damit zu tun, im großen Schlachthaus ein und auszugehen oder auf Augen zu warten. Dabei kam sie mit ihrem vergänglichen Schmuck bald nicht mehr weiter als bis in die ersten schlechten Gassen um die weitläufigen Schlachthausanlagen. Dann verriet ihr ein Blick in ihren Taschenspiegel, den sie kaum ~~xxxx~~ noch aus der Hand ~~xxxx~~ ließ, daß die Augen sich zu trüben begannen, und sie lief eilends zurück, um sie gegen frische, fast noch lebendige, einzutauschen. So verging ihr weiteres Leben.

Erich Fried: Die schönen Augen. – Kurzprosa. Typoskript / Durchschlag. Der vermutlich 1967/68 entstandene Text ist unveröffentlicht.

## Erich Fried: Angst und Trost

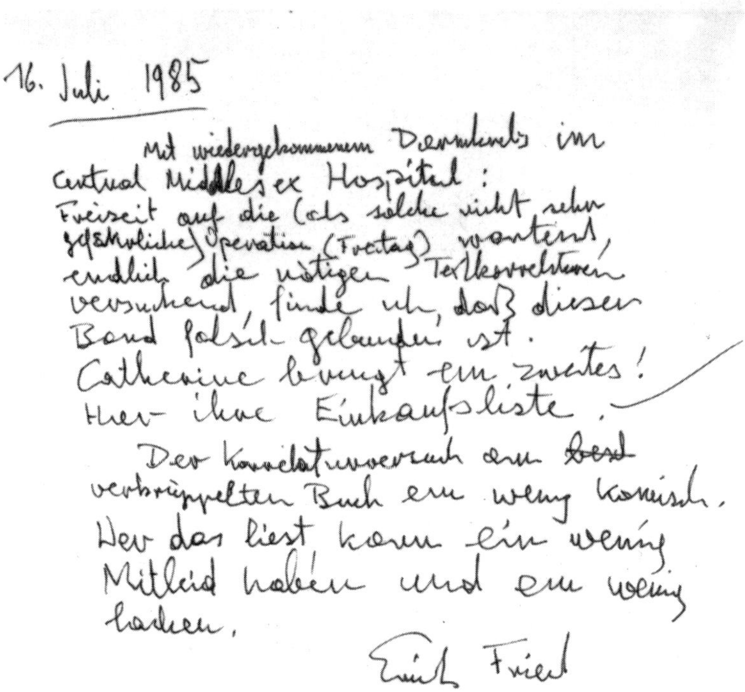
16. Juli 1985

Mit wiedergekommenem Darmkrebs im Central Middlesex Hospital: Freizeit auf die (als solche nicht sehr gefährliche) Operation (Freitag) wartend, endlich die nötigen Textkorrekturen versuchend, finde ich, daß dieser Band falsch gebunden ist. Catherine bringt ein zweites! Hier ihre Einkaufsliste.

Der Korrekturversuch am ~~Band~~ verkrüppelten Buch ein wenig komisch. Wer das liest, kann ein wenig Mitleid haben und ein wenig lachen.

Erich Fried

Erich Fried: Angst und Trost. Erzählungen und Gedichte über Juden und Nazis. Grafiken von David Fried. Frankfurt / M.: Alibaba 1983. Korrekturexemplar Frieds mit falscher Seitenfolge: S. 1-12, 73–84, 25-100. Daraus Abbildung von Frieds Kommentar auf dem Innendeckel. – Der eigenhändige Kommentar des Autors vom »16. Juli 1985« lautet (Auszüge): »Mit wiedergekommenem Darmkrebs im Central Middlesex Hospital: Freizeit auf die (als solche nicht sehr gefährliche) Operation (Freitag) wartend, endlich die nötigen Textkorrekturen versuchend, finde ich, daß dieser Band falsch gebunden ist. ‹... › Der Korrekturversuch am verkrüppelten Buch ein wenig komisch. Wer das liest, kann ein wenig Mitleid haben und ein wenig lachen«. Auf der gegenüberliegenden (hier nicht abgebildeten) Seite notierte Fried zusätzlich: »Die Korrekturen hier sind *nicht* die endgültigen. Beim Übertragen habe ich weiter geändert«. Das zweite, endgültige Korrekturexemplar wurde im Nachlaß bisher noch nicht gesichtet. Auffällig ist, daß in der dritten, »neu durchgesehenen« Auflage des Bandes von 1985 einzelne Druckfehler nicht korrigiert worden sind, die Fried in dem vorliegenden Korrekturexemplar verbessert hatte.

# Erich Fried: Der Klapperstorch

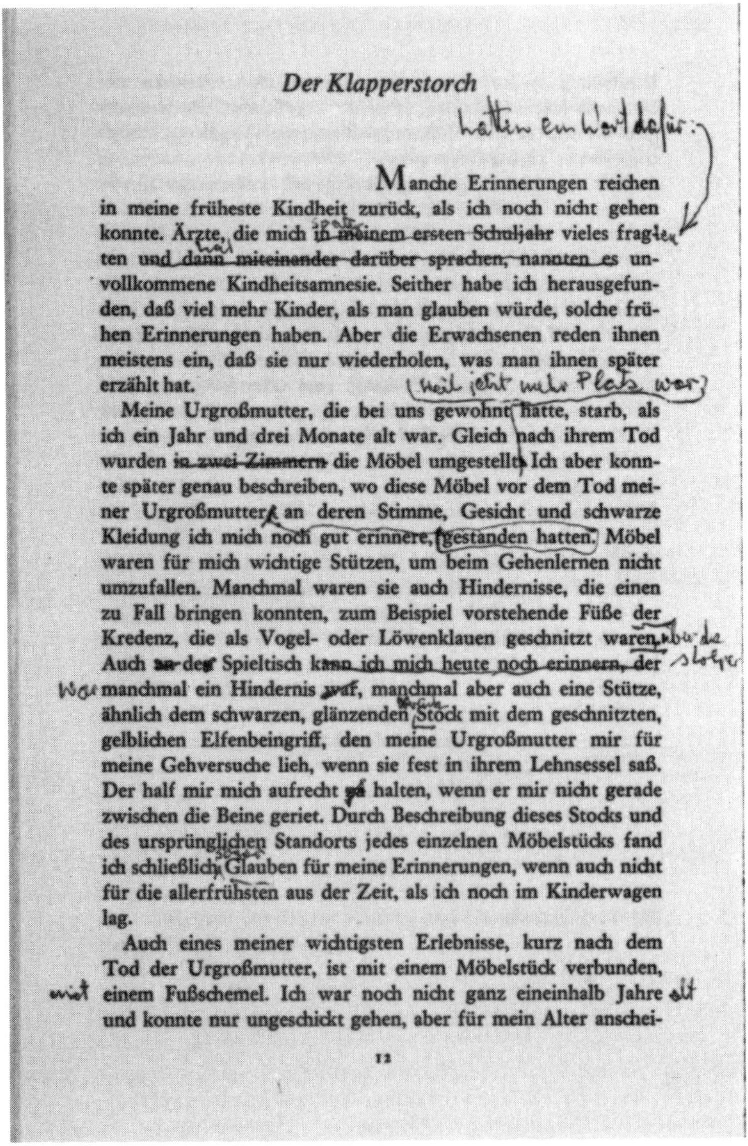

*Der Klapperstorch*

Manche Erinnerungen reichen in meine früheste Kindheit zurück, als ich noch nicht gehen konnte. Ärzte, die mich in meinem ersten Schuljahr vieles fragten und dann miteinander darüber sprachen, nannten es unvollkommene Kindheitsamnesie. Seither habe ich herausgefunden, daß viel mehr Kinder, als man glauben würde, solche frühen Erinnerungen haben. Aber die Erwachsenen reden ihnen meistens ein, daß sie nur wiederholen, was man ihnen später erzählt hat.

Meine Urgroßmutter, die bei uns gewohnt hatte, starb, als ich ein Jahr und drei Monate alt war. Gleich nach ihrem Tod wurden in zwei Zimmern die Möbel umgestellt. Ich aber konnte später genau beschreiben, wo diese Möbel vor dem Tod meiner Urgroßmutter, an deren Stimme, Gesicht und schwarze Kleidung ich mich noch gut erinnere, gestanden hatten. Möbel waren für mich wichtige Stützen, um beim Gehenlernen nicht umzufallen. Manchmal waren sie auch Hindernisse, die einen zu Fall bringen konnten, zum Beispiel vorstehende Füße der Kredenz, die als Vogel- oder Löwenklauen geschnitzt waren. Auch an den Spieltisch kann ich mich heute noch erinnern, der manchmal ein Hindernis war, manchmal aber auch eine Stütze, ähnlich dem schwarzen, glänzenden Stock mit dem geschnitzten, gelblichen Elfenbeingriff, den meine Urgroßmutter mir für meine Gehversuche lieh, wenn sie fest in ihrem Lehnsessel saß. Der half mir mich aufrecht zu halten, wenn er mir nicht gerade zwischen die Beine geriet. Durch Beschreibung dieses Stocks und des ursprünglichen Standorts jedes einzelnen Möbelstücks fand ich schließlich Glauben für meine Erinnerungen, wenn auch nicht für die allerfrühsten aus der Zeit, als ich noch im Kinderwagen lag.

Auch eines meiner wichtigsten Erlebnisse, kurz nach dem Tod der Urgroßmutter, ist mit einem Möbelstück verbunden, einem Fußschemel. Ich war noch nicht ganz eineinhalb Jahre und konnte nur ungeschickt gehen, aber für mein Alter anschei-

12

Erich Fried: Mitunter sogar Lachen. Zwischenfälle und Erinnerungen. Berlin: Wagenbach 1986. Abbildung der S. 12-14 eines Handexemplars von Fried mit eigenhändigen Spätkorrekturen zur Erzählung »Der Klapperstorch«. – Eine Neuauflage des Erinnerungsbandes erschien erst nach dem Tod Erich Frieds. Die vorliegende Überarbeitung des Drucks verweist bereits auf ein Problem, das sich den Bearbeitern einer textkriti-

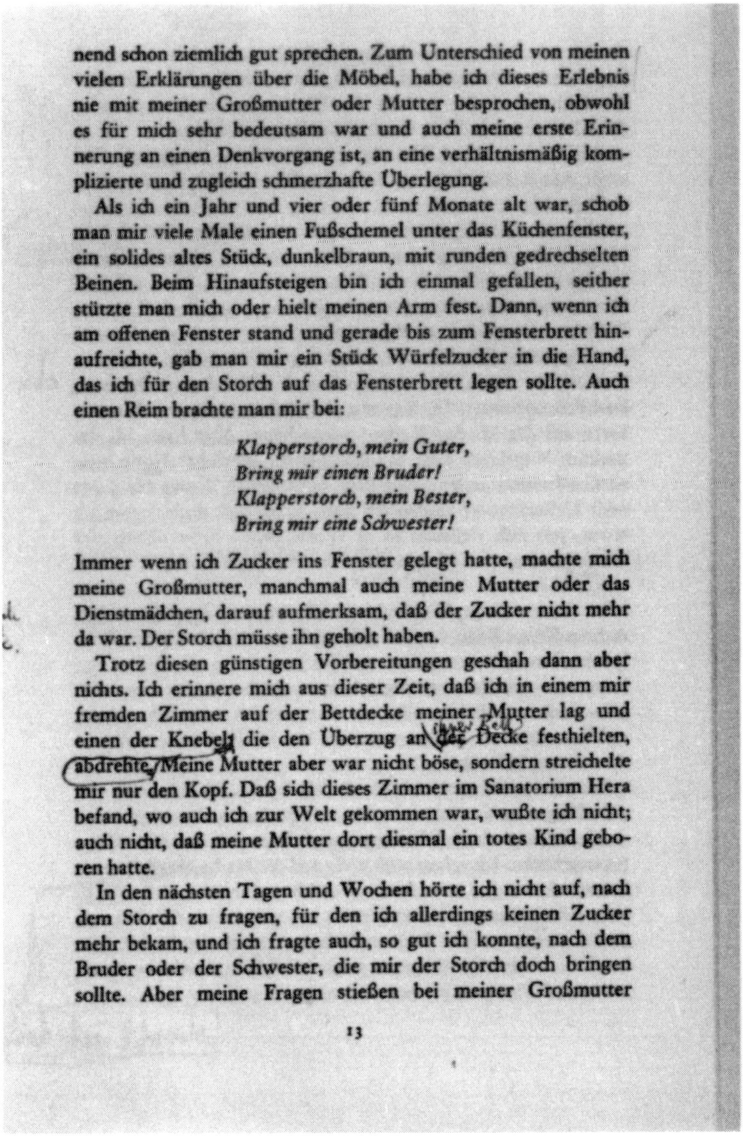

nend schon ziemlich gut sprechen. Zum Unterschied von meinen vielen Erklärungen über die Möbel, habe ich dieses Erlebnis nie mit meiner Großmutter oder Mutter besprochen, obwohl es für mich sehr bedeutsam war und auch meine erste Erinnerung an einen Denkvorgang ist, an eine verhältnismäßig komplizierte und zugleich schmerzhafte Überlegung.

Als ich ein Jahr und vier oder fünf Monate alt war, schob man mir viele Male einen Fußschemel unter das Küchenfenster, ein solides altes Stück, dunkelbraun, mit runden gedrechselten Beinen. Beim Hinaufsteigen bin ich einmal gefallen, seither stützte man mich oder hielt meinen Arm fest. Dann, wenn ich am offenen Fenster stand und gerade bis zum Fensterbrett hinaufreichte, gab man mir ein Stück Würfelzucker in die Hand, das ich für den Storch auf das Fensterbrett legen sollte. Auch einen Reim brachte man mir bei:

*Klapperstorch, mein Guter,*
*Bring mir einen Bruder!*
*Klapperstorch, mein Bester,*
*Bring mir eine Schwester!*

Immer wenn ich Zucker ins Fenster gelegt hatte, machte mich meine Großmutter, manchmal auch meine Mutter oder das Dienstmädchen, darauf aufmerksam, daß der Zucker nicht mehr da war. Der Storch müsse ihn geholt haben.

Trotz diesen günstigen Vorbereitungen geschah dann aber nichts. Ich erinnere mich aus dieser Zeit, daß ich in einem mir fremden Zimmer auf der Bettdecke meiner Mutter lag und einen der Knebel, die den Überzug an der Decke festhielten, abdrehte. Meine Mutter aber war nicht böse, sondern streichelte mir nur den Kopf. Daß sich dieses Zimmer im Sanatorium Hera befand, wo auch ich zur Welt gekommen war, wußte ich nicht; auch nicht, daß meine Mutter dort diesmal ein totes Kind geboren hatte.

In den nächsten Tagen und Wochen hörte ich nicht auf, nach dem Storch zu fragen, für den ich allerdings keinen Zucker mehr bekam, und ich fragte auch, so gut ich konnte, nach dem Bruder oder der Schwester, die mir der Storch doch bringen sollte. Aber meine Fragen stießen bei meiner Großmutter

13

schen Fried-Edition stellen wird: Zum einen entspricht die korrigierte Fassung offenbar dem letzten Willen des Autors und wäre (falls nicht noch andere Überlieferungsträger auftauchen) somit Druckvorlage für den kritisch edierten Text. Zum anderen befinden sich im Nachlaß Hand- und Korrekturexemplare anderer Fried-Bände, in denen der Autor Änderungen vorgenommen hat, die aber bei nachweislich späteren Auflagen

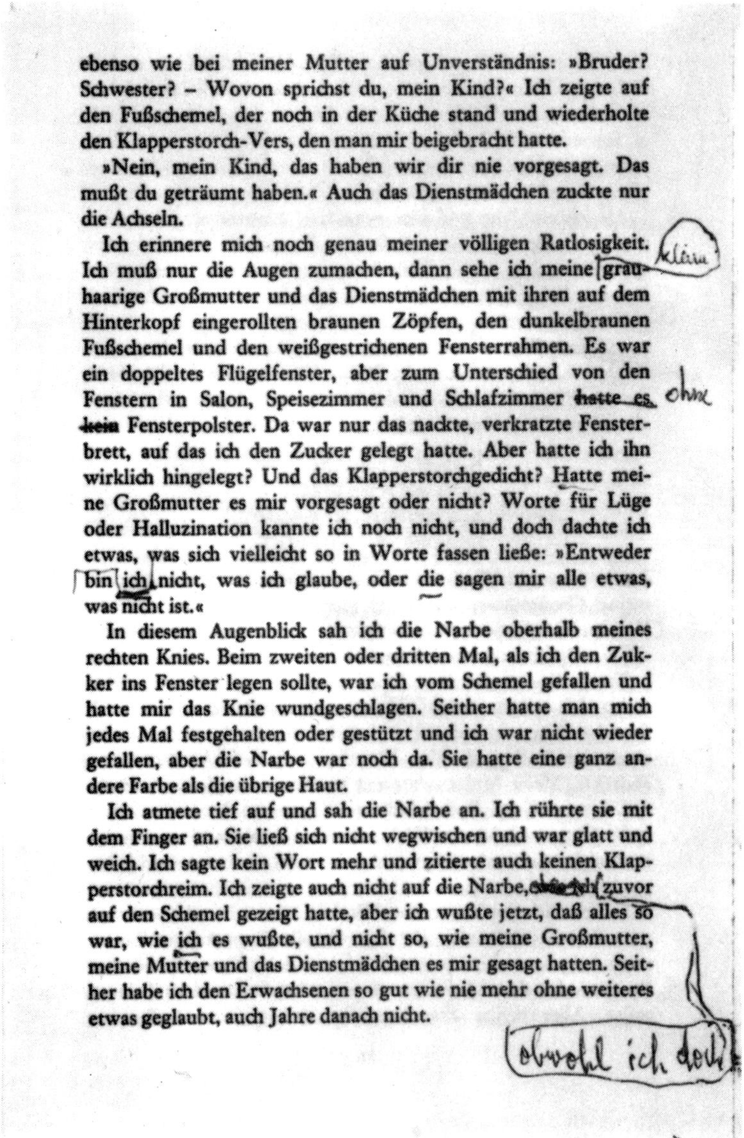

ebenso wie bei meiner Mutter auf Unverständnis: »Bruder? Schwester? – Wovon sprichst du, mein Kind?« Ich zeigte auf den Fußschemel, der noch in der Küche stand und wiederholte den Klapperstorch-Vers, den man mir beigebracht hatte.

»Nein, mein Kind, das haben wir dir nie vorgesagt. Das mußt du geträumt haben.« Auch das Dienstmädchen zuckte nur die Achseln.

Ich erinnere mich noch genau meiner völligen Ratlosigkeit. Ich muß nur die Augen zumachen, dann sehe ich meine grauhaarige Großmutter und das Dienstmädchen mit ihren auf dem Hinterkopf eingerollten braunen Zöpfen, den dunkelbraunen Fußschemel und den weißgestrichenen Fensterrahmen. Es war ein doppeltes Flügelfenster, aber zum Unterschied von den Fenstern in Salon, Speisezimmer und Schlafzimmer hatte es kein Fensterpolster. Da war nur das nackte, verkratzte Fensterbrett, auf das ich den Zucker gelegt hatte. Aber hatte ich ihn wirklich hingelegt? Und das Klapperstorchgedicht? Hatte meine Großmutter es mir vorgesagt oder nicht? Worte für Lüge oder Halluzination kannte ich noch nicht, und doch dachte ich etwas, was sich vielleicht so in Worte fassen ließe: »Entweder bin ich nicht, was ich glaube, oder die sagen mir alle etwas, was nicht ist.«

In diesem Augenblick sah ich die Narbe oberhalb meines rechten Knies. Beim zweiten oder dritten Mal, als ich den Zukker ins Fenster legen sollte, war ich vom Schemel gefallen und hatte mir das Knie wundgeschlagen. Seither hatte man mich jedes Mal festgehalten oder gestützt und ich war nicht wieder gefallen, aber die Narbe war noch da. Sie hatte eine ganz andere Farbe als die übrige Haut.

Ich atmete tief auf und sah die Narbe an. Ich rührte sie mit dem Finger an. Sie ließ sich nicht wegwischen und war glatt und weich. Ich sagte kein Wort mehr und zitierte auch keinen Klapperstorchreim. Ich zeigte auch nicht auf die Narbe, wie ich zuvor auf den Schemel gezeigt hatte, aber ich wußte jetzt, daß alles so war, wie ich es wußte, und nicht so, wie meine Großmutter, meine Mutter und das Dienstmädchen es mir gesagt hatten. Seither habe ich den Erwachsenen so gut wie nie mehr ohne weiteres etwas geglaubt, auch Jahre danach nicht.

und sogar von Fried veränderten Ausgaben keine Berücksichtigung gefunden haben. Es wird in jedem Einzelfall überprüft werden müssen, ob Fried seine späteren Korrekturen in letzter Instanz wieder zurückgenommen hat, oder ob es Indizien gibt, die darauf schließen lassen, daß er die von ihm letztendlich gewollten Korrekturen – aus welchen Gründen auch immer (z.B. krankheitsbedingt) – einfach vergessen hat..

# Erich Fried und die BBC

## Erich Fried als politischer Kommentator des »German Soviet Zone Programme« der BBC

Eine erste Bestandsaufnahme

*Volker Kaukoreit*

Kontakte zum deutschsprachigen Dienst des Londoner Rundfunks hatte Erich Fried bereits vor 1945. Es gibt Anzeichen dafür, daß in dieser Zeit auch schon einzelne Beiträge von ihm gesendet wurden, z.B. ein »Rhymed Appeal to Austrians« (vgl. Erich Fried und Österreich. Katalog v. V. Kaukoreit u. H. Lunzer. Wien: Dokumentationsstelle / Literaturhaus 1992, S. 45–46). Für die unmittelbare Nachkriegszeit ist seine gelegentliche Mitarbeit bei der BBC belegt (s.S.118).
Regelmäßig arbeitete Erich Fried für den englischen Sender ab 1950. Fest angestellt wurde er im Jahr 1952, und zwar als politischer Kommentator für das »German Soviet Zone Programme« (GSZP), das in die Deutsche Demokratische Republik sendete. Aus dieser Festanstellung löste er sich erst 1968, als er den Deutschsprachigen Dienst als politisch zu unflexibel empfand, vor allem in bezug auf den Kalten Krieg, dem viele Kollegen weiter das Wort redeten. Konkret hat Fried seine Entscheidung in seinem letzten GSZP-Beitrag begründet, der unter dem Titel »Abschied von der BBC« im Münchner »kürbiskern« erschien (2 / 1968, S. 283–285). Dieser seinerzeit vielbeachtete Beitrag gehört zu den ganz wenigen gedruckt vorliegenden Dokumenten zu Erich Frieds Tätigkeit als politischer GSZP-Kommentator. In einem weniger bekannten Rückblick auf seine Rundfunktätigkeit, der 1988 in einer Jubiläums-Dokumentation des Senders veröffentlicht wurde, äußerte er sich erneut über seine BBC-Mitarbeit, diesmal aus mehr anekdotischer Sicht (Auszug):

In den siebzehn Jahren meiner Zeit bei der Deutschen Abteilung der BBC erlebte ich, wie es im Dasein eines jeden Journalisten oder Publizisten unvermeidlich ist, Angenehmes und Unangenehmes, ab und zu einen Triumph des Rechtbehaltenhabens bei komplizierten politischen Voraussagen, wie etwa, daß der Streit zwischen der Sowjetunion und China echt und kein abgekartetes Verwirrspiel sei, oder ideologische Auseinandersetzungen mit Kollegen oder auch mit Vorgesetzten (die aber nie von ihrer Vormachtstellung Gebrauch machten). Eine meiner lustigsten Erinnerungen beruht darauf, daß ich viel schneller schrieb als die Mehrzahl meiner Kollegen, andererseits mir aber in den Bürostunden Arbeitszeit für meine Gedichte sichern wollte. Ich bestand also darauf, daß eine entsprechende Klausel in meinen Vertrag geschrieben werden müsse. Mein Vorgesetzter, Tommy genannt, meinte, das sei doch nicht nötig, er wisse, wie schnell ich arbeite und habe nichts gegen meine Verwendung meiner übrigen Zeit, und eine solche Klausel sei doch höchst ungewöhnlich, da alle anderen unterschrieben hätten, sie würden ihre ganze Arbeitszeit der BBC widmen. »Ja, aber wenn du versetzt wirst und ich einen neuen Boß bekomme«, wendete ich ein und bestand erfolgreich auf meiner Klausel.

Kurz darauf wurde Tommy tatsächlich versetzt, und mein neuer Boß, Tim Harrison, Leiter der Topical Unit, »ertappte« mich gleich in der ersten Woche beim emsigen Schreiben und Korrigieren von Gedichten. »Alle Achtung vor deiner literarischen Begabung«, meinte er, »aber doch nicht in der Arbeitszeit?« – »Ja, doch. Das habe ich mir seinerzeit ausbedungen.« – »Bist du sicher?« – »Ja, es steht in meinem Vertrag.« – »Das scheint mir unwahrscheinlich.« – »Du kannst ja nachschauen.«

Er ging, sah nach und kam nach einer halben Stunde und entschuldigte sich. Auch für Weihnachts- oder Osterprogramme hatte ich öfter gedichtet, das heißt, englische Gedichte und Carols ins Deutsche übersetzt, obwohl meine Hauptarbeit die als politischer Kommentator war.

*(Es erinnert sich: Erich Fried, in: »Hier ist England« – »Live aus London«. Das Deutsche Programm der British Broadcasting Corporation 1938–1988. London: BBC 1988, S. 148–149, hier S. 148).*

Während Frieds literarische Beiträge und Übersetzungen für die BBC zumindest im Ansatz schon skizziert und bibliographiert worden sind (vgl. Verf., Vom Exil bis zum Protest gegen den Krieg in Vietnam. Darmstadt 1991, insbes. S. 180 ff. u. die Bibliographische Dokumentation, S. 479 ff.), hat die Tatsache, daß er über 15 Jahre politische Kommentare für die BBC verfaßte, in der bisher veröffentlichten Fried-Literatur erstaunlicherweise keine wesentliche Beachtung gefunden. Ob dies zum Teil an der schlechten Quellenlage und an dem nur mühsamen Zugang zu den BBC-Archiven liegt, sei hier dahingestellt. Fest steht immerhin, daß im Gegensatz zur bisherigen Forschung die damaligen Zuhörer ganz anders reagiert haben. Ihr teilweise begeistertes Interesse und ihre politische Neugier, aber auch energischer Widerspruch, spiegeln sich in einer Fülle von im Nachlaß erhaltenen Briefen an den Sender und dessen Mitarbeiter Fried. Und kein Geringerer als Wolf Biermann blickte auf Frieds GSZP-Features so zurück:

> Fast jeden Morgen gegen fünf Uhr standen Hunderttausende oder sogar Millionen Menschen in den osteuropäischen Ländern auf, nur, um seine Radiosendungen über Kurzwelle zu hören. Erich Fried informierte über Wichtiges rund um die Welt, über verschwiegene Ereignisse in den Ländern des Ostblocks, und er korrigierte verdrehte Darstellungen über den Westen. < ... > Er analysierte mit britischer Kühle und er sprach mit dem heißen Herzen eines linken Intellektuellen, der zwischen allen Stühlen sitzt.
>
> *(... und Erich Fried und ... , in: tageszeitung [Berlin] vom 25.11.1988)*

Frieds eigentliche Domäne im GSZP war seine wöchentliche »Persönliche Betrachtung«. Die Matrizenabzüge dieser Sendung sind alle mit »Intimus« überschrieben, was, wie der Kommentator auf einem entsprechenden Rundfunkskript mit Datum vom 27.12.1965 vermerkte, »nur ein BBC-internes Code-Wort« sei. Gesendet würde »mit der Ansage ›Persönliche Betrachtung von Erich Fried‹ (tu ich jeden Montag)«. Zum ersten Mal am ›Intimus‹-Mikrophon hatte Fried allerdings an einem Freitag gesessen. Es war gegen Ende 1953, nachdem das BBC-›Ostzonenprogramm‹ umgestaltet worden war und man »Erich Fried, dem Lyriker, die persönliche Betrachtung in unserer Freitagabendsendung« angeboten hatte – so der damalige stellvertretende Leiter des Deutschsprachigen Dienstes, Christopher W. Dilke (in: Hier spricht London, Nr.300 vom 13.11.1953, S. 2).
Tatsächlich entsprach eine ›persönliche Betrachtung‹ ganz Frieds Naturell. Wie in seinen Schriften und bei seinen Auftritten griff er auch als politischer Kommentator zur Verdeutlichung seiner Position immer wieder auf sein eigenes Schicksal und auf seine Erlebnisse zurück. Am 11.11.1963 berichtete er etwa von dem Selbstmord seines Freundes Hans Schmeier im englischen Exil (vgl. S. 104). Er referierte über die Entstehungshintergründe einiger ideologiekritischer Gedichte aus seinem ersten Lyrikband »Deutschland« (3.8.1964) oder registrierte mit Bitterkeit, daß man in neueren DDR-Liederbüchern seine antifaschistischen, im Exil vertonten Verse »Wir lieben das Leben« nicht mehr mit Verfasserangabe abdruckte, sondern mit dem Nachweis »Volkslied der Emigration« (18.4.1966). Er beschrieb und interpretierte für ihn wichtige Reisen wie seinen Aufenthalt in Polen 1967, von dem er im übrigen auch in der Erzählung »Meine Puppe in Auschwitz« ein beeindruckendes literarisches Zeugnis abgelegt hat (in: »Fast alles Mögliche«, Berlin 1975, S. 104–116). Gelegentliche Sendun-

gen waren ausschließlich der Präsentation eigener, in den sechziger Jahren meist explizit ›politischer‹ Gedichte gewidmet (z.B. am 19.11.1962, 22.3. u. 16.8.1965). Ein wirkliches Kuriosum stellt in dieser Hinsicht eine »Betrachtung« vom 8. u. 15.7.1963 dar. Der Kommentator behauptet, daß vor ihm »ein größerer Kreis von Gedichten« liege, »nicht gedruckt, sondern in Abschrift, wie das heute bei rebellischen Dichtungen immer noch – oder wieder einmal – üblich ist«. Er fährt fort:

Aus naheliegenden Gründen kann ich auch den Verfasser nicht nennen. Wohl aber den Titel seiner Gedichtsammlung, nämlich »Lehrbuch des Einfachen«. Es ist also offenbar ein programmatischer Titel, der sich auf Brechts berühmtes Gedicht beruft:

»Lerne das Einfache
Für den, dessen Zeit gekommen ist,
Ist es nie zu spät.«

Nun, auch diese Gedichte hier sind Lehrgedichte, ganz im Sinne Brechts, und auch der Verfasser dieser Gedichte ist trotz aller bitteren Kritik offenbar überzeugt, daß es nie zu spät ist; ja gerade die Art seiner Kritik macht es klar, daß diese kritischen Lehrgedichte sozialistische Gedichte sind – viel eindeutiger, viel menschlicher sozialistisch als die offiziellen Literaturprodukte, die derzeit in der DDR den Segen von Partei und Regierung mit auf den Weg bekommen.

Das Kuriose daran ist, daß die vorgestellten Gedichte des »anonymen« DDR-Lyrikers unzweifelhaft von Fried selbst stammen. Zwar liegt keines von ihnen in der im Radio präsentierten Form gedruckt vor. In ihrem Duktus sind sie jedoch erkennbar ›friedisch‹, und auch die wörtliche Nähe zu veröffentlichten Gedichten, die offenbar aus der Arbeit am »Lehrbuch des Einfachen« hervorgingen, ist unübersehbar. So etwa berührt sich der Vierzeiler

Wer immerzu Warnungen hört
von bezahlten Agenten des Feindes
vergißt, daß es wirklich Feinde
und wirklich Agenten gibt

umittelbar mit dem Gedicht »Dann überlaßt ihr ihn der Pein« aus dem Gedichtband »Die Beine der größeren Lügen« (Berlin 1969):

GERMAN SOVIET ZONE PROGRAMME　　　　Monday, 8th July 1963

<u>INTIMUS</u>　　　　Rec. 1700-1745
wr. and rd. by Erich Fried (P/C)
Producer G. Puritz (S)　　　　<u>7½ TBU 231524</u>

7'55"

Vor zwei oder drei Wochen erzaehlte ich Ihnen von nachgelassenen Dichtungen Bertold Brechts, die in der DDR heute noch totgeschwiegen werden, weil sie Ulbricht, beziehungsweise den Geist oder Ungeist des Ulbrichtregimes kritisieren. Brecht ist ja vielleicht ueberhaupt der erste grosse <u>revisionistische</u> Dichter. Man denke nur an sein Gedicht ueber den 17. Juni, das mit den Worten endet: "...waere es nicht besser / Die Regierung loeste das Volk auf/ und waehlte ein anderes.

Nun, vor mir liegt ein groesserer Kreis von Gedichten, nicht gedruckt, sondern in Abschrift, wie das heute bei rebellischen Dichtungen immer noch - oder wieder einmal - ueblich ist; und aus naheliegenden Gruenden kann ich auch den Verfasser nicht nennen. Wohl aber den Titel seiner Gedichtsammlung, Naemlich: <u>Lehrbuch des Einfachen</u>. Es ist also offenbar ein programmatischer Titel , der sich auf Brechts beruehmtes Gedicht beruft:

"Lerne das Einfache
Fuer den dessen Zeit gekommen ist,
Ist es nie zu spaet."

Nun, auch diese Gedichte hier sind Lehrgedichte, ganz im Sinne Brechts, und auch der Verfasser dieser Gedichte ist trotz aller

18

Erich Fried: <Gedichte aus dem anonymen »Lehrbuch des Einfachen«>. 8.7.1963. Matrizenabzug mit Ergänzung von fremder Hand. Ein Blatt von insgesamt 5 Blättern (dem durchschnittlichen Seitenumfang einer »Persönlichen Betrachtung«).

Durch euer Gerede
von bezahlten Agenten
des Feindes
vergißt einer noch
daß es wirklich
Agenten
und Feinde
gibt

Dann überführt ihr
ihn
des Mangels
an Wachsamkeit
zu dem
ihn doch
erst euer Gerede
verführte

»Daß manche Hörer in der DDR < ... > meinten, < ... > ich sei ein Agent oder etwas dergleichen«, konstatierte Fried anläßlich seines bereits oben erwähnten »Abschieds von der BBC« und fügte hinzu: »Nun, ein Agent war ich freilich nie«.
Ein weiteres, im Radio als »Spruch« vorgestelltes Kurzgedicht scheint ein Vorläufer von Frieds bekannten Versen »Angst und Zweifel« (vgl. S. 173) zu sein:

*Ärgste Unkenntnis*

Unkenntnis kann den Wert
eines Kämpfers verringern: Vor allem
zweifle an jedem
der keinen Zweifel kennt

Darüber hinaus hat sich im Nachlaß eine Mappe mit Frieds eigenhändiger Aufschrift »Lehrbuch des Einfachen. 1963–1963« erhalten. Leider entspricht keines der darin vereinigten Fried-Gedichte einem der im Radio präsentierten Texte. Den direkten Bezug stellt einzig und allein eine Zwischenstufe von »Angst und Zweifel« her:

Hab keine Angst
dem zu trauen
der sagt
daß er Angst hat

Aber zweifle
an jedem
der niemals
Zweifel verspürt

Der gesamte Vorgang ist mehr als spannend, doch bevor wir uns in weitere Analyse-Details verstricken, soll lieber noch einmal Erich Fried zu Wort kommen. Seine Einführung in das »Lehrbuch des Einfachen« am 8.7.1963 beendete er:

Der Verfasser dieser Gedichte gehört offenbar zu denen, die an der DDR nicht deshalb Kritik üben, weil in der Bundesrepublik ein höherer Lebensstandard herrscht, sondern wegen der Behandlung der Menschen. Hier ein Lehrgedicht in drei Strophen zu diesem Thema:

*Der Prüfstein*

Wenn die Arbeiter drüben
es besser haben
so gibt das zu denken
ist aber nicht entscheidend

Wenn die Bauern drüben
es besser haben
so gibt das zu denken
ist aber auch nicht entscheidend

Wenn die Gefangenen drüben
es besser haben
so muß man gar nicht viel denken:
Das genügt

Diese Verse sprechen dem Ulbrichtregime gerade dadurch ein vernichtendes Urteil, daß sie nicht vom Lebensstandard der Arbeiter und Bauern ausgehen.
Ein anderes Gedicht gibt in acht Zeilen die Rechtfertigung des sogenannten Revisionismus als für Sozialisten notwendige Haltung. Es heißt:

*Frommer Glaube*

Die dir sagen:
»Vertraue dem Sozialismus
ohne ständige Überprüfung
seiner Lehren und seiner Führung«

Sind wie Mechaniker
die es für Unrecht halten
ein Flugzeug, das sich bewährt hat
noch täglich zu inspizieren

Für heute will ich diese Auswahl aus dem *Lehrbuch des Einfachen* mit einem versöhnlichen Gedicht abschliessen. In diesem Gedicht kommt die Hoffnung zum Ausdruck, daß die Weiterentwicklung des Kommunismus über die Stumpfsinnigkeit, Tyrannei und Unehrlichkeit der Zeit Stalins und seiner Schüler hinwegkommen wird. Das Gedicht ist offenbar an die Kommunisten gerichtet und heißt:

*Mißtrauen*

Ich habe Vertrauen zu euch
daß ihr in wenigen Jahren
soweit sein werdet
mein Mißtrauen tragen zu können

ohne euch rächen zu wollen
aber auch ohne zu glauben
daß eure Reue
eure Schritte verzögern soll

Wenn ihr zugebt
daß es mein gutes Recht ist
euch zu mißtrauen
nach allem was geschah

dann wird dieses Recht
langsam weniger wichtig
es geht nicht verloren
aber es tut nicht mehr weh.

Die obigen Zitate und Beispiele belegen nicht nur den für den ›Marxien‹ Fried typischen›menschlichen‹ Ansatz seiner politischen Argumentation, sondern auch den mühsamen Weg, den der Lyriker beim Feilen seiner Gedichte mitunter zurücklegte. Darüber hinaus bietet das »Intimus«-Material noch unzählige Aspekte, die der Erforschung harren und bei Veröffentlichung wahrscheinlich auch ein neues Publikum finden würden. Doch dies ist nicht alles. Wir wissen von weiteren GSZP-Sendungen, die Fried bestritt oder mitgestaltete. Die wichtigsten gehören zu den Sendereihen »Kultur und Ideologie« und »Kritischer und kritikloser Kommunismus«. Das ungeheuer große thematische Spektrum dieser BBC-Beiträge mit allen ihren Deutungsmöglichkeiten und interpretatorischen Erfordernissen kann nur behauptet, aber an dieser Stelle nicht einmal im Ansatz ausreichend beschrieben werden. Wohl aber können wir eine erste, wenn auch noch keineswegs vollständige Auflistung zu den angesprochenen Sendereihen anbieten, deren Details nicht nur Frieds Engagement, sondern auch ein aufregendes Stück Zeitgeschichte dokumentieren.

## Verzeichnis der bis August 1993 im Fried-Nachlaß gesichteten und bearbeiteten Sendungen Erich Frieds für das »German Soviet Zone Programm« der BBC

Kursive Schreibung bedeutet, daß der betreffende Wortlaut aus dem jeweiligen Fried-Manuskript stammt.

### PERSÖNLICHE BETRACHTUNG (INTIMUS)

**1955**

21.02.1955: <Ein neuer Krieg und das kommunistische Terrorsystem>
02.05.1955: <Die englische Labour Party in den Augen der »Pravda«>

**1956**

20.08.1956: <Bertolt Brecht>

**1957**

18.02.1957: <*Nachdenken über die sowjetische Auffassung von der Wichtigkeit oder Unwichtigkeit des einzelnen Menschen*>
03.06.1957: <Jean Genet: »Der Balkon«>
01.07.1957: <Die Demokratien sind wesentlich stabiler als der Kommunismus>

**1958**

20.10.1958: <Johannes R. Becher>

**1959**

02.02.1959: <Der 21. Parteikongreß in Moskau>
09.02.1959: <*Meine Haltung gegenüber dem Kommunismus*>
06.04.1959: <Ein Brief des ostdeutschen Kommunisten »Half Hearted Well-Wisher« / China und Tibet>
20.04.1959: <Ulbrichts Schauprozeß gegen Dresdner Studenten>
11.05.1959: <C. Wright Mills´ Buch »The Causes of World War Three«>
09.11.1959: <Kritik an Erich Fried in Heft 45/1959 der Zeitschrift »Funk und Fernsehen der DDR«>
07.12.1959: <Ein Brief der FDJ an Erich Fried / Alfred Duchrows Angriffe auf Erich Fried in der Nr. 50 der Zeitschrift »Funk und Fernsehen der DDR«>
14.12.1959: <Alfred Duchrows Angriffe auf Erich Fried in der Nr. 50 der Zeitschrift »Funk und Fernsehen der DDR« (Fortsetzung)>

**1960**

04.01.1960: <Ein Rückblick auf die fünfziger Jahre>
25.01.1960: <Konrad Adenauer (Fortsetzung)>

**1961**

01.05.1961: <Die Maifeier in Moskau>

03.07.1961: <Nachruf auf Ernest Hemmingway>

25.09.1961: <Die Reaktion der Zeitschrift »Funk und Fernsehen der DDR« auf einen Rundfunkkommentar zu Heinz Brandt>

27.11.1961: <*Ich glaube, daß der Ton der verschiedenen Besprechungen und Aussprüche führender Staatsmänner und das allgemeine Empfinden, das von den Ereignissen der letzten Zeit ausgelöst wird, wieder einmal etwas ›besser‹ zu sein scheint als noch vor wenigen Wochen*>

18.12.1961: <Die Berliner Mauer>

**1962**

05.03.1962: <Eine Hörerin kritisiert Austin Harrison>

10.09.1962: <*Das Schicksal der Tiefenpsychologie in den beiden Hälften Deutschlands*>

01.10.1962: <Die Zeitschriften »Sinn und Form« und »Merkur«>

19.11.1962: <*Politische Gedichte* von Erich Fried>

31.12.1962: <Die Lage der Weltpolitik zum Jahreswechsel 1962/63>

**1963**

04.03.1963: <Der Selbstrespekt der Engländer / Ein Brief des englischen Dichters und Germanisten Christopher Middleton an das »Times Literary Supplement«>

25.03.1963: <Marschall Tuchatschewski und die ideologische Vertuschung der Wahrheit in der Sowjetunion und der DDR>

13.05.1963: <Wer oder was ist ein Kommunist?>

08.07.1963: <Gedichte aus dem anonymen »Lehrbuch des Einfachen«>

15.07.1963: <Gedichte aus dem anonymen »Lehrbuch des Einfachen« (Fortsetzung)>

22.07.1963: <*»Friedliche Koexistenz«*>

05.08.1963: <*»Friedliche Koexistenz«* (Fortsetzung)>

26.08.1963: <*Von der Freiheit der Kritik am eigenen System*>

02.09.1963: <Die chinesische Kritik an der Sowjetunion>

16.09.1963: <Gespräche mit Menschen aus verschiedenen kommunistischen Ländern>

23.09.1963?: <*Der Vernichtungsschlag gegen die tschechischen Stalinisten / Ulbrichts Spitzengruppe ist mit Ausnahme Albaniens ( ... ) das letzte stalinistische Regime in Europa*>

23.09.1963?: <*Weshalb man Hans Mayer das Leben in der DDR unmöglich gemacht hat*>

07.10.1963: <Marxismus in der DDR, der Sowjetunion und in China>

04.11.1963: <Die Tagung der Gruppe 47 in Saulgau 1963>

11.11.1963: <Der Selbstmord Hans Schmeiers im englischen Exil vor 20 Jahren>

**1964**

20.01.1964: <Das Wort »Demokratie«>

24.02.1964: <*Literatur und Kunst*: *»Der Bitterfelder Weg«*>

02.03.1964: <*Das TIMES LITERARY SUPPLEMENT über Lyrik in der DDR*>

09.03.1964: <Der »Zweite Zwischenbescheid« an Erich Fried im Ostberliner »Sonntag« vom 8.3.1964>

16.03.1964: <Betrachtung über die Lehramtsenthebung Robert Havemanns>

23.03.1964: *Persönliche Betrachtung* <über Reaktionen auf Frieds Sendungen in die DDR>

30.03.1964: *Persönliche Betrachtung* <über Ernst Fischer, Robert Havemann u.a.>

06.04.1964: <Robert Havemann und Kurt Hager>

13.04.1964: <Robert Havemann und Kurt Hager (Fortsetzung)>

20.04.1964: <*Es herrschen in der DDR leider noch oft stalinistische Überbleibsel vor*>

04.05.1964: <Der Ostberliner »Sonntag« und die Literatur>

11.05.1964: <Ost- und westdeutsche Zeitungen, der Linolschnitt »Baubrigade« von Jürgen Wittdorf und die »Freiheit für die Kunst«>

18.05.1964: <Weltpolitik>

22.06.1964: <*Die »unfrisierten Gedanken« des polnischen Schriftstellers Stanislaw Jerzy Lec*>

29.06.1964: <Fortsetzung der Angriffe auf Erich Fried im Ostberliner »Sonntag«>

20.07.1964: <Der Aufstieg Barry Goldwaters zum republikanischen Präsidentschaftskandidaten in Amerika / Die merkwürdigen Aktivitäten Konrad Adenauers und Franz Josef Strauss'>

27.07.1964: <Die *feinen Unterscheidungen zwischen den dogmatischen marxistischen Positionen der DDR und meiner Kritik daran*>

03.08.1964: <*Mein allererster Gedichtband*>

10.08.1964: <Nordvietnam und andere Krisengebiete>

17.08.1964: <Weltpolitik / Ernst Fischers Buch »Dichtung und Zeitgeist«>

05.10.1964: <Pressereaktionen auf Alfred Kurellas »Dimitroff contra Goering« und Martin Ensslins Brecht-Buch>

12.10.1964: <Der englische Wahlkampf und der englische Konservatismus>

19.10.1964: <Der Wahlsieg der englischen Labour Party und die sowjetische Außenpolitik>

23.11.1964: <Der tschechische Schriftsteller und Journalist Ladislav Mňačko>

30.11.1964: <*Es kommt darauf an, daß der Kongo nicht in einen endlosen Bürgerkrieg à la Vietnam verwickelt wird*>

14.12.1964: <Die Mißverständnisse zwischen einzelnen Ländern, die zu den wirklich vorhandenen ernsten Konflikten hinzutreten>

21.12.1964: <*Wolfgang Harich*>

28.12.1964: <Weltpolitik>

**1965**

04.01.1965: <Die Kommunistische Partei Italiens>
11.01.1965: <Stefan Heyms Rede auf dem Ostberliner Schriftsteller-kolloquium im Dezember 1964>
18.01.1965: <*Winston Churchill*>
25.01.1965: <*Winston Churchill* (Fortsetzung)>
01.02.1965: <Wahlverluste der Labour-Party>
08.02.1965: <*Vietnam und die Grenze mitten durch Deutschland*>
15.02.1965: <Der Ostberliner »Sonntag« und die Hamburger »Welt«>
03.03.1965: <Julius Nyerere, Präsindent von Tansania>
15.03.1965: <Mihajlo Mihajlov in Untersuchungshaft>
22.03.1965: <Gedichte, Liedertexte und Protestverse aus der Sowjetunion / Eine frühe Fassung von Frieds Gedicht »42 Schulkinder«>
02.08.1965: <*Bundeskanzler Ludwig Erhard und der Schriftsteller Günter Grass* / Die Kritik an den Künstlern im Osten>
09.08.1965: <Von den Unvollkommenheiten der Freiheit im Osten>
16.08.1965: <*Politische Gedichte* von Erich Fried>
23.08.1965: <Nachruf auf den schottischen Kommunisten Willie Gallacher / Angriffe gegen Künstler und Studenten in der Sowjetunion>
04.10.1965: <*Konsumneurosen in westlichen Demokratien*>
Okt. 1965?: <Die Bundestagswahlen in der Bundesrepublik Deutschland: Politische Witze / Die Verunglimpfung Willy Brandts>
20.12.1965: <Anklagen und Beschuldigungen gegen Filmschaffende, gegen Künstler und Schriftsteller der DDR auf der 11. Tagung des SED-Zentralkomitees / Heinrich Böll und Peter Weiss solidarisieren sich mit Wolf Biermann>
27.12.1965?: <Rückblick auf das Jahr 1965: Weltpolitik / Moderne Weihnachtslyrik in der »Sunday Times« (Ted Hughes und Adrian Mitchell)>
27.12.1965: <Die fristlose Entlassung Robert Havemanns am 23.12.1965>

**1966**

03.01.1966: <*Der Erfolg der Maßnahmen gegen Havemann, Biermann, Heym und andere war jedenfalls, daß dadurch der Antikommunismus in der Bundesrepublik gefördert wird*>
10.01.1966: <Gespräch mit kommunistischen Intellektuellen über Robert Havemann / Lucio Lombardo-Radice über Havemann / Der Fall Wolf Biermann>
17.01.1966: <Die Verfolger Professor Havemanns und Wolf Biermanns>
24.01.1966: <»Die Plebejer proben den Aufstand« von Günter Grass im Westberliner Schiller-Theater / Robert Havemann im »Spiegel« über das Verbot der KPD>
31.01.1966: <Max Reimann als Havemann-Ankläger vor der KPI / Stalin-Kritik in der Sowjetunion>

07.02.1966: <Zum Begriff Freiheit / Adam Schaffs Buch »Marxismus und das menschliche Individuum«>

14.02.1966: <Christa Wolfs »Der geteilte Himmel« – der Roman und seine Verfilmung>

21.02.1966: <Die Verurteilung der Sowjetschriftsteller Syniavsky, Daniel und Valerij Tarsis>

28.02.1966: <*Ich möchte versuchen, allen gerecht zu werden, den Lebenden und den Toten, Dr. Nkrumah und Dr. Sukarno, Vicky, dessen Name Victor Weiss war, und Victor Krawtschenko. Und auch ihren Gegnern möchte ich gerecht werden. Aber wie kann man einem Shdanov gerecht werden?*>

07.03.1966: <Nachruf auf die russische Dichterin Anna Achmatova / Zum Begriff Freiheit>

21.03.1966: <*Der geplante Ausschluß Professor Robert Havemanns aus der Deutschen Akademie der Wissenschaften*>

28.03.1966: <*Robert Havemann bleibt also weiterhin Akademiemitglied*>

04.04.1966: <*Über Robert Havemann darf man nicht das Unrecht an Wolf Biermann vergessen*>

18.04.1966: <*Professor Werner Hartke, Präsident der Akademie der Wissenschaften in Ostberlin, der den Ausschluß Havemanns statutenwidrig durchgedrückt hat*>

25.04.1966: <Der Fall Robert Havemann im KPI-Zentralorgan »Unitá«>

02.05.1966: <*Die Eindrücke meiner ersten Amerikareise und die kritischen Erinnerungen an die Arbeitstagung der Gruppe 47*>

09.05.1966: Der englische Mordprozeß gegen Ian Brady und Myra Hindley / Die Entwertung des Menschlichen im Nationalsozialismus und in der Gegenwart>

16.05.1966: <Nachruf auf Stanislaw Jerzy Lec>

23.05.1966: <Unrecht in Südvietnam und in der DDR / Ernst Fischer im Wiener »Tagebuch« über Johannes R. Becher>

30.05.1966: <Nachruf auf Stanislaw Jerzy Lec (Fortsetzung)>

06.06.1966: <Besprechung der Anthologie »Panorama moderner Lyrik deutschsprechender Länder«>

13.06.1966: <Bertrand Russel kritisiert die Haltung der englischen Regierung zu Vietnam>

20.06.1966: <*Ich glaube, ohne Demokratie gibt es nur ein Zerrbild des Sozialismus*>

27.06.1966: <*Der 25. Jahrestag des Überfalls Hitlers auf die Sowjetunion* / Rebellische Jugendliche im Westen wie im Osten>

04.07.1966: <*Premierminister Wilsons Behauptungen über die Rolle von Kommunisten im Seemannsstreik* / Titos *Erklärung gegen den Machtzuwachs des Staatssicherheitsdienstes*>

15.08.1966: <*Ich kann hier, in meinen Betrachtungen, sogar die BBC kritisieren*>

05.09.1966: <Die DDR-Lyrikanthologie »In diesem besseren Land«>

12.09.1966: <*Sebastian Haffner und Gerhard Zwerenz* über Walter Ulbricht>

31.10.1966: <Das furchtbare Unglück im walisischen Bergwerksdorf Aberfan (Fortsetzung) / Die Wissenschaft und die Vermeidbarkeit von Katastrophen>

07.11.1966: <Montage für Nelly Sachs: *Zeile um Zeile*>

14.11.1966: <*Die Notwendigkeit sachgerechten, vorurteilslosen Durchdenkens, das auch noch im Rahmen der bestehenden Verhältnisse im Westen und im Osten gewaltige Besserungen bewirken könnte*>

**1967**

02.01.1967: <Angriffe auf Lucio Lombardo-Radice und Ernst Fischer in der DDR-Presse>

16.01.1967: <Ernst Fischer / *Der Ärger über Unrecht in der DDR, sagen wir gegen Havemann und Bunge und Biermann*>

23.01.1967: <*Die Verteufelung der Kritiker und Zweifler* in der DDR; Ernst Fischer, Robert Havemann u.a.>

27.02.1967: <Die Freiheit des Widerspruchs, der Äußerung anderer Meinungen in Ost und West>

06.03.1967: <*Volker Braun*>

13.03.1967: <Drei Gedichte: *Frage auf gut deutsch*; *Annehmbare Annahmen*; *Fragen*>

20.03.1967: <Die *Verzerrung der Wirklichkeit durch vorschnelle Vereinfachung / Vorschläge für ein Mehrheits-Wahlrecht in der Bundesrepublik / Karl Jaspers*>

27.03.1967: <Leitbilder für die Erziehung>

15.05.1967: <*Unlängst auf meiner Polen-Reise habe ich auch Auschwitz gesehen*>

22.05.1967: <*Entfremdung und Selbstentfremdung* im Westen, wie *auch in Ländern, die vom Kommunismus gelenkt werden*>

29.05.1967: <Günter Grass' Gedichtband »Ausgefragt«>

12.06.1967: <Brechts »An die Nachgeborenen«, *eines der größten Gedichte unseres Jahrhunderts / Israel und die arabischen Völker* / Benno Ohnesorg und das Gedicht *Im Frieden*>

19.06.1967: <*Präsident Nassers Rücktritt als Unglücksbotschaft*>

26.06.1967: <Staatsmänner: Präsident Johnson und Ministerpräsident Kossygin>

03.07.1967: <Ein Brief aus der CSSR zu einem Rundfunkkommentar zur Abdankung Gamal Abdel Nassers>

07.08.1967: <*Manipulierte Menschen* in Ost und West>

14.08.1967: <Kuba und die Konferenz in Havanna>

21.08.1967: <*Isaac Deutscher*>

04.09.1967: <Ilja Ehrenburg und Graham Greene>

11.09.1967: <*Eines der interessantesten Probleme in unserer Zivilisation ist das Problem des Zusammenwirkens von Macht und Wissen*, am Beispiel der amerikanischen Berichterstattung über den Vietnamkrieg und Herbert Wehners Meinung über das deutsche Proletariat nach Hitlers Angriff auf die Sowjetunion>

25.09.1967: <*Zwei Fälschungen*: das Prager Manifest und Arnold Zweigs Absage an die DDR>

Okt. 1967?: <*Die Gruppe 47*>
02.10.1967: <*Die Aufzeichnungen Swetlana Alliluyewas, der Tochter Stalins*>
09.10.1967: <*Die Aufzeichnungen Swetlana Alliluyewas, der Tochter Stalins* (Fortsetzung)>
30.10.1967: <Die Hamburger »Zeit«: Interview mit Günter Grass und die Büchnerpreisrede Heinrich Bölls>
11.12.1967: <Die NPD und die Große Koalition>
18.12.1967: <Gedichte und Gegengedichte>

**1968**
01.01.1968: <Veröffentlichungen anläßlich der 50-Jahrfeier der Oktoberrevolution, vor allem aus der CSSR>
22.01.1968: <Abschied von der BBC>

## KULTUR UND IDEOLOGIE

**1962**
18.04.1962: <Der *3. Abschnitt des Neuen Parteiprogramms der KPdSU* (Fortsetzung)>
30.05.1962: <*Konflikte zwischen Parteiideologie und Wissenschaft (in der DDR)*>
18.07.1962: <*Die kulturelle und ideologische Lage in der Sowjetunion*> [Beilage: Erich Fried: *Bericht über Gespräche in Wien*]
25.07.1962: <*Die kulturelle und ideologische Lage in der Sowjetunion* (Fortsetzung)>
10.10.1962: <Stimmen aus Polen (Fortsetzung)>

**1963**
26.08.1963: <*Die ideologische Plattform der Kommunistischen Partei Chinas* (Fortsetzung)>
11.09.1963: <*Franz Kafka* (Fortsetzung)>
18.09.1963: <*Franz Kafka* (Fortsetzung)>
25.09.1963: <*Franz Kafka* (Fortsetzung / Schluß)>
09.10.1963: <Die Bedeutung der Kommunistischen Partei Italiens>
16.10.1963: <Die Bedeutung der Kommunistischen Partei Italiens (Fortsetzung)>
30.10.1963: <Das Ulbricht-Regime (Fortsetzung)>
06.11.1963: <Das Ulbricht-Regime (Fortsetzung)>
18.12.1963: <Die SED und die Jugend>

**1964**
01.01.1964: <Die SED und die Jugend (Fortsetzung)>
05.02.1964: <*Bericht über die Rede des deutschen Atomphysikers von Weizsäcker* im Ostberliner »Sonntag« / Friedliche Koexistenz der Kunstauffassungen>
19.02.1964: <Werner Müller-Claud im Ostberliner »Sonntag«>
11.03.1964: <Der »Zwischenbescheid« an Erich Fried im Ostberliner »Sonntag« vom 16.2.1964>

25.03.1964: <*Die Absetzung Professor Havemanns*>
03/04? 1964: <Alfred Kurellas Aufsatz »Was verstand Marx unter Entfremdung?«>
03/04? 1964: <Alfred Kurellas Aufsatz »Was verstand Marx unter Entfremdung?« (Fortsetzung)>
20.05.1964: <Angriffe auf Pablo Picasso und Ernst Fischer im Ostberliner »Sonntag«>
27.05.1964: <Angriffe auf Pablo Picasso und Ernst Fischer im Ostberliner »Sonntag« (Fortsetzung)>
26.06.1964: <*Heinz Brandt*>
08.07.1964: <*Professor Fritz Cremer*>
22.07.1964: <*Professor Fritz Cremer* (Fortsetzung)>
29.07.1964: <Heinz Brandt über Robert Havemann>
05.08.1964: <Robert Havemanns Rowohlt-Taschenbuch »Dialektik ohne Dogma? – Naturwissenschaft und Weltanschauung«>
12.08.1964: <Heinz Brandt über Robert Havemann (Fortsetzung)>
30.09.1964: <*Palmiro Togliatti*>
07.10.1964: <*Palmiro Togliatti* (Fortsetzung)>
14.10.1964: <*Palmiro Togliatti* (Fortsetzung)>
21.10.1964: <*Palmiro Togliatti* (Fortsetzung)>
25.11.1964: <*Das 5. Pioniertreffen in Karl Marx-Stadt*>
02.12.1964: <*Das 5. Pioniertreffen in Karl Marx-Stadt* (Fortsetzung)>
16.12.1964: <Titos große Rede auf dem 8. Kongreß des Bundes der Kommunisten Jugoslawiens (Fortsetzung)>
30.12.1964: <Titos große Rede auf dem 8. Kongreß des Bundes der Kommunisten Jugoslawiens (Fortsetzung)>

**1965**

06.01.1965: <Titos große Rede auf dem 8. Kongreß des Bundes der Kommunisten Jugoslawiens (Fortsetzung)>
03.02.1965: <Robert Havemanns »Spiegel«-Interview im Dezember 1964>
17.02.1965: <Gerhard Harig in dem DDR-Sammelband »Wissenschaft contra Spekulation«>
17.03.1965: <Mihaljo Mihaljov über seinen Aufenthalt in Moskau 1964>
21.07.1965: <*Die Ausführungen Professor Havemanns auf der Salzburger Tagung der Paulus-Gesellschaft* (Fortsetzung)>
28.07.1965: <Probleme der Intellektuellen in Hinblick auf Sozialismus und Arbeiterbewegung>
04.08.1965: <Probleme der Intellektuellen in Hinblick auf Sozialismus und Arbeiterbewegung (Fortsetzung)>
11.08.1965: <Probleme der Intellektuellen in Hinblick auf Sozialismus und Arbeiterbewegung (Fortsetzung)>
25.08.1965: <Probleme der Intellektuellen in Hinblick auf Sozialismus und Arbeiterbewegung (Fortsetzung)>
01.09.1965: <Probleme der Intellektuellen in Hinblick auf Sozialismus und Arbeiterbewegung (Fortsetzung)>
29.12.1965: <Die 11. Tagung des Zentralkomitees der SED>

**1966**

05.01.1966: <*Prof. Dr. Havemann*>

12.01.1966: <*Prof. Dr. Havemann* (Fortsetzung)>

19.01.1966: <*Prof. Dr. Havemann* (Fortsetzung)>

02.02.1966: <Professor Lombardo-Radices Besprechung des Buches »Dialektik ohne Dogma« von Robert Havemann>

16.02.1966: <Entwicklungen in kommunistischen Parteien Skandinaviens (Fortsetzung)>

23.02.1966: <Das Buch des polnischen Universitätsprofessors Adam Schaff über »Marxismus und das menschliche Individuum«>

09.03.1966: <Das Buch des polnischen Universitätsprofessors Adam Schaff über »Marxismus und das menschliche Individuum« (Fortsetzung)>

16.03.1966: <Das Buch des polnischen Universitätsprofessors Adam Schaff über »Marxismus und das menschliche Individuum« (Fortsetzung)>

30.03.1966: <Professor Havemann und die Deutsche Akademie der Wissenschaften>

06.04.1966: <*Die Akademie-Sitzung für Robert Havemann und gegen seinen Ausschluß*>

13.04.1966: <Verschiedene Auffassungen, was ein Marxist und ein Kommunist ist>

20.04.1966: <Gespräche mit Mitgliedern und Sympathisanten der in Westdeutschland verbotenen KPD über den Fall Robert Havemann>

11.05.1966: <Auszüge aus »Schriftsteller, Erfolg und Wohlstandsgesellschaft«, Rede zur Princeton-Tagung 1966 der Gruppe 47>

18.05.1966: <Ein Interview mit Robert Havemann in der österreichischen Studentenzeitschrift »Trend«>

25.05.1966: <Ein Interview mit Robert Havemann in der österreichischen Studentenzeitschrift »Trend« (Fortsezung)>

01.06.1966: <Die Behandlung der Künstler und Schriftsteller auf dem 23. Parteitag in Moskau>

08.06.1966: <Die Behandlung der Künstler und Schriftsteller auf dem 23. Parteitag in Moskau (Fortsetzung)>

15.06.1966: <Ein Angriff auf die Gruppe 47 in der Ostberliner »National-Zeitung«>

22.06.1966: <Die Einseitigkeit in den Kulturzeitschriften und Kulturspalten der DDR-Presse>

13.07.1966: <Die Ereignisse in Jugoslawien>

10.08.1966: <Ein anonymer Artikel im »Neuen Deutschland« vom 23. Juli 1966 mit Angriffen auf Herbert Wehner, Willy Brandt, Lucio Lombardo-Radice und Ernst Fischer (Fortsetzung)>

07.09.1966: <Äußerungen Titos aus den letzten Tagen>

21.12.1966: <Georg Lukacs' Interview im KPI-Zentralorgan »Unitá« (Fortsetzung)>

28.12.1966: <Ein Vortrag des italienischen Kommunisten Lucio Lombardo-Radice in München>

**1967**

04.01.1967: <Der Angriff im »Sonntag« vom 25. Dezember 1966 auf Ernst Fischer>

22.02.1967: <Entwicklungen auf Kuba und ihre Bedeutung innerhalb der kommunistischen Weltbewegung>

01.03.1967: <Zitate aus einem Artikel der Prager Kulturzeitschrift »Literarni Noviny«>

22.03.1967: <Franz Mareks Buch »Philosophie der Weltrevolution«>

29.03.1967: <Karl Jaspers Buch »Antwort zur Kritik meiner Schrift ›Wohin treibt die Bundesrepublik?‹«>

17.05.1967: <Die Rede des Präsidenten Nyerere von Tanzania in Kairo>

24.05.1967: <Einige eigenwillige Äußerungen Fidel Castros>

19.07.1967: <Der Londoner Kongreß »Dialectics of Liberation – Dialektik der Befreiung«>

26.07.1967: <The Black Power – die Bewegung »Schwarze Macht« in den Vereinigten Staaten>

02.08.1967: <Die Aggressivität in der heutigen Welt>

09.08.1967: <*Walter Benjamin*>

16.08.1967: <Der sogenannte Pluralismus, seine Begründung ebenso wie seine Kritik>

23.08.1967: <*Isaac Deutscher*>

06.09.1967: <Die Lage der tschechoslowakischen Schriftsteller>

27.09.1967: <Der weltpolitische Hintergrund zu den kulturellen und ideologischen Problemen, die allenthalben, namentlich aber in der kommunistischen Weltbewegung zur Sprache kommen>

04.10.1967: <Gert Kalow: »Hitler. Das gesamtdeutsche Trauma«>

11.10.1967: <Gert Kalow: »Hitler. Das gesamtdeutsche Trauma« (Fortsetzung)>

15.11.1967: <Stalinismus, Kommunismus und Anti-Kommunismus>

06.12.1967: <Georg Lukacs' Artikel »Der große Oktober 1917 und die heutige Literatur«>

13.12.1967: <Georg Lukacs' Artikel »Der große Oktober 1917 und die heutige Literatur« (Fortsetzung)>

20.12.1967: <Der Fall des Sowjethistorikers A.M. Nekritsch, der 1966 ein Buch über das Jahr 1941 veröffentlicht hat>

27.12.1967: <Einige Äußerungen des Philosophen Alfred Schmidt über Ideologie / Roland Nitsches Buch »Der verfehlte Mensch – Unsicherheit im Sozialstaat«>

## KRITISCHER UND KRITIKLOSER KOMMUNISMUS

**1955**

18.12.1955: <Robert Havemanns Buch »Weltall, Erde, Mensch« (Fortsetzung)>

**1958**

23.12.1958: <Über kritische und kritikfeindliche Tendenzen innerhalb der kommunistischen Bewegung (Fortsetzung)>

**1959**

01.04.1959: <Über kritische und kritikfeindliche Tendenzen innerhalb der kommunistischen Bewegung (Fortsetzung)>

08.04.1959: <Über kritische und kritikfeindliche Tendenzen innerhalb der kommunistischen Bewegung (Fortsetzung)>

15.04.1959: <Die Briefe des ostdeutschen Kommunisten »Half Hearted Well-Wisher« an die BBC>

22.04.1959: <Die Briefe des ostdeutschen Kommunisten »Half Hearted Well-Wisher« an die BBC (Fortsetzung)>

13.05.1959: <Die Briefe des ostdeutschen Kommunisten »Half Hearted Well-Wisher« an die BBC (Fortsetzung)>

03.06.1959: <Die Briefe des ostdeutschen Kommunisten »Half Hearted Well-Wisher« an die BBC (Fortsetzung)>

10.06.1959: <Die Briefe des ostdeutschen Kommunisten »Half Hearted Well-Wisher« an die BBC (Fortsetzung)>

17.06.1959: <Die Briefe des ostdeutschen Kommunisten »Half Hearted Well-Wisher« an die BBC (Fortsetzung)>

24.06.1959: <Die Briefe des ostdeutschen Kommunisten »Half Hearted Well-Wisher« an die BBC (Fortsetzung)>

26.08.1959: <William S. Schlamms Buch »Die Grenzen des Wunders«>

02.09.1959: <William S. Schlamms Buch »Die Grenzen des Wunders« (Fortsetzung)>

09.12.1959: <*Vergleich offizieller kommunistischer Parteidokumente untereinander und mit den historischen Tatsachen* (Fortsetzung)>

**1960**

13.01.1960: <*Vergleich offizieller kommunistischer Parteidokumente untereinander und mit den historischen Tatsachen* (Fortsetzung)>

20.01.1960: <*Vergleich offizieller kommunistischer Parteidokumente untereinander und mit den historischen Tatsachen* (Fortsetzung)>

27.01.1960: <*Vergleich offizieller kommunistischer Parteidokumente untereinander und mit den historischen Tatsachen* (Fortsetzung)>

**1961**

25.01.1961: <*Bericht über die Betrachtungen Vladimir Dedijers ( ... ), die Prof. Dedijer, ein alter Freund und Genosse Titos, in der »Times« vom 6. Januar 1961 veröffentlichte* (Fortsetzung)>

19.07.1961: <Die jugoslawischen Entwicklungen unter Tito (Fortsetzung)>

04.10.1961: <Das Parteiprogramm der KPdSU (Fortsetzung)>

# Erich Fried als szenischer Dichter

Erich Frieds Beziehung zum Drama und zur Bühne reicht bis in seine Kindheit zurück. Nicht allein, daß er von den dramatischen Versuchen seines Vaters wußte, über die der Sohn später meistens jedoch mit Ironie sprach. Bereits als Fünfjähriger trat Fried in einer Kinderschauspielgruppe auf, in der Rolle des »Azur« aus Raimunds »Verschwender«, worüber er u.a. in seiner Erinnerungsgeschichte »Wunderkinderzeit« aus dem Band »Mitunter sogar Lachen« (1986) berichtet.

An die frühe Berührung mit dem Theater knüpft Fried im englischen Exil an. Nach der Ermordung seines Vaters durch die Gestapo 1938 in Wien hatte er sich vorgenommen, wie er später zusammenfaßte, »wenn ich lebend entkäme, zu tun, was mein Vater in den letzten zwölf Jahren seines Lebens vergeblich tun wollte – Schriftsteller zu werden. Ich wollte gegen Faschismus, Rassismus, Unterdrückung und Austreibung unschuldiger Menschen schreiben« (Höre, Israel!, Hamburg 1974, S. 9). Im Herbst 1941 führt die österreichische Emigrantenbühne »Laterndl« unter der Regie Martin Millers Frieds Einakter »Ring Rund« auf. Das Stück erscheint im Oktober 1941 in der Austrian Centre-Reihe »Kunst und Wissen. Eine Materialsammlung für Veranstaltungen« (Nr.30, S. 20–22). Ihm folgen weitere Einakter, darunter die bisher noch in keiner Fried-Bibliographie erfaßte antifaschistische Kurzszene »Die Schule der 5. Kolonne«, von der sich ein Druck in Frieds Nachlaß erhalten hat (»Österreichische Kulturblätter«, London, Dez. 1942).

Nachdem sich Fried im Londoner Exil kurz auch als Leiter einer Spielgruppe des »Laterndls« versucht hatte, liegen für die unmittelbare Nachkriegszeit und die erste Hälfte der 50er Jahre (bisher noch) keine Quellen vor, die auf eine intensive Weiterbeschäftigung mit der szenischen Dichtung in diesem Zeitraum schließen lassen. Zu ihr scheint er den Kontakt lediglich als Übersetzer zu halten, indem er etwa 1952 für die BBC ein Hörspiel von H.G. Wells (»Der Lebensbeschleuniger«) oder 1954 ein »Spiel für Stimmen« von Dylan Thomas, das legendäre Stück »Unter dem Milchwald«, übersetzt. Erst für die zweite Hälfte der fünfziger Jahre mehren sich dann wieder die Spuren, die ein erneutes Interesse Frieds an eigener Bühnen-und Hörspieldichtung verraten. Während der Hörspielautor zu Beginn der sechziger Jahre nachweislich drei (vermutlich mehr) Stücke zur Sendung bringen kann, bleibt der Dramatiker relativ erfolglos. 1967 veröffentlicht er das Libretto »Arden muß sterben« nach dem anonymen englischen Schauspiel »Arden of Faversham«, das im gleichen Jahr an der Hamburgischen Staatsoper mit der Musik von Alexander Goehr uraufgeführt wird und das er viele Jahre später zu dem Bühnenstück » ... und alle seine Mörder ... « umschreibt (Wien 1984; deutsche und österreichische Erstaufführungen erst nach Erich Frieds Tod).

Das scheint bereits alles zu sein, was sich über den Dramatiker Fried sagen läßt, befände sich im Nachlaß des Dichters nicht eine Reihe von Manuskripten, die eine fast unermüdliche Beschäftigung mit theatralen Stoffen und Motiven seit dem Ende der fünfziger Jahre dokumentieren. Diese Stücke wurden von ihm über Jahre hinweg ständig überarbeitet. Viele Versuche, einzelne Stücke an Bühnen (oder in Hörspielfassung an den Rundfunk) zu bringen, sind in der Korrespondenz belegbar. Zudem kündigte Fried Anfang der sechziger Jahre einzelne Stücke in bio-bibliographischen Hinweisen an.

Einzelne Indizien weisen darauf hin, daß Fried nach seiner Kündigung bei der BBC 1968 als freier Schriftsteller, nunmehr unter größeren materiellen Druck geraten, seine Absicht, eigenständige Stücke zur Aufführung zu bringen oder zu verlegen, zunehmend in den Hintergrund stellte. Stattdessen griff er auf vorhandene Vorlagen zurück. Es entstanden Bearbeitungen wie das oben erwähnte Schauspiel » ... und alle seine Mörder ... «, sowie eine Shakespeare-Collage »Falstaff« und Jura Soyfers »Vineta« als »Johnny in Jumne«.

Werner Rotter, Mitarbeiter der Österreichischen Nationalbibliothek und Regieassistent an den Dortmunder Bühnen 1978/79, wo er Fried anläßlich der deutschen Erstaufführung von Steve Goochs »Die Piratinnen« als Übersetzer kennengelernt hat, nahm Einblick in das bisher unbekannte Material und skizziert auf den folgenden Seiten die bisher identifizierbaren Bühnenarbeiten und deren Entwicklung.

– 21 –

<u>Die Schule der 5. Kolonne</u> Erich Fried.

Lehrer in der Sa oder SS Uniform tritt ein. – Klasse dargestellt durch einige Schueler und Schuelerinnen halb uniformiert, oder nur mit Hakenkreuzbinden. V orne auf die Seite wird vor Szenenanfang ein Plakat hingehaengt. – :

Reichspropagandaministerium
Doktor Goebbels – Schulungsklasse
fuer den G eheimdienst.

---

Lehrer tritt ein und wird von 1. Schueler gegruesst.

1. Sch.: Guten Morgen, Herr Lehrer!
Le : Hergestellt! Schon wieder vergessen, wie man gruesst?! Oesterreichische Schlamperei sowas! – Ach, ach – wollte sagen: Ostmaerkische Fahrlaessigkeit, jawohl! (Klasse lacht)–
Le : Was gibts denn schon wieder zu lachen? Man wird sich doch noch mal versprechen koennen! (beiseite) Verflucht, diese Ostmark, sooft ich das Wort in den Mund nehm, gibts Unannehmlichkeiten!– (Klasse lacht noch mehr immer )
Le : Maulhalten, Schluss mit dem G ekicher. – Wartet mal, ich werde euch schon Disziplin beibringen, dass Ihr daran denkt. – Bevor Sie (zu 1.Sch.) mir Rede stehen wegen des G russes, werden wir mal alle ein wenig Gruessen ueben – Habt Acht. (Klasse steht) – Gruessen!
Klasse : (Hebt Hand) Heil Hitler, Guten Kriegsmorgen!
Le : Jawohl, so is recht! Guten <u>Kriegs</u>morgen, und nicht mehr guten Morgen! – Vom Morgen sprechen nur die Hochverraeter. – Aber darueber werde ich euch morgen erzaehlen. – Nochmals: Gruessen!
Klasse : Heil Hitler! Guten Kriegsmorgen!
Le : Herstellt.– Diesmal habt ihr die Arme nur so schlapp gehoben. Wir sind hier nicht in Wien bei den Drueckebergern! Los, Arme reckt Rechts! – Links! – Rechts! – Links! – Rechts!– Links! (Zuckt zusammen, bruellt ersten Schueler an) Sie da: Ballen Sie nicht immer die Faust, wenn Sie die Linke heben, das kann ja kein Mensch aushalten! (Klasse lacht)
1. Sch.: Zu Befehl, ich hab an was anderes gedacht!
Le : Sie haben nicht zu denken, wenn man es Ihnen nicht befiehlt.– Unerhoert sowas.– Vorhin beim G ruessen, da waren Sie wohl auch "in Gedanken" Was?!
1.Sch. : Ich hab mich halt vergruesst! (Klasse lacht)
Le : Sooo! Vergruesst also? – In einer Schulungsklasse fuer den Geheimdienst? – Wie wollen Sie da eigentlich im Leben weiterkommen.– Na warten Sie, was Sie fuer Noten haben werden, im Semester.
2. Sch : Bitte Herr Lehrer, er war zweimal der Beste von der ganzen Schule in Judenschlagen!
Le : Das sagt gar nichts. – Judenschlagen kann ein jeder! Und das ist eine alte Geschichte. – In koerperlichen Uebungen sind immer die groessten Dummkoepfe die Besten. (Klasse lacht, einer meldet sich)
Le : Ja, Eginhard, was gibts?
Eginh : Bitte, ich hab immer geglaubt, dass die koerperlichen Uebungen das Wichtigste fuer die deutsche Jugend sind? –
Le : Weil Sie ein Schwachkopf sind!
Eginh : Bitte, das hat aber der Fuehrer auch gesagt! (Klasse lacht)
Le : (sehr erschrocken) Der Fuehrer?! (Hebt einen Moment Hand) Ach, Ach, – das hat er aber ganz anders gemeint, – Das waere noch schoener, wenn jeder Dussel gleich das Wort des Fuehrers verstehen koennte? — (Peinliches Schweigen) – Ach, – was ich sagen wollte, wer war das zuvor, der sich vergruesst hat.
1.Sch. : Zu Befehl, ich.
Le. : Also hoeren Sie mal her. Das darf mir nie wieder vorkommen! Wenn sie sich das Vergruessen nicht abgewoehnen, das ist Ihr eigenes Verderben. Stellen Sie sich

»Österreichische Kulturblätter« (London), Dezember 1942. Abgebildet ist ein Ausschnitt des Titelblattes und der Anfang von Erich Frieds Einakter »Die Schule der 5. Kolonne« auf S. 21.

# Sprache · Fried · Stücke.

Ein Einblick in unbekanntes
Nachlaßmaterial

*Werner Rotter*

## Die Schule der 5. Kolonne

(Einakter)

Der frühe Einakter ist ein bitterer Schwank über eine Unterrichtsstunde in einer Geheimdienstschule der Nazis. Ein Lehrer paukt seinen unterschiedlich charakterisierten Schülern ein, die Engländer hätten keine Flugzeuge, da dies der Führer behauptet habe. Während die Klasse den vorgekauten Satz nachspricht, trifft eine Bombe der englischen Luftwaffe das Klassenzimmer.

Inhaltsangabe nach dem Druck in den »Österreichischen Kulturblättern« (London), Dezember 1942, S. 21–23.
Das Jugendwerk aus dem Londoner Exil trägt sicherlich plakative Züge, liefert jedoch auch dienliche Hinweise auf Frieds frühe Beeinflussung durch Nestroy und Jura Soyfer, sowie auf weiterführende Sujets in allen seinen späteren Stücken, vor allem auf das Thema der hierarchisch strukturierten Sprachregelung, das ebenfalls in Frieds Lyrik eine große Rolle spielen wird (z.B. in seinem bekannten Gedicht »Sprachliche Endlösung« aus dem Band »Lebensschatten« von 1981).

## Der Wagen rollt

(»Eine blutige Komödie«)

In Erich Frieds Roman »Ein Soldat und ein Mädchen« begegnet der Soldat der jungen, zum Tode verurteilten KZ-Aufseherin Helga. Er zerbricht an diesem Erlebnis und schreibt unter dem Eindruck dieses Ereignisses in einer psychiatrischen Anstalt Kurzgeschichten, darunter auch »Der Wagen rollt durch die Straße«. Fried kommentiert diese in sich abgeschlossene Kurzgeschichte: »[ ... ] Er wollte [ ... ] den Zusammenstoß einer Gesellschaft mit einem in sich geschlossenen Terrorsystem darstellen, ohne darauf einzugehen, von welcher Seite dieser Terror kommt« (S.203).

Offenbar veranlaßten sowohl Inhalt als auch die Form der erzählenden Prosa dieses Textes den Autor späterhin zu einer Umgestaltung des Themas. Das Stück »Der Wagen rollt« entstand.
Ein autoritäres Militärregime terrorisiert die Bevölkerung mit einem überdimensionalen Wagen. Zerspringen die Fensterscheiben des jeweils passierten Gebäudes, lassen die Militärs die Insassen am Leben, andernfalls stürzen sie diese aus den Fenstern. Widerstand wird mit Folter und Exekution beantwortet. Die Bevölkerung läßt sich zu willigen Handlangern degradieren.
Das Regime wird gestürzt. Ehemalige Mitläufer kommen an die Macht, aber die Exekutive bewahrt personelle Kontinuität. Obwohl der Rechtsstaat ausgerufen wird, die Verbrechen der Militärs Verbrechen genannt werden, reagiert der neue Staat unter dem Vorwand, sich verteidigen zu müssen, auf Widerstand genauso wie die Diktatur.
In dieser bitterbösen Komödie in Parabelform zeigt Fried die Parallelen zwischen faschistischem Terrorregime und autoritärer Demokratie paradigmatisch am Beispiel von Zwillingsbrüdern auf. Der eine läßt sich auch durch Folter nicht einschüchtern, nennt den Blutrausch der Militärs und Mitläufer beim Namen und wird von der Besatzung des Wagens erschossen. Nach Überwindung der Diktatur besteht der andere darauf, daß sein Bruder sich nach rechtsstaatlichen Gesichtspunkten nichts zuschulden kommen ließ, wohl aber die Amtsnachfolger der Tyrannei Verantwortung trügen, da sie als Zeugen der Exekution aktiv das Regime unterstützt hätten. Zwar darf sich der überlebende Zwillingsbruder mit einem Anwalt verteidigen, er wird auch nicht gefoltert, aber erschossen wird er trotzdem. Wenn schon nicht auf Befehl, so doch vorgeblich auf der Flucht.

Inhaltsangabe nach einer älteren Fassung (mit drei Akten in sechs Szenen) zu Beginn der sechziger Jahre.
Indem Fried Exekutionen auf offener Bühne zeigt, bedient er sich der (kathartischen) Mittel der Grausamkeit, ohne in der Fabelführung die Ansprüche der politischen Aufklärung aufzugeben. Mit seinem Augenmerk auf die autoritäre Kontinuität eines postfaschistischen Rechtsstaates leistet das Stück zweierlei: den Hinweis auf die Rolle von Mitläufern für den Wiederaufbau einer Demokratie einerseits und andererseits auf das politische Sensorium Frieds, das sich während des Hitler-Regimes schärfte und ihm zeitlebens keinen Grund zur Entwarnung gab. Der Schluß liegt nahe, das Stück in Deutschland oder Österreich anzusiedeln. Bekanntlich besuchte Fried 1962 Wien erstmals nach seiner Flucht. Das Stück könnte

in dieser Zeit geschrieben worden sein, mit großer Wahrscheinlichkeit nicht in den fünfziger Jahren, da Fried die ursprüngliche Erzählung unter dem Titel »Der Wagen fährt durch die Straße« selbständig und ohne erkennbare Distanz 1956 in Hans Weigels Antholgie »Stimmen der Gegenwart« veröffentlicht hatte. Pläne, die Dramen-Fassung nachzubearbeiten, hatte der Autor noch 1970.

## Delver macht die Erde wohnlich

(»Ein bürgerliches Trauerspiel«)

In diesem Stück entwirft Fried ein postindustrielles Szenario. Der Staat benötigt die Arbeitskraft seiner männlichen Bewohner nicht mehr zur Güterproduktion, also beschäftigt er die meisten Männer im arbeitsfähigen Alter mit dem Ausheben ihres eigenen Grabes. Diese nennen sich »Eigengrabtätige«.
In einem anderen Staat wird diese Tätigkeit für sinnlos erachtet, weil dort Massengräber bevorzugt werden. Diese nennen sich »Wühler« und bekämpfen Erstere.
Bei den Eigengrabtätigen betreibt Delver florierende Geschäfte. Er preist günstige Kredite an und versorgt die Grabarbeiter mit Utensilien, die ihre Tätigkeit leichter erscheinen lassen. Die tiefere Bedeutung des Stücktitels offenbart sich dadurch mit befremdender Wirkung. Als vermeintliche Lachnummer geistert eine Figur wiederholt über die Bühne, die Gesprächsfetzen notiert und ständig beteuert: »Ich will euch verzeihen«.
Die Handlung trägt jedoch Lothar Digger. Er verpflichtet sich zur Eigengrabtätigkeit, verschafft sich in bescheidenem Ausmaß öffentliches Ansehen. Sein Sohn Wolfgang sympathisiert mit den Wühlern und zieht seinen Vater ins Vertrauen. Ein Agitator der Wühler tritt hinzu, was wiederum die Hüter der Friedhofsharmonie bemerken. Nach einer tätlichen Auseinandersetzung mit den Aufsichtsorganen flieht Wolfgang, läßt seinen Vater in Schmach zurück. Lothar Diggers Auszeichnungen werden ihm aberkannt. Nach Jahren erfahren Digger und seine Frau, daß Wolfgang von den Wühlern in einem Geheimprozeß hingerichtet wurde. Digger kann von seinen Verpflichtungen entbunden werden – Wunschtraum aller Eigengrabtätigen –, wenn er sich für Propagandazwecke instrumentalisieren läßt. Seine Frau sieht darin die Chance, in betagten Jahren doch noch ein Leben zu zweit führen

zu können. Lothar zieht einen würdigen Tod vor und beendet sein Leben mit Tabletten (»Sterbepillen«), die er zuvor von Delver erstanden hatte. Die betroffenen Funktionäre des Grabwesens erklären, Diggers Selbstmord ließe sich nur durch den Schmerz um den liquidierten Sohn verstehen. Der Rufer beteuert, daß er nach allem, was er sah und hörte, verzeihen will, aber nichts verzeihen könne.

Inhaltsangabe nach der Fassung eines Matrizenabzuges zu Beginn der siebziger Jahre. Des weiteren befinden sich im Nachlaß sieben Konvolute mit Bühnen- und Hörspielfassungen aus dem Zeitraum zwischen 1961 und dem Anfang der siebziger Jahre, sowie eine englische Übersetzung des ersten Aktes (Übersetzer: Michael Bullock).
Für dieses Stück in drei Akten mit sieben Szenen verwendete Fried ebenfalls die Parabelform. Der poetische Symbolismus erinnert entfernt an Dylan Thomas, steht jedoch in diesem Fall unter explizit politischem Aspekt, wobei das inzwischen historisch gewordene Ost-West-Verhältnis chiffriert wird. Das schafft inhaltlich Nähe zu George Orwell (»1984«, »Animal Farm«), mit dem sich Fried in den fünfziger Jahren nachweislich näher beschäftigt hatte, und formal zu Thornton Wilders theatralischen Versuchen, Kleinbürgermilieu mit antiillusionistischen Mitteln (nicht in Brecht'scher Manier) darzustellen.
Zumindest vier Fassungen weisen Frieds selbstkritische Arbeitstechnik aus. Die Entwicklung zeigt unter wechselnden Arbeitstiteln die Veränderung der Arbeit vom Stadium der anonymen Rollenbezeichnung bis zur differenzierten Ausgestaltung der Charaktere.

## Wetter veränderlich oder Die Hunde

(»Drama in 2 Akten und 14 Bildern«)

Lang anhaltender Regen sucht ein Land mit Überschwemmungen heim. Der Präsident, mit Nachforschungen über die Ursachen des Schlechtwetters beschäftigt, verabsäumt, Maßnahmen gegen den Notstand zu veranlassen. Die aufgebrachte Bevölkerung demonstriert gegen Obdachlosigkeit und gegen die Engpässe in der Lebensmittelversorgung, während der Präsident zwei Experten empfängt, die darüber disputieren, ob den Hunden oder den Schweinen die Schuld für die Niederschläge zuzuschreiben sei. Der Präsident, ein deklarierter Hundefreund, beschließt jedoch seinerseits, den Schwalben die Schuld zuzuweisen und sie vernichten zu lassen. Doch die Niederschläge dauern an, das Wasser steigt weiter.

Ein Sammler von Tieren hat indessen sein Areal zu einer schwimmfähigen Festung umgebaut und lenkt das Allgemeininteresse auf sich. Einige nennen ihn einen Fleischspekulanten, andere wiederum einen Tiernarren. Die hungernde Bevölkerung trachtet nach seinen Fleischreserven, die Regierung plant, mit schlecht getarnten Vorwänden und gut geübter Demagogie, sein Areal zu beschlagnahmen, weil sie den Konflikt mit der Bevölkerung fürchtet. Sowie beide Gruppen das Gestade erreichen, müssen sie feststellen, daß der Tierfreund/Spekulant mit seiner Arche abgelegt hat und sich mitsamt seinen Tieren in Sicherheit befindet.

Inhaltsangabe nach einer Fassung um 1968.
Diese politische Parabel um die Arche Noah erhält ihre ironische Note durch das gezielte Aussparen des Namens Noah. Fried entwirft hier ein Szenario, das die Engstirnigkeit einer apokalyptischen Gesellschaft, die für Noah nur Bezeichnungen des Eigennutzes bereithält, geißelt. In den Bezeichnungen (d.h. in der Sprache) der dichotomen Interessensvertreter spiegeln sich Haltungen, die erst in der Begrifflichkeit demagogisch benutzbar werden. Aus dem demagogischen Disput entsteht Verblendung und Zerstörung.
Noah repräsentiert das Modell (anarchisch-) autonomen Handelns, das sich als einzig gültige Einstellung gegenüber korrupten Machthabern, ohnmächtigem Widerstand und drohendem Weltuntergang erweist.
Darüber hinaus stellt Fried (nicht antagonistisch, jedoch mit Selbstironie) die von ihm selbst eingebrachte Metapher des Regens der von ihm unterstellten Metaphorik der Wissenschafter entgegen. Die Welt geht unter und in der Sprache wird die Ursache für diesen Untergang gesucht. Aber die Sprache ist nicht die Ursache. Daher wird diese Methode der Lächerlichkeit preisgegeben.
Typisch für Fried ist der Rückgriff auf einen alttestamentarischen Mythos und dessen eigenwillige Transponierung in einen neuen, in diesem Fall endzeitlichen Zusammenhang (vgl. etwa auch »Die Wahrheit über die Taube« in dem Prosaband »Fast alles Mögliche« von 1975 und das Gedicht »Nach?« aus »Das Nahe suchen« von 1982). Der Aspekt der tätlichen Wirkung von Sprache erinnert an Gedichte wie »Totschlagen«: »Erst die Zeit / dann eine Fliege / vielleicht eine Maus / dann möglichst viele Menschen / dann wieder die Zeit« (aus »Warngedichte«, 1964).
In einem Brief an Otto Tausig vom 1.3.68 faßte Fried selbst sein Stück folgendermaßen zusammen: »[ ... ] spielt am 20. Tag einer etwa zeitgenössischen Sintflut, in der die ins Bergland zurückgewichene Regierung (als Vertreter einer dem Untergang geweihten Gesellschaft) allerlei nicht sehr zweckmäßige Gegenmaßnahmen trifft. Es wurde entdeckt, daß die Hunde, bzw. die Schweine, am Regen schuld sind, und obwohl man sich dann einigt, die Schwalben zu erschießen, regnet es weiter. Versuche, das Volk zu betrügen, und die Spitzen der Behörden auf das Stallschiff (Arche) zu retten, das zum Staatsschiff werden soll und die Regierenden der Flut

und dem Volkszorn entrücken soll, scheitern trotz anfänglicher demagogischer Erfolge«.

## Johnny in Jumne

(Soyfer-Bearbeitung)

Frieds Vorlage, Jura Soyfers Stück »Vineta« von 1937, handelt von einer mittelalterlichen Stadt, die vor 500 Jahren von einer Sturmflut heimgesucht wurde. Johnny, ein alter Seemann, erzählt in der Rahmenhandlung dieses Einakters von seinen Erlebnissen in dieser Stadt.
Die Bewohner dämmern zwischen Leben und Tod. Vergessen und monoton wiederholte Handlungen ohne zeitlichen Begriff kennzeichnen ihren motivationslosen Alltag. Johnny sinkt bei einem Tauchunfall auf den Meeresgrund, erwacht am Domplatz von Vineta und findet höchst veränderungswürdige Verhältnisse vor, scheitert aber an der Lethargie der Vineter, bis er die tabuisierte Wahrheit sagt: »Vineta, eure Welt ist – tot!«. Dadurch rettet sich Johnny und taucht wieder auf. Am Ende seines Berichtes muß er erkennen, daß seine Zuhörer in der wirklichen Welt gleichfalls desinteressiert reagieren.
Frieds Bearbeitung behält die Szenenfolge bei, bricht jedoch die Rahmenhandlung auf, indem das erste Bild durch einen Prolog ersetzt und das Stück um ein Bild erweitert wird. In diesem versucht Johnny vergeblich Demonstranten zu effektivem Widerstand zu bewegen, stößt jedoch auf Unverständnis, weil Demonstrationen das Machtgefüge der Totenstadt nicht verändern sollen. Johnny versucht dennoch, die Ordnung des maroden Systems umzustürzen. Weil er die vorgefundenen Verhältnisse nicht ändern kann und sogar Bettler eine Veränderung als Ruhestörung empfinden, ändert er sein Ziel und möchte leben und reich werden: »*Ich* werde hochkommen; und dann – dann werde ich leben«. Soyfer im Original: »Ich werde in die Höhe kommen. Und dann werde ich leben«.

Inhaltsagabe nach einer Fassung, die nicht vor dem März 1968 entstanden sein kann. Das Stück existiert ebenfalls in diversen Hörspielversionen und früheren Szenen-Fassungen. Mit dem Soyfer-Stoff hat sich Fried bis in die achtziger Jahre auseinandergesetzt.

Frieds Bearbeitung ist ein abendfüllendes Stück in zwei Teilen. Die Erweiterungen gegenüber der Vorlage zielen auch darauf ab, den Stadtstaat als Spitzelstaat darzustellen und das Thema des tabuisierten Todes sprachlich auszukosten. Bei Fried spricht Johnny hochdeutsch, bei Soyfer ein stilisiertes Wienerisch. Jumne ist ein anderer Name für »Vineta«, einen wendischen Handelsplatz der Insel Wollin nahe der Küste Usedoms. Fried wählte diesen Namen, um das Stück vollends aus seinem Wien-Bezug zu lösen. Dazu schrieb er in dem oben zitierten Brief an Otto Tausig: »[ ... ] da die Anspielung Wien – Vineta – in diesem Fall für Deutschland ohnehin nur irreführend wäre, da außerdem die Vineta-Sage unter dem Namen Vineta in Deutschland zu gut bekannt ist, um das Spannungselement zu erhalten, habe ich den Namen Jumne eingesetzt. [... ] Daß ich ansonsten statt der Arbeitslosigkeit die Entfremdung gesetzt habe, daß statt der Probleme aus dem Wien von 1937 heute Gammler und ›integrierte‹ Demonstranten usw. vorkommen, ferner der Verfassungsschutz der Bundesrepublik usw., wirst Du beim Lesen selbst sehen«.

## Der Weg und die Station

(Hör- und Fernsehspiel)

Als Vorlage diente der Gedichtzyklus »Wanderung« aus dem Jahr 1947, der später in dem Band »Reich der Steine« erschien. Die dialogische Umarbeitung entzieht sich dem Zwang zur Endstrebigkeit. Eine Handlung im herkömmlichen Sinn wird ersetzt durch die Wiedergabe eines situativen Geschehens. Der experimentelle Charakter ergibt sich aus dem Anliegen des Autors, Zeit in Relation zu inneren Erwartungshaltungen zu setzen.

Drei Frauen (in früheren Arbeitsstufen Moiren, dann Nornen) beobachten drei Männer an einem Ort, an dem sie zum Warten auf ihre Weiterreise gezwungen sind. Den drei Männern entsprechen drei Wanderer, die in die Wüste marschieren. Die drei Männer bleiben jedoch auf ihrer »Station«, ihnen werden die Fahrkartennummern neunzehnvierzehn bis neunzehnachtzehn, neunzehndreiunddreißig und neunzehnneununddreißig bis neunzehnfünfundvierzig zugewiesen. Während die Männer träumen, verschmelzen sie zu einer Person unter dem Aspekt dreier Lebensalter. Ahasver begegnet ihnen. Für die Männer wird Ahasver, der Ewige Jude, eins mit Wotan, dem unerlösten Jäger der Germanen.

Beschreibung nach einer Hörspielfassung zu Beginn der sechziger Jahre. Der Nachlaß enthält des weiteren Material, anhand dessen die Entstehungsgeschichte des Hörspiels genau rekonstruierbar ist.
Von allen szenischen Arbeiten weist dieses Hörspiel die meisten Besonderheiten und Abweichungen von den anderen hier umrissenen Stücken auf. Im Vorspann bezeichnet Fried diese Arbeit als Hörspielfassung, fügt jedoch hinzu, daß »eine Fernsehdarstellung viele interessante experimentelle Möglichkeiten« biete. Szenen in Prosa wechseln mit Szenen in gebundener Rede. Von den bisher identifizierten dialogischen Werken ist es das einzige, das Fried aus seiner Lyrik entwickelte.
Das Stück verwendet fast alle symbolischen wie mythologischen Bezüge und Rätsel der lyrischen Vorlage und fügt neue hinzu. Ohne gezielt politische Anklage überträgt Fried – wie im Zyklus – die Erfahrungen mit seiner Zeit in einen dunklen Sprachkosmos des Zwiespalts, Zweifels und der existentiellen Heimatlosigkeit. Vor dem Hintergrund einer im Stück nur angedeuteten Patriarchatskritik (Die Frau: »Der Mann ist das Ungeheuer«) läßt sich sein Standpunkt auch nicht mit den männlich geprägten Maximen linker Ideologie vereinen. In Frage gestellt wird das linke Weg-Ziel-Dogma (z.B. Der Zweck heiligt die Mittel) zugunsten der taoistischen Formel, daß der Weg selbst das Ziel sei. (Der Alte: »Die die Wege messen an ihren Zielen – die irren«). – Der Gesamtduktus des Stücks spricht dafür, seine Entstehungszeit auf Ende der fünfziger / Anfang der sechziger Jahre anzusetzen.

## Ausblicke zu ersten Einblicken

1. Es kann nicht Aufgabe dieses Werkstattberichtes sein, über die szenischen Dichtungen Erich Frieds zu urteilen. Sie können nur am Ort ihrer Bestimmung gutgeheißen oder verworfen werden, im Theater.
2. Neben Regieanweisungen finden sich durchgehend in allen Stücken konkrete Anweisungen zur praktischen Umsetzung auf der Bühne (bzw. im Rundfunk- oder Fernsehstudio). Wie auch aus seiner Korrespondenz ersichtlich, hatte Fried den festen Willen, für seine Stücke ein Publikum zu finden (vgl. z.B. Brief an Peter Zadek vom 14.2.1963, S. 99).
3. Fried beeinflußte vor allem mit seinen Übersetzungen aus der englischen Literatur das Theater im deutschsprachigen Raum. Mit seinen Vorstellungen, die er zum Teil aus der zeitgenössischen englischen Theaterlandschaft gewann, suchte er eine »Synthese zwischen absurdem und politischem Theater« zu entwickeln, die Bezüge zu Dylan Thomas, Arnold Wesker, George Orwell, Thorton Wilder und anderen erkennen läßt. Für jedes seiner Stücke dichtete Fried Lieder, denen er eine epische Funktion unterlegte. Auch wenn er sich mit Brechts Lehrstücktheorie beschäftigte und sich 1968 auf Brecht beruft, differiert die Metaphorik seiner Parabeln in ihrer Geschlossenheit von Brechts Fabelführung. Die Beziehung zu Brechts Vorstellung vom Theater kann vermutlich nur ausgelotet werden, wenn die unterschiedlichen Zugänge beider Autoren zum asiatischen Theater untersucht werden.
4. Wenn hier von Sprachkritik die Rede ist, dann nicht von jener, viel-

leicht geläufigeren Art, welche die Verständigungsfähigkeit von Sprache generell in Zweifel zieht. Vielmehr richtet sich Frieds Sprachkritik auch in seinen Arbeiten für das Theater gegen Machtverhältnisse, die Ausdrucksweisen bedingen, um Macht zu zementieren. Frieds Interesse war es, diese dynamischen Vorgänge aufzuzeigen und als vermeidbar darzustellen (im Ansatz sogar in so einem hermetischen Stück wie »Der Weg und die Station«).

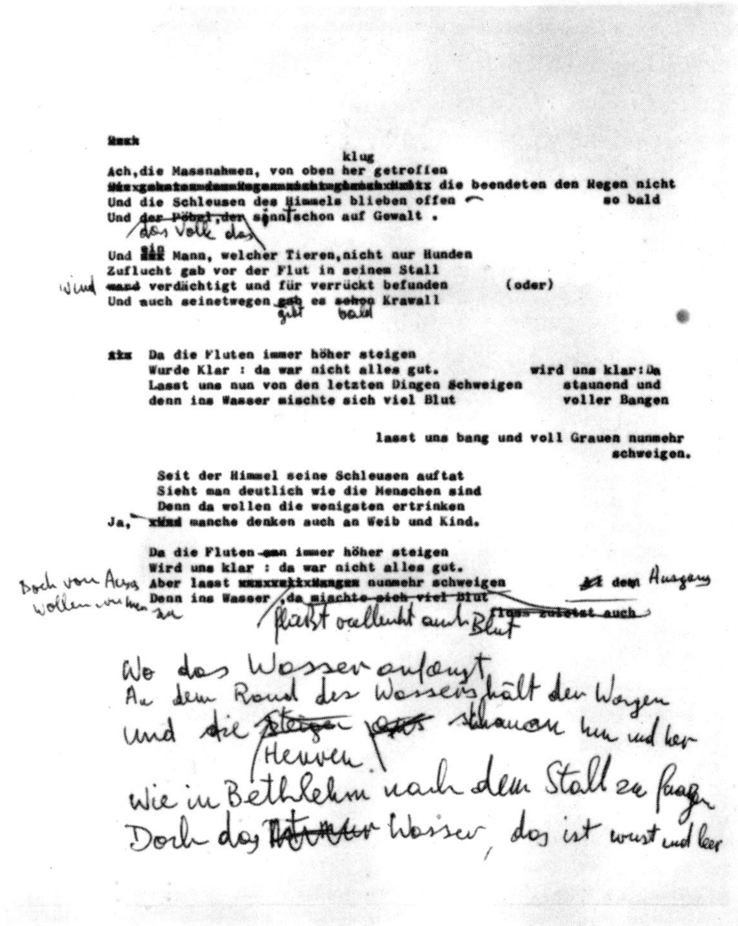

klug
Ach, die Massnahmen, von oben her getroffen
die beendeten den Regen nicht
Und die Schleusen des Himmels blieben offen      so bald
Und der Pöbel, der sann schon auf Gewalt .
das Volk das

Und ein Mann, welcher Tieren, nicht nur Hunden
Zuflucht gab vor der Flut in seinem Stall
wird verdächtigt und für verrückt befunden      (oder)
Und auch seinetwegen gab es schon Krawall
gibt bald

Da die Fluten immer höher steigen
Wurde Klar : da war nicht alles gut.      wird uns klar: Da
Lasst uns nun von den letzten Dingen Schweigen      staunend und
denn ins Wasser mischte sich viel Blut      voller Bangen

lasst uns bang und voll Grauen nunmehr schweigen.

Seit der Himmel seine Schleusen auftat
Sieht man deutlich wie die Menschen sind
Denn da wollen die wenigsten ertrinken
Ja, manche denken auch an Weib und Kind.

Da die Fluten immer höher steigen
Wird uns klar : da war nicht alles gut.
Aber lasst nunmehr schweigen      dem Ausgang
Denn ins Wasser, da mischte sich viel Blut
fließt vielleicht auch Blut

Wo das Wasser anfängt
An dem Rand des Wassers hält den Wagen
und die Herren schauen hin und her
wie in Bethlehem nach dem Stall zu fragen
Doch das Wasser, das ist wüst und leer

Typoskript mit handschriftlichen Korrekturen zu Liedern aus »Wetter veränderlich oder Die Hunde«.

# Erich Frieds autobiographische Aufzeichnungen

Über den Umfang der Gesamtmenge der Tagebücher und autobiographischen Notizen im Nachlaß von Erich Fried lassen sich bis zum jetzigen Zeitpunkt noch keine festen Aussagen machen. Allerdings deuten einzelne Dokumente darauf hin, daß Fried alles in allem und trotz energischer Vorsätze nur sehr unregelmäßig Tagebuch geführt hat. So etwa enthält ein Heft, das der Autor »Tagebuch 1. Oktober 1953« betitelt hat, lediglich zwei Eintragungen, davon merkwürdigerweise eine vom 12./13.3.1952. Die nächste Aufzeichnung datiert vom 30.9./1.10.1953, dazwischen (Bl. 2–8) befinden sich Zeichnungen, ein Gedichtentwurf und poetische Assoziationen. Scheinbar hat Fried mit der Eintragung letzteren Datums ein älteres, nicht weitergeführtes Tagebuch neu eröffnen wollen, das er dann auch wieder abbrach. Der Eintrag aus der »Nacht vom 12. auf den 13. März 1952«, in dem sich Fried u.a. auf seinen Analytiker Philipp Metman, den führenden Vertreter der C.G. Jung-Schule in England bezieht, lautet:

In einem ist das Dichten ein Weg von Erlösung zu Erlösung: Wenn die eine Erlösung die *Magie der Form* war, die mich packte und vom Versuch, *Kenntnisse* zu Gedichten zu machen, endgültig fortriß, so fühle ich in den letzten Tagen immer mehr, daß ich nur [?] von der Magie der Form erlöst werde: durch einen Inhalt, der nicht mehr Kenntnis ist, sondern *Er*kenntnis, der Anfang jener *Weisheit*, die gerade bei mir solange durch gewohnte *Klugheit* bedroht war und auch noch ist – außer eben in Augenblicken dieser neuen Gnade. (Nach Metman die Überwindung der Magie durch Mystik)
Nun kann ich auch sehen, was die Magische Form für den Inhalt meiner Gedichte bedeutet hat: Ein Aufpflügen: Schollen von Kenntnissen, da und dort tiefere Schichten, aber nur bruchstückweise: Zusammenhänge, Weisheiten, wiederkehrende Mythenelemente.
Um dieses nötige Aufbrechen zu ermöglichen, war das ›Durchhalten‹ in die Form verlegt. Es war zugleich *die* entsprechende Form jener Schichten, nämlich der Assoziation, also der Formaspekt so auftauchender Inhalte.
Nun aber setzt die Suche ein, die Deutung.

In der Nacht vom 30.9./1.10.1953 notiert Erich Fried über seine Beziehung zu seiner ersten Ehefrau Maria Marburg (»Mizzi«) und über die zu seinen Freundinnen Hanneli (Plemmons; später Heuser) und Eva:

Ich konnte nicht schlafen. Mir graut vor meiner Zersplitterung in den letzten 5–7 Jahren.
Wann das anfing, weiß ich nicht. Vielleicht das Erwachsen und dem Kommunismus Entwachsen. Vielleicht das Unglücklichwerden mit Mizzi (oder besser gesagt das Unglücklichmachen Mizzis!), das zeitlich damit zusammenfällt.
Vielleicht das Weggehen von Mizzi. Oder aber erst eigentlich Hannelis Weggehen von mir?
Richtig schlecht war ich gegen Hanneli, mehr noch gegen Eva. Aber auch gegen die anderen unzulänglich. *Weil ich nie ganz war. Auch nicht für mein Kind.*
Mit der Zeit nahm ich diesen Zustand als Gegebenheit hin. Auch mein Aufgefressensein von meinen Privatangelegenheiten. Auch meine Unverläßlichkeit im Beantworten literarischer Briefe.
Die Art, wie ich meine Gedichte vernachlässigte, ist nur ein Gegenstück zu dieser Zerstückelung meines Lebens.
Nun beginnt der Kampf dagegen.
Es kann immer *nur* bei mir *selbst* anfangen, wenn auch die Symptome natürlich beseitigt werden müssen.
/// *Strenge*, aber ohne Empörung über mich.
Selbst sich Rechenschaft geben.

Neben den wenigen bisher aufgefundenen Tagebüchern hat sich im Fried-Nachlaß dagegen bereits ein relativ großer Bestand an Notizbüchern und Kalendern orten lassen. In ihnen hält Fried Termine, Adressen und Telefonnummern fest, notiert dort aber auch Einfälle und Gedanken zur Politik, Arbeitspläne, Lektüreeindrücke, Zitate und ähnliches. Freilich befinden sich in diesen Heften und Büchern auch Textentwürfe und -fragmente.
In einem Taschenkalender von 1951 merkte Fried beispielsweise folgende Treffen vor:

2. April »4 Uhr Metman« (Frieds Analytiker, s.o.), 3. April »1. p.m. Welser« (Ortsangabe unleserlich; J.L. Welser war ab etwa Ende 1949 verantwortlicher Leiter der Alliierten-Zeitschrift »Blick in die Welt«, dem als Redakteur Erich Fried assistierte), 4. April »5 pm. Canetti, 14. Crawford St.«.

Interessant sind darüber hinaus die in diversen Mappen des Nachlassers auffindbaren »autobiographischen Notizen«, Blätter auf denen Fried eigenhändig oder maschinenschriftlich tage-

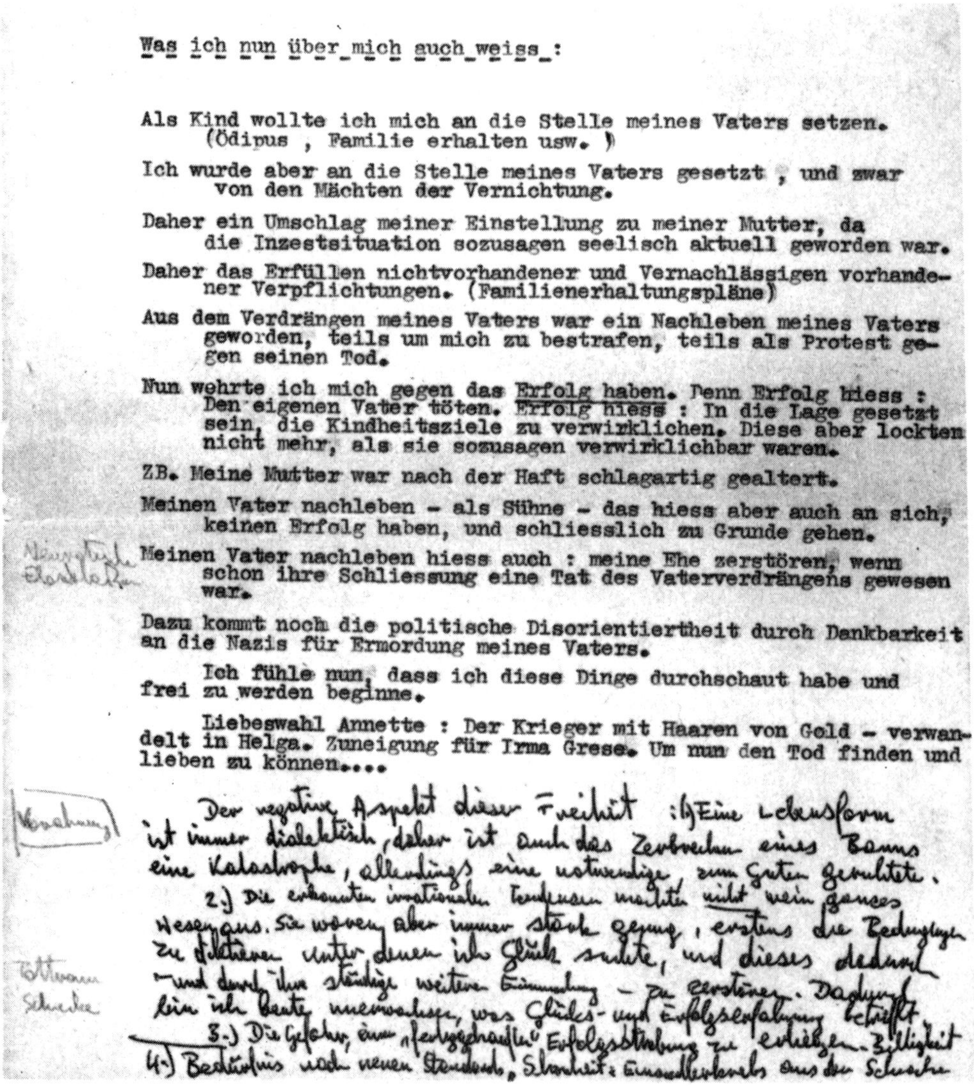

Was ich nun über mich auch weiss :

Als Kind wollte ich mich an die Stelle meines Vaters setzen. (Ödipus , Familie erhalten usw. )

Ich wurde aber an die Stelle meines Vaters gesetzt , und zwar von den Mächten der Vernichtung.

Daher ein Umschlag meiner Einstellung zu meiner Mutter, da die Inzestsituation sozusagen seelisch aktuell geworden war.

Daher das Erfüllen nichtvorhandener und Vernachlässigen vorhandener Verpflichtungen. (Familienerhaltungspläne)

Aus dem Verdrängen meines Vaters war ein Nachleben meines Vaters geworden, teils um mich zu bestrafen, teils als Protest gegen seinen Tod.

Nun wehrte ich mich gegen das ~~Erfolg haben~~. Denn Erfolg hiess : Den eigenen Vater töten. ~~Erfolg hiess~~ : In die Lage gesetzt sein, die Kindheitsziele zu verwirklichen. Diese aber lockten nicht mehr, als sie sozusagen verwirklichbar waren.

ZB. Meine Mutter war nach der Haft schlagartig gealtert.

Meinen Vater nachleben – als Sühne – das hiess aber auch an sich, keinen Erfolg haben, und schliesslich zu Grunde gehen.

Meinen Vater nachleben hiess auch : meine Ehe zerstören, wenn schon ihre Schliessung eine Tat des Vaterverdrängens gewesen war.

Dazu kommt noch die politische Disorientiertheit durch Dankbarkeit an die Nazis für Ermordung meines Vaters.

Ich fühle nun, dass ich diese Dinge durchschaut habe und frei zu werden beginne.

Liebeswahl Annette : Der Krieger mit Haaren von Gold – verwandelt in Helga. Zuneigung für Irma Grese. Um nun den Tod finden und lieben zu können....

Der negative Aspekt dieser Freiheit : 1.) Eine Lebensform ist immer dialektisch, daher ist auch das Zerbrechen eines Banns eine Katastrophe, allerdings eine notwendige, zum Guten gerichtete.

2.) Die erkannten irrationalen Tendenzen machten nicht mein ganzes Wesen aus. Sie waren aber immer stark genug, erstens die Bedingungen zu diktieren unter denen ich Glück suchte, und dieses dadurch und durch ihre ständige weitere Einmischung – zu zerstören. Dadurch bin ich heute unerwachsen, was Glücks- und Erfolgserfahrung betrifft.

3.) Die Gefahr, eine „festgeschraubte" Erfolgsstrebung zu entwickeln – Billigkeit

4.) Bedürfnis nach neuen Standards, Schönheit: Einzelleistung aus der Schwäche

buchähnliche Impressionen, aber auch systematische Traumbeschreibungen, Beobachtungen zur Selbstanalyse oder Nachbetrachtungen zu psychoanalytischen Sitzungen festhielt. Aus dem Jahr 1950 stammt ein Blatt mit der Überschrift »Was ich nun über mich weiß«. Fried faßt dort seine analytischen Erkenntnisse über seine Vater-Beziehung zusammen. Zudem berühren diese Aufzeichnungen auch Frieds Roman »Ein Soldat und ein Mädchen«, der in einer ersten Fassung unter dem Titel »Das Letzte« bereits

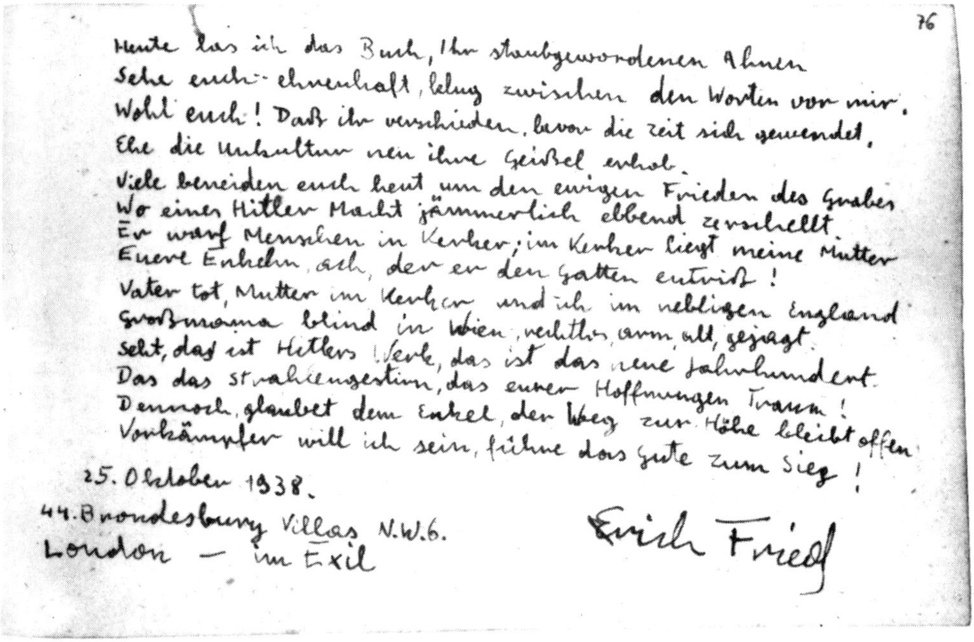

76

Heute las ich das Buch, Ihr staubgewordenen Ahnen
Sehe euch ehrenhaft, lebend zwischen den Worten vor mir.
Wohl euch! Daß ihr verschieden, bevor die Zeit sich gewendet,
Ehe die Unkultur neu ihre Geißel erhob.
Viele beneiden euch heut um den ewigen Frieden des Grabes
Wo einer Hitler Macht jämmerlich ebbend zerschellt
Er warf Menschen in Kerker; im Kerker liegt meine Mutter
Euere Enkelin, ach, der er den Gatten entriß!
Vater tot, Mutter im Kerker und ich im nebligen England
Großmama blind in Wien, verlacht, arm, alt, gejagt.
Seht, das ist Hitlers Werk, das ist das neue Jahrhundert
Das das Strahlengestirn, das eurer Hoffnungen Traum!
Dennoch, glaubet dem Enkel, der Weg zur Höhe bleibt offen
Vorkämpfer will ich sein, führe das Gute zum Sieg!

25. Oktober 1938.
44. Brondesbury Villas N.W.6.
London – im Exil

Erich Fried

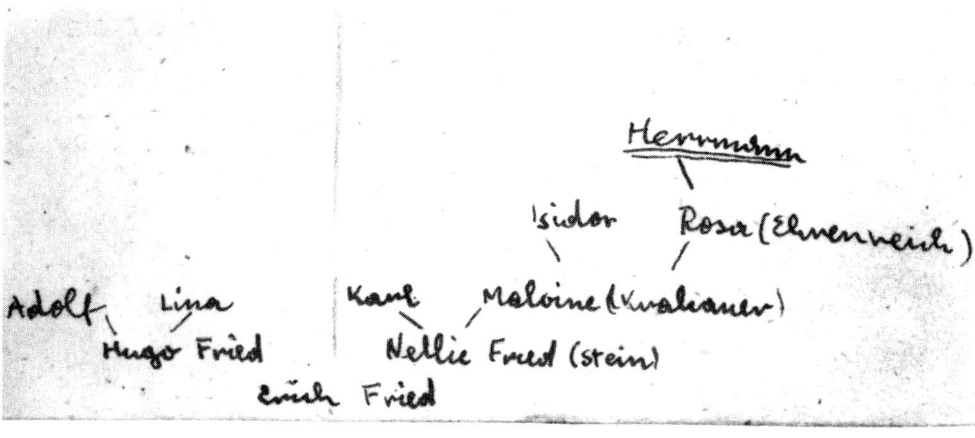


1952 vorlag (vgl. die Erwähnung der Romanfigur Helga und die Nennung der deutschen, 1945 von einem britischen Militärgericht zum Tode verurteilten KZ-Aufseherin Irma Grese. Im Nachwort der Neuausgabe des Romans von 1982 schrieb Erich Fried, »daß es zum Teil das Schicksal Irma Greses war, das mich zu der Fabel von Helga und dem Soldaten veranlaßt hat«).

Eine ganz besondere »autobiographische Notiz« findet sich in einem alten Familienalbum, das von Marcus Ehrenreich (Brody am

13. Oktober 1831) eröffnet wird und Eintragungen bis zum Jahr 1840 enthält (u.a. von Alexander Ehrenreich, Moritz Ehrenreich, Rosalie [Ehrenreich?] und S. Swoboda). Etwa in der Mitte des Albums schreibt sich auch Erich Fried mit dem Datum vom 25. Oktober 1938 in die Familiengeschichte ein, als »Enkel« und als Zeuge einer düsteren und verdammenswerten Zeit. Die (antikisierend pathetischen) Zeilen sind ein ergreifendes Zeugnis für die Verbitterung des seit knapp drei Monaten nach London vertriebenen Siebzehnjährigen, aber auch Ausdruck seines ungebrochenen Willens, gegen die »Unkultur« Hitlers anzukämpfen. Wertvoll für die Erforschung der Familiengeschichte ist das Stemma, das Fried auf der gegenüberliegenden Seite aufzeichnete. Über die Wurzeln der Familie Fried lagen in der bisherigen Literatur keine genauen Angaben vor.

Zurück zu Erich Fried als Tagebuchschreiber: Izabella Ferens, Germanistik-Assistentin an der Adam Mickiewicz-Universität in Posen (Polen), die im Rahmen eines Stipendiums der Internationalen Erich Fried-Gesellschaft für Sprache und Literatur (Wien) im Juli 1993 bei der Bearbeitung des Fried-Nachlasses und der Vorbereitung der Wiener Ausstellung half, hat sich mit einem frühen Tagebuch Frieds beschäftigt und darüber folgenden Kurzbericht verfaßt.

# »Meine Zeit ist zu ereignisreich für ein Tagebuch«

## Erich Frieds »Tagebuch aus den Jahren 1942 und 1943«

*Izabella Ferens*

Erich Frieds »Tagebuch aus den Jahren 1942 und 1943« umfaßt tatsächlich Aufzeichnungen aus der Zeit vom 20.8.1942 (erste Eintragung) bis zum 1.6.1945 (letzte datierte Eintragung). Es handelt sich dabei um ein Schreibheft mit 182 Blättern (Bibliotheksfoliierung) im kartonierten Einband. Beschrieben sind lediglich Bl. 1–55 und 177–182.

Der Schriftsteller war zumindest in jenen Jahren kein konsequenter Diarist – es liegen häufig große Zeitabstände zwischen den aufeinanderfolgenden Notizen (so ist z.B. bereits die zweite Seite acht Monate später datiert als die erste). Sein Tagebuch enthält lediglich Ansätze einiger für die europäische Diaristik typischen Motive und Themen wie Selbst-und Weltbeobachtung, Selbsterfahrung, das Absolute, Liebe und Erotik, Angst vor dem Nächsten, Zeitbericht und Zeitkritik, Menschenkunde, schöpferische Probleme. Auf Bl.1 findet sich eine Anspielung auf ein früher geführtes Tagebuch, das jedoch bis jetzt noch nicht vorliegt.

Zu Beginn verleiht Fried seinem Wunsch Ausdruck, alles Erlebte und Gedachte geordnet aufzuschreiben. Dies wurde leider in dem vorliegenden Heft und – wie das Sichten des Nachlasses bisher nahelegt – vermutlich auch später nie in die Tat umgesetzt. Die meisten Seiten füllen Gedichtlisten, Gedichtentwürfe und fertige Gedichte, die teils in die Exilsammlungen »Deutschland« (London 1944) und »Österreich« (London 1945) eingingen, teils unveröffentlicht blieben (vgl. im vorliegenden Buch S. 33f.).

Die Eintragung vom 16.9.1942 (Bl. 1, Rückseite) bringt eine Erklärung für das Unregelmäßige, Sporadische der Aufzeichnungen: »Meine Zeit ist zu ereignisreich für ein Tagebuch.« Neben Skizzen zu eigenen literarischen Arbeiten, zu BBC-Sendungen, Kurznotizen zu der vom österreichischen PEN-Klub einberufenen Kulturkonferenz vom 29./30.8.1942 u.ä. entdeckt man dennoch Stellen, die kleine Einblicke in das Privatleben des

Dichters ermöglichen. Er gedenkt seiner »Landlady« Mrs. Brooke, registriert (recht kurz und trocken!) seine erste Heirat, nimmt sich vor, das Prinzip »Nulla dies sine linea« einzuhalten. Auf einige Alltagsimpressionen, etwa in der U-Bahn oder beim Arzt, folgen Schreibübungen für Kurzgeschichten und Erwägungen, etwa über den Sozialismus oder die Psychoanalyse. Vereinzelte erotische Assoziationen (z.B. auf Bl. 25–26 » ... nur nicht den Fuß streicheln ... »), Einkaufslisten und Adressen, darunter auch die einer Anna Poswiantzky zwecks Russisch-Unterricht, wechseln sich ab mit Bemerkungen zu seiner Lektüre, z.B. zu Rilkes »Malte Laurids Brigge« und Blochs »Erbschaft dieser Zeit«, und seinem Selbstverständnis als Schriftsteller. So notiert Fried auf Bl. 49: »Man muß als Dichter seinen Emotionen zugleich mit seiner Vernunft vertrauen. ( ... ) Du bist verdammt zu sagen, was du glaubst. Du bist begnadet, was du glaubst zu sagen.«
Am Ende des Heftes (Bl. 180, Rückseite und Bl. 181) stößt man – neben Notizen zur Literatur (Majakowski, Goethe, Stürmer und Dränger) und Zeichnungen – auf Frieds eigenhändige Entwürfe des Titelblattes seines ersten Gedichtbandes, der ursprünglich »An Deutschland« heißen sollte (vgl. S. 31).
Das vorliegende Tagebuch gibt Zeugnis von Frieds geistiger Unruhe, seinem Ideenreichtum und seinem Willen, ein »deutscher Schriftsteller« zu werden. Ein gutes Beispiel dafür bietet Bl. 8 (siehe rechte Seite), das im folgenden kurz kommentiert wird.
Die Eintragungen betreffen den 13. und 15. Januar 1944. Aufschlußreich ist bereits der erste Satz: »Ich werde meine Aufgabe als Dichter nicht erfüllen, wenn ich mich nicht dahintersetz'.« Es folgt eine Liste von Personen, an die der junge Fried zu schreiben gedachte. Die genannten Namen lassen sich in zwei Gruppen einteilen, was der vom Autor selbst gesetzte Querstrich zu bestätigen scheint. Die meisten der ersten Gruppe bedürfen keiner weiteren Erläuterungen: Mann (Heinrich oder Thomas), Lion Feuchtwanger, Bertolt Brecht, Ludwig Renn, Franz Werfel, Berthold Viertel. Es ist anzunehmen, daß der junge Dichter beabsichtigte, diesen schriftstellerischen Autoritäten einige seiner Verse zu schicken. Vielleicht erhoffte er sich davon die eine oder andere kritische Bemerkung, die ihm beim Weiterschreiben helfen sollte. In der Tat sind spätere Reaktionen von Heinrich und Thomas Mann überliefert, denen Fried seine «Deutschland«-Ge-

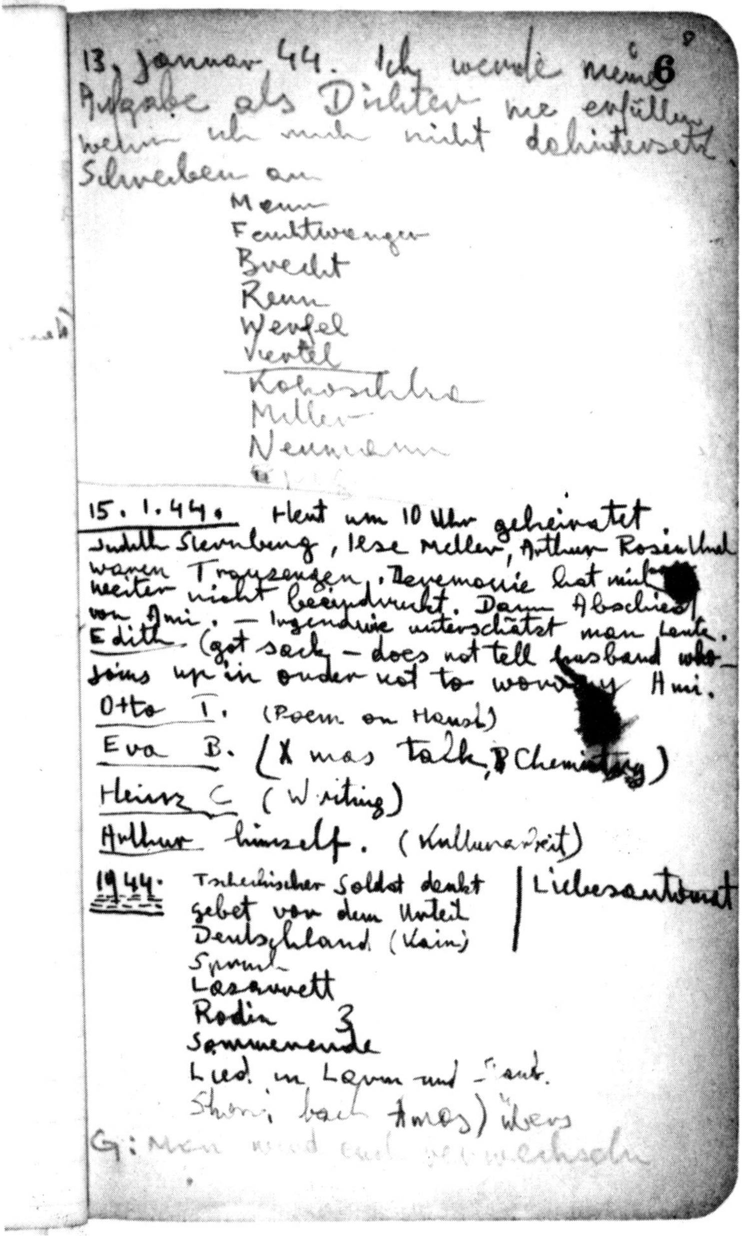
13. Januar 44. Ich werde meine 6
Aufgabe als Dichter nie erfüllen
wenn ich mich nicht dahintersetze
Schreiben an
Mann
Feuchtwanger
Brecht
Renn
Werfel
Viertel
Kokoschka
Müller
Neumann

15. 1. 44. Heut um 10 Uhr geheiratet.
Judith Sternberg, Ilse Meller, Arthur Rosenthal
waren Trauzeugen. Zeremonie hat mich
weiter nicht beeindruckt. Dann Abschied
von Ami. – Irgendwie unterschätzt man Leute.
Edith (got sack – does not tell husband who
joins up in order not to worry Ami.
Otto T. (Poem on Hansl)
Eva B. (X mas talk, Chemistry)
Heinz C. (Writing)
Arthur himself. (Kulturarbeit)
1944. Tschechischer Soldat denkt | Liebesantwort
Gebet von dem Urteil
Deutschland (Kain)
Spruch
Lazarett
Rodin 3
Sommerende
Lied im Lager und ...
Shemi bach Amos) übers
G: Man wird euch verwechseln

dichte zugeschickt hatte (vgl. Thomas Manns Tagebuch-Eintragung vom 20.7.1945 und den Brief von Heinrich Mann vom 19.7.1945, den wir auf S. 108 wiedergeben).
Unter den Strich setzte Erich Fried die Namen von vier weiteren Exilanten: Oskar Kokoschka, Miller, Robert Neumann und Fritz Brügel. Seine Nähe zu ersterem hing sicherlich mit der Funktion Kokoschkas als Vorsitzender des Freien Deutschen Kulturbundes zusammen. Wer sich hinter dem Namen Miller verbirgt, läßt sich nur vermuten. Mit einiger Wahrscheinlichkeit handelt es sich um Martin Miller (eigentlich Rudolf Müller), den emigrierten Schauspieler und künstlerischen Leiter der Exilbühne »Laterndl«. Miller hatte bereits im Herbst 1941 Regie bei der »Laterndl«-Aufführung von Frieds Einakter »Ring-Rund« geführt. Später veranstaltete er eine Lesung mit Fried-Gedichten und unterstützte 1945 die Finanzierung von Frieds »Österreich«-Band.
Robert Neumann und Fritz Brügel, beide 1897 in Wien geboren, gehörten zu jenen Exilanten, die nach 1933 in Großbritannien Zuflucht fanden und sich dort schriftstellerisch betätigten. Neumanns erster Roman erschien 1942 in englischer Sprache, wie auch der größte Teil seiner späteren Werke. 1958 siedelte er in die Schweiz über, wo er 1975 verstarb. Fritz Brügel lebte – mit Ausnahme der Jahre 1945–1950, in denen er in der CSR im diplomatischen Dienst wirkte – bis an sein Lebensende (1955) in London. Begegnungen Frieds mit Neumann und Brügel im London der vierziger Jahre sind tatsächlich nachweisbar, allerdings fehlt bisher das Quellenmaterial, das eine genaue Datierung der Kontaktaufnahmen ermöglicht.
Am 15. Januar 1944 fand die Trauung des Dichters mit der Exilantin Maria Marburg (im Tagebuch meist als Mizzi bezeichnet) statt. Mit knappen Worten registriert er dieses Faktum, das ihn »weiter nicht beeindruckt« habe. Als Trauzeugen nennt Fried Judith Sternberg, Ilse Meller und Arthur Rosenthal, der heute unter dem Namen Arthur West in Wien lebt. Der letztere steht im Mittelpunkt der Aufzeichnung, weil es galt, »Abschied« von ihm zu nehmen. Arthur West (er verbirgt sich auch unter dem Spitznamen »Ami«) wurde eine Woche nach Frieds Heirat als Freiwilliger in die britische Armee eingezogen, wovon alle außer ihm selbst, auch seine Ehefrau, bereits bei der Zeremonie wußten. Diese im Tagebuch erwähnte Edith hatte West kurz vorher geheiratet, wobei Fried Trauzeuge war.

Die weiteren im Tagebuch auftauchenden Personen sind: Der Schauspieler Otto Tausig, der eine Laientheatergruppe in England organisierte und nach dem Krieg Burgschauspieler in Wien wurde, und Heinz Cleve (1921 in München geboren und in Wien aufgewachsen, der 1939 nach London fliehen mußte und dort die bittere Erfahrung der Internierung machte. Als Mitglied von »Young Austria« veröffentlichte er Gedichte in Emigrantenzeitschriften. 1946 kehrte er nach Wien zurück, wo er 1993 verstarb). Mit Eva B. ist möglicherweise Eva Breuer gemeint, damals Leitungsmitglied im Kommunistischen Jugendverband. Die Namensliste schließt Arthur West selbst, dem ich einzelne Informationen zu diesem Kommentar verdanke.
Der Namensliste folgt eine Aufstellung von 1944 entstandenen Texten Frieds. Diese können größtenteils identifiziert werden. Es sind die Gedichte »Tschechischer Soldat denkt« (»Ein tschechischer Soldat denkt nach«, in: »Deutschland«, S. 15), »Gebet vor dem Urteil« (»Gebet vor dem Urteilsspruch«, in: »Deutschland«, S. 26), »Deutschland« (in: Young Austria, Nr.2 v. 29.1.1944), »Spruch« (in: »Österreich«, S. 19), »Lazarett« (höchstwahrscheinlich mit dem Endtitel »Englisches Lazarett«, wozu bisher noch kein Druck vorliegt, sich aber Spuren in einem frühen Gedichtkonvolut im Nachlaß nachweisen lassen), »Rodin 3« (Teil aus einem »Rodin-Zyklus«, aus dem Fried ein Gedicht in der Londoner »Zeitung« vom 10.3.1944 veröffentlichte), »Man wird euch verwechseln« (nicht identifiziert), »Sommerende« (wahrscheinlich »Der Sommer geht zur Neige«, in: »Deutschland«, S. 9) und »Lied in Lärm und Staub« (nicht identifiziert). Während der anschließende Hinweis auf eine Übersetzung unklar ist, bezieht sich »Liebesautomat« auf eine Erzählung, die am 23.6.1944 unter dem Titel »Der Liebesautomat« in der Londoner »Zeitung« erschien (Nr.381).
Enthält das Tagebuch so gut wie keine persönlichen Bekenntnisse und läßt somit dieses wichtige Merkmal eines »echten« Diariums vermissen, so stellt es zweifelsohne ein vorliterarisches, nicht fingiertes menschliches Selbstzeugnis dar. In dem als Gedächtnisstütze und Arbeitshilfe gedachten Heft vermischt sich Persönliches mit Sachlichem – und beides bleibt ein Fragment; ein Entwurf, der am Anfang eines dichterischen Lebens steht.

# II. Nachlassgruppe 2
# Die Korrespondenz

In der Nachlaßgruppe »Korrespondenz« wurden bis zum August 1993 über 1400 Mappen mit Schreibern an Erich Fried und über 100 Mappen mit Empfängern von Fried-Briefen angelegt. Die geringe Menge der Von-Briefe erklärt sich durch den Umstand, daß Fried bei seiner Korrespondenz nur unregelmäßig Durchschläge oder Fotokopien machte.

Gesichtet wurden bisher Briefe von Erich Fried u.a. an:

H.C. Artmann
Arnfrid Astel
Hilde Claassen
Alfred Döblin
Hilde Domin
Hans Eichner
Hans Magnus Enzensberger
Ernst (u. Lou) Fischer
Gerti (u. Lux) Furtmüller
Michael Hamburger
Stephan Hermlin
Walter Höllerer
Yaak Karsunke
Wolfgang Kraus
Bruno Kreisky
Michael Kühnen
Friedrich Luft
Werner Milch
Robert Neumann
Marcel Reich-Ranicki
Israel Shahak
Zora Shaked (Z. Keran)
C. Busby Smith
Otto Spranger
Verena Stefan
Franz Baermann Steiner
Karin Struck
Klaus Wagenbach
Richard von Weizsäcker
Wolfgang Weyrauch
Peter Zadek

Schreiber von Briefen an Erich Fried sind u.a.:

Wolfgang Abendroth
Ilse Aichinger
Akademie der Künste
(Karin Kiwus)
Kristiane Allert-Wybranietz
Alfred Andersch
André Asriel
Arnfrid Astel
Cyrus Atabay
Peter Beicken
Hans Bender
Alfred (u. Sylvia) Blatter
Heinrich Böll
Peter-Jürgen Boock
Elisabeth Borchers
Alexander von Bormann
Ernest Bornemann
Otto Breicha
Anne-Marie Salome Brenner
Carl Brinitzer
Walter Buchebner
Bühnen der Stadt Köln
(Volker Canaris)
Véza Canetti
Hilde Claassen
Heinz Cleve
Enzio von Cramon
Christoph Derschau
Erich Deutsch
Gitta Deutsch
Alfred Döblin
Johanna Döring
Hilde Domin
Milo Dor
Ingeborg Drewitz
Anne Duden
Rudi Dutschke
Günter Eich

Hans Eichner
Ernst Eisenmayer
Georg Eisler
Hans Magnus Enzensberger
Rudolf Felmayer
Ernst (u. Lou) Fischer
Lili (u. Ossip K.) Flechtheim
Friedenauer Presse
(Katia Wagenbach)
Barbara (u. Gerhard) Fritsch
Walter Helmut Fritz
Gerti (u. Lux) Furtmüller
Alois Geschwinder
Helmut Gollwitzer
Gisela (u. Kurt Groenewold)
Jürgen Habermas
Sarah Haffner
Claudia Hahm
Ulla Hahn
Jiři Hájek
Michael Hamburger
Peter Hamm
Heinrich Hannover
Hanser Verlag (Michael Krüger)
Margarete Hannsmann
Ingram Hartinger
Josef Haslinger
Gerda (u. Hans) Hennecke
Stephan Hermlin
Eva Hesse
Thomas Hettche
Hanne Hiob
Walter Höllerer
Walter Hollitscher
Hugo Huppert
Hans Jaeger
Ernst Jandl
Horst Jarka
Walter Jens
Gert F. Jonke
Erica (u. Joseph) Kalmer
Detlef Kappeler
Heinz Karpeles
Yaak Karsunke
Hermann Kesten
Heinar Kipphardt
Gretchen Klotz-Dutschke
Klaus Konjetzky
Tomas Kosta
Werner Kraft
Theodor Kramer
Wolfgang Kraus
Michael Kühnen
Herbert Kuhner
Horst Kurnitzky
Helmut Lamprecht
Gisela Lindemann
Literatur und Kritik
(Kurt Klinger)
Gert Loschütz
Ivan Malinowski
Heinrich Mann
Hans Mayer
Christoph Meckel
Mirjam Michaelis
Rolf Michaelis
Christopher Middleton
Werner Milch
Alice Miller
Andreas W. Mytze
Robert Neumann
Martin Niemöller
Harry Oberländer
Paul Oestreicher
Österreichische
Nationalbibliothek
(Wolfgang Duchkowitsch)
Österreichischer Rundfunk
(Alfred Holzinger
Thaddäus Podgorski
Ernst Schönwiese)
Fritz Ohrtmann
Andreas Okopenko
Max Oppenheimer
Elisabeth Pablé
Paul Parin
Peggy Parnass
Norbert Pelzer
Hans Pollak
Georg Rapp
Marcel Reich-Ranicki
Anna Rheinsberg
Anke Roeder
David Rokeah
Thomas Rothschild
Peter Rühmkorf
Gaston Salvatore
Manfred Scharrer
Schauspielhaus Bochum (Claus
Peymann)

Johannes Schenk
Wieland Schmied
Rolf Schwendter
C. Busby Smith
Hilde Spiel
Otto Spranger
Verena Stefan
Franz Baermann Steiner
Herbert Steiner
Ginka Steinwachs
Wilhelm Sternfeld
Kiev Stingl
Karin Struck
Suhrkamp Verlag (Siegfried Unseld)
Otto Tausig
Theater heute (Henning Rischbieter)
Jack Unterweger
Klaus Wagenbach
Otto F. Walter
Uwe Wandrey
Hans Weigel
Ulrich Weinzierl
Richard von Weizsäcker
Arthur West
Wolfgang Weyrauch
Hans Wollschläger
Peter Zadek
Walter Zadek
Peter-Paul Zahl
Gerhard (u. Ingrid) Zwerenz

# Auszüge aus Schreiben Erich Frieds

Erich Fried richtete seine Schreiben unter anderem an:

**Alfred Döblin**
in Baden-Baden am 21.1.1949

Ich möchte augenblicklich zwei Beiträge vorschlagen, einen Vergleich zweier gegenwärtiger bedeutender Kunstausstellungen in London, *40.000 Jahre moderne Kunst* (Academy Hall) und *Chantrey Collection* (Royal Academy). Die Entstehungsgeschichte beider Ausstellungen sowie ihr Inhalt ist sehr interessant, die Partisanen der einen bezeichnen jeweils die anderen als ›entartete Kunst‹. So läßt sich weit mehr als eine »Ausstellungskritik« schreiben.
Zweitens, bei Bermann-Fischer erschien der Roman »Die größere Hoffnung«, das geniale Erstlingswerk einer jungen in Österreich lebenden Katholikin Ilse Aichinger. Dieses Buch würde ich gerne besprechen.

Bezüglich der Beiträge für »Das Goldene Tor« vgl. Döblins Antwortschreiben vom 18.3.1949 (S. 102).

**C. Busby Smith**
in London am 26.4.1950

Many thanks for your letter of 5.4.1950. My apologies are due to you for answering so late, but illness, private problems and a new job combined to play havoc with my correspondence.
Yes, I did find THE CRUCIFIXION FROM AFAR in an old copy of *The Windmill.* I found it particularly good and translated it, whereupon it was used by the C.O.I. and the B.B.C. < ... >
I do hope NEUE AUSLESE have sent you an author's copy. As about your inability to read German, that always makes me sad. None of you English poets will ever be able to read my own verse! But you may rest assured I have done my very best to provide a good translation. I have given original and translation to several people acting as my literary conscience before submitting it. Only concerning the word »sardonic« I should like to ask you which

where the nearest connotations in your mind. I hope I did not put that out of focus ... < ... >
I should very much like to read your book *Gates of Beauty and Death* and perhaps translate some more of your poems.

Erich Frieds deutsche Übersetzung des Gedichts »Gerücht von einer Kreuzigung« (vgl. S. 178) erschien in Heft 4 / 1950 des Alliierten-Magazins »Neue Auslese«. In einem Aufsatz über die englische Gegenwartsliteratur zählte Fried den 1924 geborenen Lyriker C. Busby Smith (d.i. John Charles Smith) Mitte der fünfziger Jahre zu den »begabtesten unter den Jungen« (Englische Streiflichter, in: Schweizer Rundschau, 54. Jg., 1954/55, S. 653).

**Peter Zadek**
in Bremen (?) am 14.2.1963

Und, Peter, wie ist es mit anderen Fragen: hast Du Fred Marnau schon seine Herzogin von Malfi zurückgeschickt oder geantwortet, er ruft mich deshalb an? Hast Du die Stücke, die meine Freundin Zora von diesem Mann Zioghas (ein Grieche) übersetzt hat, angeschaut? Läßt sich damit etwas tun, oder hast Du Vorschläge, wo sich etwas damit tun liesse? Wenn nicht, schick sie mir um Gottes Willen zurück! Und sag mir nochmals, wer Deiner Meinung für eine Aufführung meines Grabstücks »Delver macht die Erde wohnlich« infrage käme, welches ich mittlerweile bearbeitet habe, aber das natürlich immer noch genauso morbid ist, wie es war. Für Italien und Skandinavien, ja sogar für Polen scheint es schon Möglichkeiten zu geben, aber mich interessiert natürlich Deutschland besonders.

Zu dem 1918 in Preßburg geborenen, 1939 nach London exilierten Schriftsteller Alfred Marnau vgl. Ursula Seeber (Hg.), Die Zeit gibt die Bilder. Schriftsteller, die Österreich zur Heimat hatten. Fotografiert von Alisa Douer. Wien: Dokumentationsstelle für neuere österreichische Literatur 1992 (= Zirkular Sondernr. 30), S. 105. Zora ist eine Wiener Freundin Erich Frieds, die er 1962 kennenlernte (Zora Shaked, Künstlername Zora Keran, heute verheiratete Otálora). Zu Frieds Stück »Delver macht die Erde wohnlich« vgl. S. 75f.

**Stephan Hermlin**
in Berlin / DDR am 25.7.1966

Wenn ich mir jetzt doch erlaube, Ihnen wieder zu schreiben, so deshalb, weil ich sehr gerne das Referat, das ich auf der sogen. Princeton Konferenz der Gruppe 47 in Princeton hielt, in Ihren Händen wüßte. Über dieses Referat habe ich sowohl in der NATIONALZEITUNG (der DDR, nicht dem westdeutschen Naziblatt) als auch im SONNTAG Nr.30, S. 9 gelesen, ich hätte in Princeton für die Kollaboration der Schriftsteller und den Kurs der Erhard-Regierung gesprochen, für Anpassung an den Imperialismus usw. Deshalb möchte ich Ihnen gerne meinen Text schicken. Die Übersetzung aus dem Englischen habe ich selber besorgt. Die Textkorrekturen kommen daher, daß mir das Übersetzen eigener Texte in meine Muttersprache ungewohnt und qualvoll ist. Ich glaube, der Stil wäre auch besser geworden, wenn ich von Anfang an deutsch geschrieben hätte.
Außerdem lege ich ein Gedicht bei, das zum Angriff auf Peter Weiss Stellung nimmt, den Günter Grass in Princeton vorzubringen für richtig fand. Diese Verse und mein Referat erscheinen in der nächsten Nummer des KÜRBISKERN, im September. In der letzten Nummer, ebenso im KONKRET von Juli, hatte ich Vietnam-Gedichte. Mein Vietnam-Gedichtband erscheint zur Buchmesse.

Erich Frieds Rede »Schriftsteller, Erfolg und Wohlstandsgesellschaft« und das Gedicht »Grass-Grässlichkeiten oder Man kann den Grass wachsen hören« erschienen im Münchner »kürbiskern« 4 / 1966 (S.98–107). Die erwähnten »Vietnam-Gedichte« finden sich im »kürbiskern« 3 /1966 (S.129–134), »konkret« brachte im Juli 1966 das Gedicht »Bomben für Muttern« (S.41). Der »Vietnam-Gedichtband« erhielt den Titel »und Vietnam und« (Berlin: Wagenbach 1966).

**Wolfgang Kraus**
in Wien am 8.10.1973

Du darfst mir nicht böse sein, daß ich damals auf den lieben Brief < ... > nicht geantwortet hatte ... Erst verschob ichs, weil ich Gedichte aussortieren wollte, dann wurde ich kränklich, allerlei Beschwerden ... Kurz, nach eingehender Untersuchung in Hamburg: Angina pectoris. – Aber keinen Herzinfarkt gehabt, nicht

einmal einen kleinen. < ... > Arbeitsreduktion bedeutet leider, daß ich mit vielen Dingen überhaupt nicht fertigwerde, was seinerseits wieder das Gefühl der Beklemmung auslöst. Gewisse Aufregungen über Kinder, die krank werden oder Zeitereignisse (Chile) sind auch nicht so leicht »vermeidbar«. Es gibt da ein schönes Angina-pectoris-Gedicht von Nazim Hikmet, der auch dran litt, in Enzensbergers Museum der modernen Dichtung.
Vielleicht seh ich Dich schon auf der Messe, wo ich zwei Tage Ende dieser Woche < ... > am Stand der Leute, die gegen Einzelhaftfolter für politische Untersuchungsgefangene was tun, sein werde. Ein Anwalt und Amnesty haben mich dazu aufgefordert. Vielleicht hast Du auch Sachen von mir, z.B. einen Leserbrief zur Verteidigung Bölls in der FR gesehen.

Wolfgang Kraus hatte Erich Fried zu Beginn der sechziger Jahre in London besucht, worauf es 1962 auf Einladung der Österreichischen Gesellschaft für Literatur zu Frieds erster (offizieller?) Wiederbegegnung mit Wien seit seiner Flucht kam. An der von Hans Magnus Enzensberger herausgegebenen Anthologie »Museum der modernen Poesie« war Fried mit Übersetzungen von Gedichten von Kenneth Patchen, Dylan Thomas und William Carlos William beteiligt (Frankfurt / M. 1960). Der erwähnte Leserbrief »zur Verteidigung Bölls« wurde unter dem Titel »Antikommunisten zugearbeitet« in der Nr. 221 v. 22.9.1973 der »Frankfurter Rundschau« veröffentlicht und reagierte auf Franz Xaver Kroetz' Artikel »Solschenizyns und Sacharows Sorgen sind mir zweitrangig« in der Nr. 213 v. 13.9.1973.

**Richard von Weizsäcker**
in Bonn am 12.3.1987

Sehr geehrter Herr Bundespräsident!
Ich hatte die Freude, dabei zu sein, als Sie voriges Jahr Michael Hamburger die Goethe-Medaille verliehen. Vielleicht erinnern Sie sich auch meiner von damals und von früher, von den Bergedorfer Gesprächen.
Als relativ erfolgreicher Lyriker und Schriftsteller möchte ich Sie darum bitten, sich für einen von der Vergessenheit bedrohten großen deutschsprachigen Dichter zu verwenden. Franz Baermann Steiner, geboren 1909 in Prag, gestorben im Exil, in Oxford, wo er Ethnologe war, Dozent 1952.
Michael Hamburger, Elias Canetti, Paul Celan, Heinrich Böll, Peter Weiss und andere – ebenso wie ich – halten bzw. hielten ihn

für einen der wichtigsten deutschen Dichter seit fünfzig oder siebzig Jahren. Die Akademie in Darmstadt hat 1954 einen Auswahlband aus dem Nachlaß veröffentlicht, UNRUHEN OHNE UHR, der aber keinen genügenden Überblick über sein Werk gibt, das von der deutschen Mystik bis zu afrikanischer Folklore und indianischer Poetologie und dann wieder zu Kafka einen Bogen und daneben die originellsten Dichtungsformen und Gedanken zuwege gebracht hat.

Zu Erich Frieds dichterischem Vorbild Franz Baermann Steiner vgl. S. 37.

## Auszüge aus Schreiben an Erich Fried

Erich Fried erhielt unter anderem Briefe von:

**Alfred Döblin**
aus Baden-Baden am 18.3.1949

Haben Sie schönen Dank für Ihre Besprechung des Aichinger-Buches. Sie ist bereits gesetzt und erscheint bei uns in Nr.2. Leider kann ich mit dem Londoner Brief nicht viel anfangen, man hat schon zu viel ähnliches gelesen und unsere Zeitschrift hat auch aus der Feder von Frau Tergit Londoner und englische Schilderungen gebracht. Etwas mehr Spezielles und besonderes freilich wäre interessant.

Erich Frieds Aichinger-Rezension erschien erst in der Nr.3 / 1949 der von Alfred Döblin herausgegebenen Zeitschrift »Das Goldene Tor« (S.252). Zu dem abgelehnten »Londonder Brief« vgl. Frieds Schreiben an Döblin vom 18.3.1949 (S. 98). Im »Goldenen Tor« veröffentlichte Döblin auch Gedichte von Erich Fried.

**Walter Buchebner**
aus Wien am 29.5.1962

Ich komme heute Ihrer liebenswürdigen Aufforderung nach und sende einige Exemplare meines »wien«-Gedichtes. Dazu auch einige, wie ich hoffe wesentlich verbesserte, wenn auch bei Gott nicht vollkommene Übersetzungen ins Englische. Wenn Sie wirk-

lich so freundlich sein wollten und das Gedicht weiterreichten, wäre ich Ihnen sehr dankbar.
Ich darf wohl auch hinzufügen, daß ich ehrlich glücklich bin, Sie anläßlich Ihres Aufenthaltes persönlich kennengelernt zu haben. Besonders freue ich mich – sowie auch meine Kolleginnen in der Bücherei und viele Bekannte – auf Ihre Lesung bei uns.

Der 1929 in Mürzzuschlag geborene Schriftsteller Walter Buchebner, zuletzt Leiter einer städtischen Bücherei in Wien, verstarb 1964. In seiner Geburtstadt entstand später die »Walter Buchebner Gesellschaft«, an deren Veranstaltungen Erich Fried gelegentlich teilgenommen hat.

**Christoph Meckel**
(undatiert)

Gestern Abend, lieber Fried, unter einem Baum an der Landstraße im tollen Regen, schlug ich eine Zeitung auf, die ich unterwegs an einem Kiosk gekauft hatte, schlug auf und gleich aufs erste fand ich Mein Bild, das also Ihr Bild ist, und da ich mich grade nicht sehr wohl befand, seit längerer Zeit nicht grade glücklich war und wenig für mich erhoffte, war das eine wunderbare Botschaft für mich, und mehr als eine Freude!

Der Schriftsteller, Graphiker und Maler Christoph Meckel (geb. 1935 in Berlin) bezieht sich auf Frieds Artikel in der Hamburger »Zeit«, Nr.22 v. 1.6.1962, S. 10: »Mein Bild. Christoph Meckel: ›Moël hält seinem Fisch die Augen zu‹«.

**Ernst Jandl**
aus Wien am 15.11.1963

Vor kurzem schickte ich Dir Heft 9 der »Manuskripte«, worin versucht wird, vom Grazer Pflaster aus Reaktion und Provinzialismus zu stören. Alfred Kolleritisch (Graz, Leechgasse 18) bittet Dich sehr um Zusendung ungedruckter Manuskripte zur Veröffentlichung in dieser Zeitschrift.
Hoffentlich sieht man Dich bald wieder hier in Wien.

Ernst Jandl hatte Fried 1952/53 in England kennengelernt und berichtete darüber in seinem Buch »die schöne kunst des schreibens« (Darmstadt / Neuwied 1976).

**Heinz Cleve**
aus Wien im November 1973

Endlich bin ich so weit, daß ich Dir, wie besprochen, das Manuskript meiner »Auslandreise« schicken kann. Ich wäre Dir sehr dankbar, wenn Du mir offen Deine Meinung dazu sagen und mich beraten könntest. < ... >
Wie Du weißt, bin ich Chemiker, seit 25 Jahren schon bei Unilever, und kein Schriftsteller. Ich kenne die Hochschulinstitute und Behörden für Lebensmitteluntersuchung besser als die Verlage und die Namen Zsolnay, Ulstein und Fischer sagen mir wenig. Wohin also mit dem Manuskript?
< ... > Ich stehe vor der Tatsache, daß Tagebücher aus nahezu 4 Jahrzehnten, durchgehend von 39 bis heute, in meiner Schreibtischschublade liegen. Sie auszuwerten, meinen Mitmenschen zugänglich, verständlich und lesbar zu machen, halte ich für meine vordringlichste Aufgabe – eine fixe Idee, wenn Du willst, die mich buchstäblich nachts nicht schlafen läßt, aber ich glaube, es lohnt sich. Es ist viel geschehen seit Hansl Schmeiers Tod. Man kann's in Geschichtsbüchern nachlesen, in Dokumenten und Zeitungen – was aber einer wie Du und ich erlebt, empfunden assoziiert und geträumt hat, ein aufrichtiger Kerl, dem Ausbeutung und Faschismus zuwider sind und Sozialismus Herzenssache, das, fürchte ich, steht noch in keinem Geschichtsbuch und man kann's später auch schwer nachdichten ohne es (gewollt oder ungewollt) einseitig zu färben und zu verzerren.

Der Chemiker und Schriftsteller Heinz Cleve, geb. 1921, gest. 1993 in Wien, gelangte 1939 mit einem Kindertransport von Wien nach London, wo er sich in der österreichischen Exilorganisation »Young Austria« engagierte und dort vermutlich auch Erich Fried kennengelernt hat (vgl. S. 89 u. 91). Rückkehr 1946 nach Wien. Das im Brief erwähnte Manuskript »Die Auslandreise« befindet sich im Nachlaß Erich Frieds. Zu Cleve vgl. Ursula Seeber (Hg.), Die Zeit gibt die Bilder, a.a.O., S. 36 – Der junge österreichische Exildichter Hans Schmeier war ein enger Freund Erich Frieds und beging 1943 Selbstmord – in erster Linie vermutlich wegen politischer Identifikationsprobleme, was Fried, auch in seinen Texten, nachhaltig beschäftigt hat.

**Anne Duden**
aus Bad Wildungen am 6.7.1979

David Cooper schrieb mir noch nach London, der Brief wurde mir hierher nachgeschickt. Ich schreib Dir mal ab, was für Dich ist: »I don't have Erich Fried's address so could you very kindly tell that I was really overwhelmed to receive his poem. I really (not modestly) don't know what I could have written to merit a response of that order and richness. The poem cuts so much deeper than Eluard's ›Liberté‹. And beyond writing it's so necessary to have such a confirmation of ›political‹ solidarity. I've translated it into English < ... >«.

Frieds freundschaftliche Beziehung zu der deutschen, in London lebenden Schriftstellerin Anne Duden (geb. 1942 in Oldenburg) spiegelt sich in einer Art offenen Brief, der anläßlich der Neuausgabe des Zyklenbandes »Reich der Steine« in dem Claassen-Almanach »Proben und Berichte« (Düsseldorf 1984) erschien. Zusammen mit ihr hat Erich Fried etwa zur gleichen Zeit Izaak Mansks Märchen »Rotkapuze« aus dem Englischen übersetzt (Düsseldorf 1985). – Das Cooper-Zitat bezieht sich mit großer Wahrscheinlichkeit auf die 1979 in Frieds »Liebesgedichten« (Berlin) erschienenen Verse »Inschrift in David Coopers Buch ›Die Sprache der Verrücktheit‹«. Dem englischen »Anti-Psychiater« widmete Fried später noch sein Gedicht »Krank« (in: Beunruhigungen, Berlin 1984).

**Peter-Paul Zahl**
aus Berlin (JVA Tegel) am 21.4.1980

am 16. Mai, schätze ich, werde ich die erste ausführung – in begleitung von beamten – haben, zum Grips-theater, wo ich aus den GLÜCKLICHEN lesen werde; die autorenbuchhandlung tritt als veranstalter auf. so hoffe ich, daß sich noch andere veranstalter am ort finden werden, damit ich ausführungen »sammeln« kann, den ersten ausgang zu erhalten ...
das landgericht Mönchengladbach hat bis heute nicht einmal die s a c h a k t e n fürs wiederaufnahmeverfahren; da dreht die staatsanwaltschaft Düsseldorf, wohl wieder hilfsbehörde von Herold und co, dran. < ... >
was mich, lieber Erich, ganz ernsthaft interessiert, ist Deine offene meinung zu den GLÜCKLICHEN; habe zwar kritiken die menge, das übliche, mal so'ne, mal solche, die meisten aber ober-

flächlich, im lob wie im tadel. Dein ehrliches urteil wiegt da mehr. < ... >
einfach großartig, und so wunderbar quer zu jenem trend, der mir seit einiger Zeit höchst aufgesetzt erscheint: Deine »liebesgedichte«. ein knacki, LL plus 12 jahre, schenkte sie mir zum 36. geburtstag.

Der Briefauszug erwähnt Dr. Horst Herold, damaliger Präsident des deutschen Bundeskriminalamts (vgl. zu ihm auch Frieds Gedicht »Deutsche Volksfahndung 1972«, in: Die Freiheit den Mund aufzumachen, Berlin 1972). Peter-Paul Zahls Schelmenroman »Die Glücklichen« erschien 1979 (Berlin: Rotbuch), Erich Frieds Sammlung »Liebesgedichte« im gleichen Jahr (Berlin: Wagenbach). Zu Peter-Paul Zahl vgl. S. 112. – »LL« bedeutet lebenslänglich.

**Hugo Huppert**
aus Wien am 6.5.1981

Zum Sechziger Glückwünsche und Grüße. Es freut mich nachhaltig, Dir beim Schriftstellerkongreß begegnet zu sein und Dich sozusagen abermals kennengelernt zu haben. Nun lese ich nochmals Deine Bücher und finde mich in ihr Element besser hinein. Daß dieser Versuch schriftlicher Kontaktaufnahme mit Dir der zweite ist (der erste fand statt in den Jahren 45/47, glaub ich, nach meiner Heimkunft aus dem Exil), weißt Du. – Diese Gratulation muß ich 2mal schreiben: an 2 Adressen, – welche ist die richtige? Arthur gab mir eine, eine andre steht im Kürschner. Jedenfalls wär ich sehr=sehr froh, wenn wir Dich hier hätten, bei uns in Wien. Ich würde mir davon viel versprechen.

Der Schriftsteller, Journalist und Übersetzer Hugo Huppert (geb. 1902 im ehemaligen Österreichischen Schlesien, gest. 1982 in Wien) hielt sich während des Zweiten Weltkriegs in Moskau auf. 1945–1949 in Wien, 1949–1956 von der KPdSU in die Sowjetunion gerufen, danach wieder in Wien. Huppert hatte schriftlich bereits nach dem Krieg mit Erich Fried Kontakt aufgenommen, höchstwahrscheinlich nach der Lektüre von Frieds »Deutschland«-Gedichten von 1944. – Bei dem erwähnten Arthur handelt es sich um Arthur West.

**Gitta Deutsch**
aus Wien am 19.1.1988

*Vielen* herzlichen Dank für das Vor=Nachwort, das gestern ankam. Ich habe es (in Kopie) sofort an Aigner geschickt, den ich Donnerstag (21.1.) in Salzburg aufsuchen werde. Ich finde Deinen Text ganz besonders schön!
Es ergeben sich ein paar rein faktische Änderungen, für die ich Dich um Zustimmung bitte – möglichst telefonisch, denn der gute Aigner versucht ja doch, den Druck noch rechtzeitig für Ende Februar durchzubringen (29. Februar, Ges. für Literatur, Weigel).

Gitta Deutsch (geb. 1924 in Wien, 1938 Flucht nach England, 1969 Rückkehr nach Wien) veröffentlichte 1988 den Lyrikband »An einem Tag im Februar« mit einem Nachwort von Erich Fried (Salzburg: Aigner Verlag).

In den obigen Abschriften wurden Schreibfehler stillschweigend korrigiert und Typographie-Eigentümlichkeiten vereinheitlicht (z.B. ß für ss). Dies gilt auch für alle anderen Zitate der vorliegenden Publikation

## Brief von Heinrich Mann

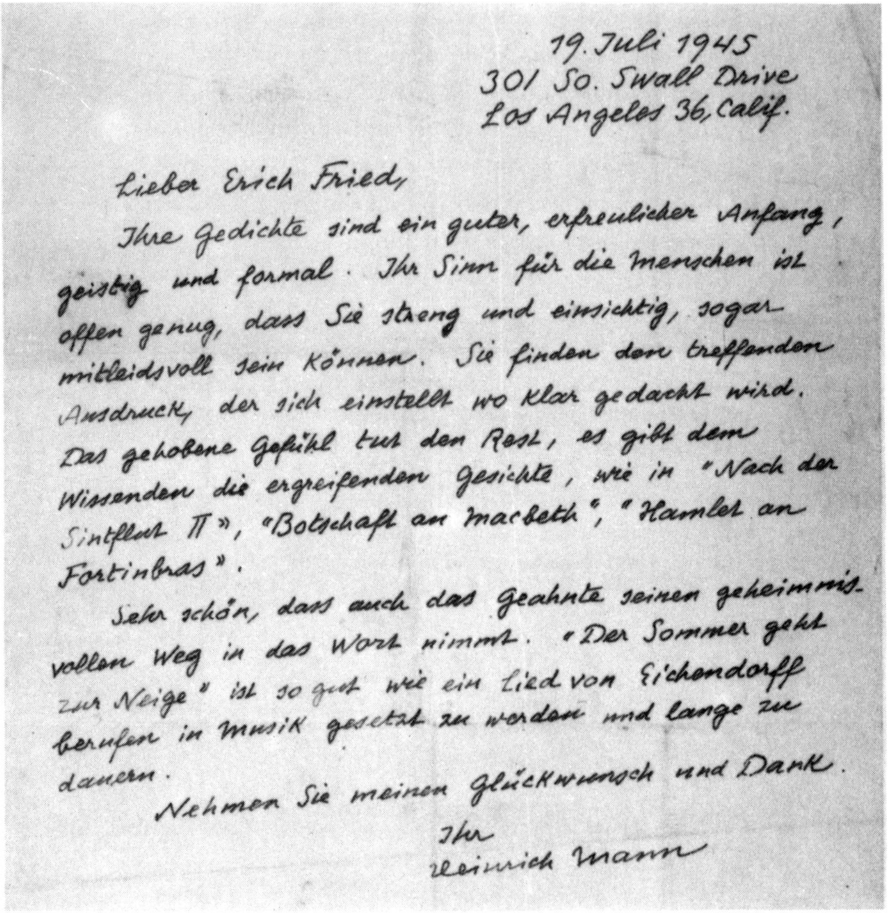

19. Juli 1945
301 So. Swall Drive
Los Angeles 36, Calif.

Lieber Erich Fried,

Ihre Gedichte sind ein guter, erfreulicher Anfang, geistig und formal. Ihr Sinn für die Menschen ist offen genug, dass Sie streng und einsichtig, sogar mitleidsvoll sein können. Sie finden den treffenden Ausdruck, der sich einstellt wo klar gedacht wird. Das gehobene Gefühl tut den Rest, es gibt dem Wissenden die ergreifenden Gesichte, wie in "Nach der Sintflut II", "Botschaft an Macbeth", "Hamlet an Fortinbras".

Sehr schön, dass auch das Geahnte seinen geheimnisvollen Weg in das Wort nimmt. "Der Sommer geht zur Neige" ist so gut wie ein Lied von Eichendorff berufen in Musik gesetzt zu werden und lange zu dauern.

Nehmen Sie meinen Glückwunsch und Dank.

Ihr
Heinrich Mann

Heinrich Mann: Brief aus Los Angeles an Erich Fried vom 19.7.1945. 1 Blatt eigenhändig. – Reaktion (»Glückwunsch und Dank«) Heinrich Manns, dem Erich Fried seine »Deutschland«-Gedichte zugeschickt hatte.

*Zur Abbildung auf der rechten Seite*

Theodor Kramer: Brief an Erich Fried vom 19.1.1947. Typoskript mit eigenhändigen Korrekturen, Ergänzungen und eigenhändiger Unterschrift. – Für den Fall seines Ablebens informiert der kranke Dichter den jungen Fried über seinen »Nachlaß«. Fried hatte den sozialdemokratisch engagierten Lyriker Theodor Kramer (1897–1958) 1940 kennengelernt, und

# BRIEF VON THEODOR KRAMER

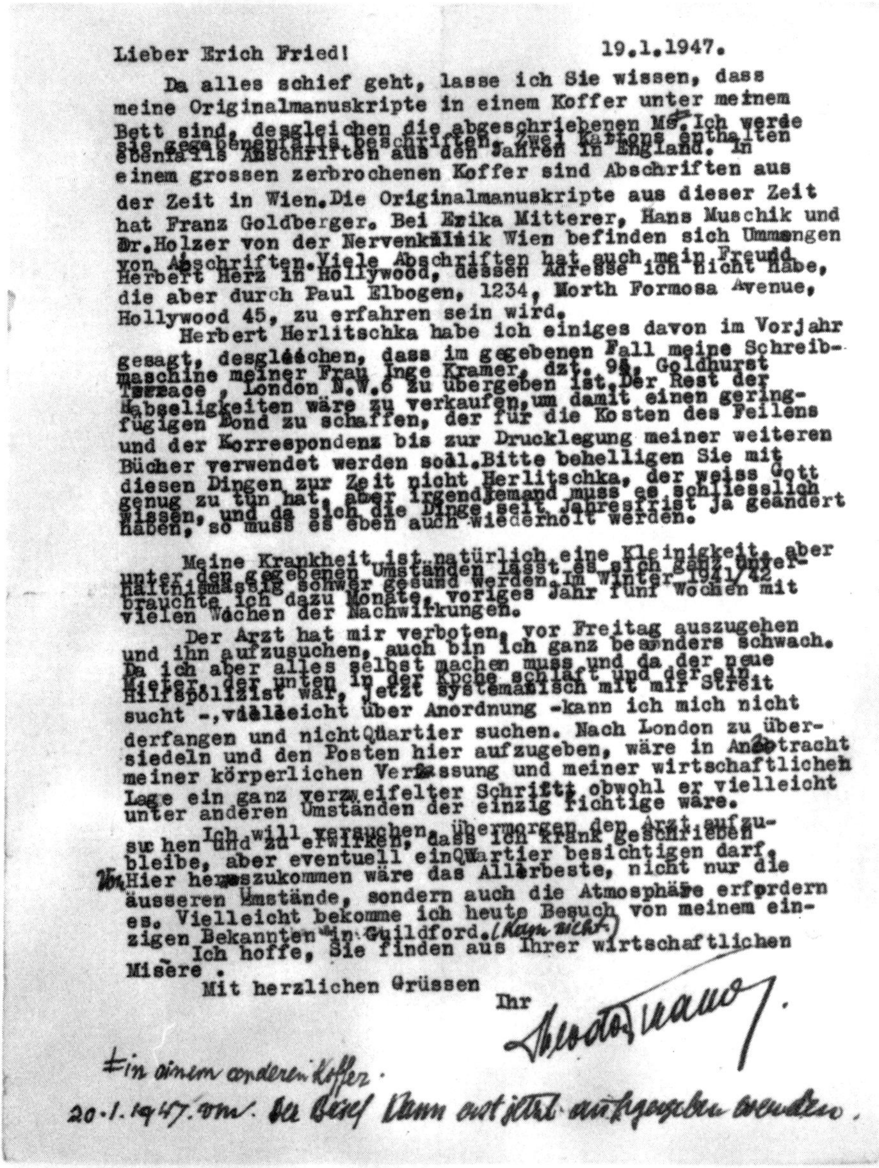

Lieber Erich Fried! 19.1.1947.

Da alles schief geht, lasse ich Sie wissen, dass meine Originalmanuskripte in einem Koffer unter meinem Bett sind, desgleichen die abgeschriebenen Ms.* Ich werde sie gegebenenfalls beschriften. Zwei Kartons enthalten ebenfalls Abschriften aus den Jahren in England. In einem grossen zerbrochenen Koffer sind Abschriften aus der Zeit in Wien. Die Originalmanuskripte aus dieser Zeit hat Franz Goldberger. Bei Erika Mitterer, Hans Muschik und Dr. Holzer von der Nervenklinik Wien befinden sich Unmengen von Abschriften. Viele Abschriften hat auch mein Freund Herbert Herz in Hollywood, dessen Adresse ich nicht habe, die aber durch Paul Elbogen, 1234, North Formosa Avenue, Hollywood 45, zu erfahren sein wird.

Herbert Herlitschka habe ich einiges davon im Vorjahr gesagt, desgleichen, dass im gegebenen Fall meine Schreibmaschine meiner Frau Inge Kramer, dzt. 9a, Goldhurst Terrace, London N.W.6 zu übergeben ist. Der Rest der Habseligkeiten wäre zu verkaufen, um damit einen geringfügigen Fond zu schaffen, der für die Kosten des Feilens und der Korrespondenz bis zur Drucklegung meiner weiteren Bücher verwendet werden soll. Bitte behelligen Sie mit diesen Dingen zur Zeit nicht Herlitschka, der weiss Gott genug zu tun hat, aber irgendjemand muss es schliesslich wissen, und da sich die Dinge seit Jahresfrist ja geändert haben, so muss es eben auch wiederholt werden.

Meine Krankheit ist natürlich eine Kleinigkeit, aber unter den gegebenen Umständen lässt es sich ganz unverhältnismässig schwer gesund werden. Im Winter 1941/42 brauchte ich dazu Monate, voriges Jahr fünf Wochen mit vielen Wochen der Nachwirkungen.

Der Arzt hat mir verboten, vor Freitag auszugehen und ihn aufzusuchen, auch bin ich ganz besonders schwach. Da ich aber alles selbst machen muss und da der neue Mieter, der unten in der Küche schläft und der ein Hilfspolizist war, jetzt systematisch mit mir Streit sucht –, vielleicht über Anordnung – kann ich mich nicht derfangen und nicht Quartier suchen. Nach London zu übersiedeln und den Posten hier aufzugeben, wäre in Anbetracht meiner körperlichen Verfassung und meiner wirtschaftlichen Lage ein ganz verzweifelter Schritt, obwohl er vielleicht unter anderen Umständen der einzig richtige wäre.

Ich will versuchen, übermorgen den Arzt aufzusuchen und zu erwirken, dass ich krank geschrieben bleibe, aber eventuell ein Quartier besichtigen darf. Von hier herauszukommen wäre das Allerbeste, nicht nur die äusseren Umstände, sondern auch die Atmosphäre erfordern es. Vielleicht bekomme ich heute Besuch von meinem einzigen Bekannten in Guildford. (kam nicht)

Ich hoffe, Sie finden aus Ihrer wirtschaftlichen Misere.

Mit herzlichen Grüssen

Ihr

Theodor Kramer.

*in einem anderen Koffer.

20.1.1947. vm. Der Brief kann erst jetzt aufgegeben werden.

zwar auf Empfehlung seines Wiener Klassenlehrers Otto Spranger, der Fried vor seiner Flucht geraten hatte, Kramer im englischen Exil aufzusuchen. Zwischen den Dichtern überwand eine freundschaftliche Vertrauensbeziehung den Generationsunterschied.

# Brief von Georg Eisler

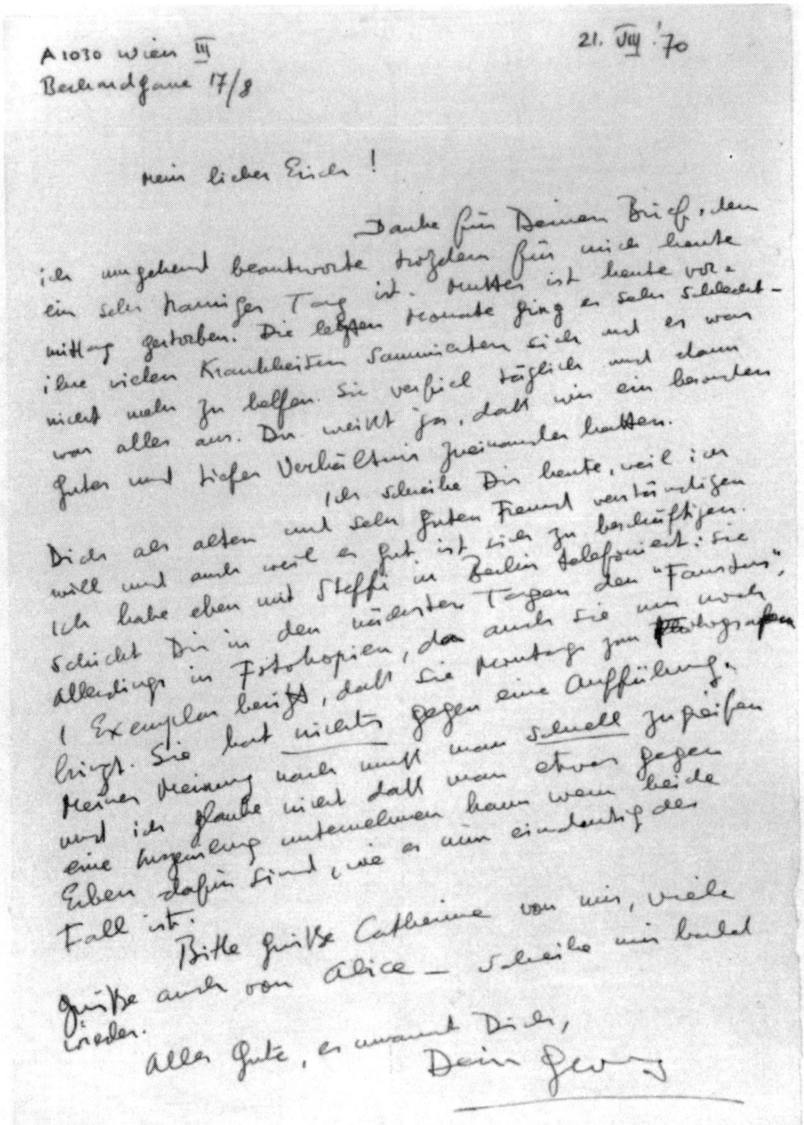

A 1030 Wien III
Beatrixgasse 17/8

21. VIII '70

Mein lieber Erich!

Danke für Deinen Brief, den ich umgehend beantworte trotzdem für mich heute ein sehr trauriger Tag ist. Mutter ist heute vormittag gestorben. Die letzten Monate ging es sehr schlecht – ihre vielen Krankheiten sammelten sich und es war nicht mehr zu helfen. Sie verfiel täglich und dann war alles aus. Du weißt ja, daß wir ein besonders gutes und tiefes Verhältnis zueinander hatten.

Ich schreibe Dir heute, weil ich Dich als alten und sehr guten Freund verständigen will und auch weil es gut ist sich zu beschäftigen. Ich habe eben mit Steffi in Berlin telefoniert: sie schickt Dir in den nächsten Tagen den „Faustus", allerdings in Fotokopien, da auch sie nur noch 1 Exemplar besitzt, daß sie morgen zum Photographen bringt. Sie hat nichts gegen eine Aufführung. Meiner Meinung nach muß man schnell zugreifen und ich glaube nicht daß man etwas gegen eine Inszenierung unternehmen kann wenn beide Erben dafür sind, wie es nun eindeutig der Fall ist.

Bitte grüße Catherine von mir, viele Grüße auch von Alice – schreibe mir bald wieder.

Alles Gute, es umarmt Dich,

Dein Georg

Georg Eisler: Brief an Erich Fried vom 21.8.1970. Eigenhändig. – Georg Eisler hatte Steffi Eisler, die dritte Ehefrau des Komponisten Hanns Eisler, in Berlin gebeten, ein Exemplar von Hanns Eislers Opernlibretto »Johann Faustus« an Erich Fried weiterzuleiten. Fried beabsichtigte, sich für eine Aufführung des Stückes, das 1953 in der DDR offiziellerseits vernichtend kritisiert worden war, einzusetzen. Erich Fried und Georg Eisler hatten sich 1942 im englischen Exil kennengelernt.

# Brief von Hilde Spiel

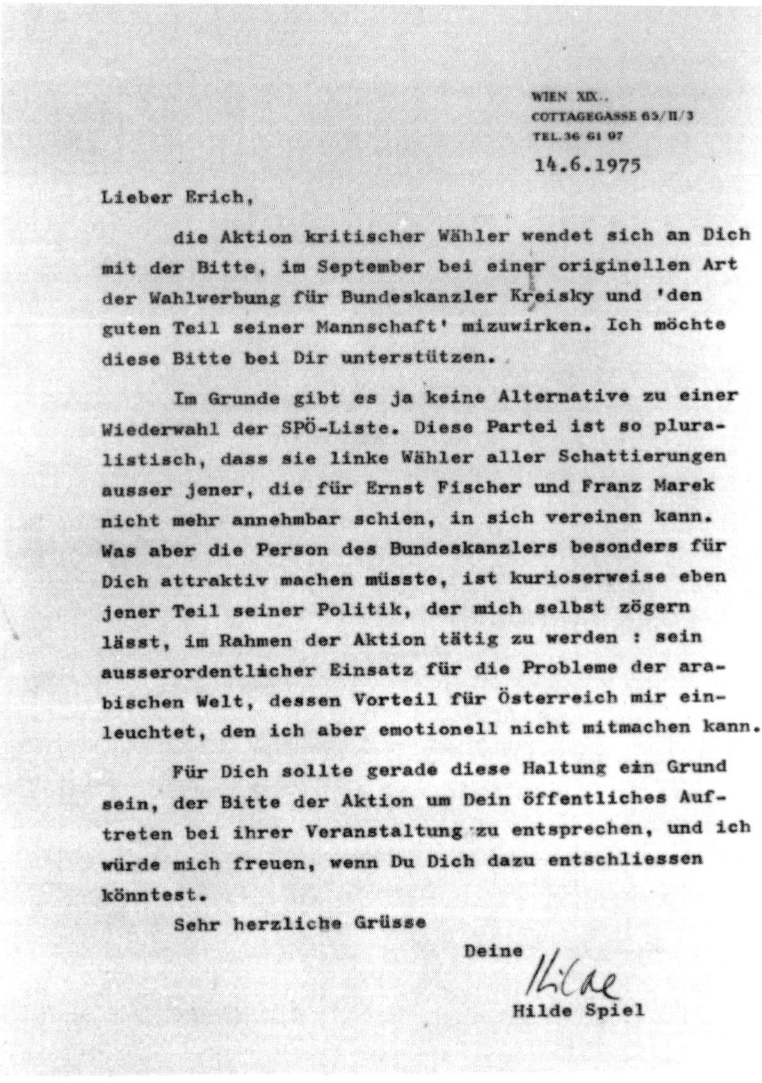

WIEN XIX.,
COTTAGEGASSE 65/II/3
TEL. 36 61 97

14.6.1975

Lieber Erich,

die Aktion kritischer Wähler wendet sich an Dich mit der Bitte, im September bei einer originellen Art der Wahlwerbung für Bundeskanzler Kreisky und 'den guten Teil seiner Mannschaft' mizuwirken. Ich möchte diese Bitte bei Dir unterstützen.

Im Grunde gibt es ja keine Alternative zu einer Wiederwahl der SPÖ-Liste. Diese Partei ist so pluralistisch, dass sie linke Wähler aller Schattierungen ausser jener, die für Ernst Fischer und Franz Marek nicht mehr annehmbar schien, in sich vereinen kann. Was aber die Person des Bundeskanzlers besonders für Dich attraktiv machen müsste, ist kurioserweise eben jener Teil seiner Politik, der mich selbst zögern lässt, im Rahmen der Aktion tätig zu werden : sein ausserordentlicher Einsatz für die Probleme der arabischen Welt, dessen Vorteil für Österreich mir einleuchtet, den ich aber emotionell nicht mitmachen kann.

Für Dich sollte gerade diese Haltung ein Grund sein, der Bitte der Aktion um Dein öffentliches Auftreten bei ihrer Veranstaltung zu entsprechen, und ich würde mich freuen, wenn Du Dich dazu entschliessen könntest.

Sehr herzliche Grüsse

Deine

Hilde

Hilde Spiel

Hilde Spiel: Brief an Erich Fried vom 14.6.1975. Typoskript mit eigenhändiger Unterschrift. – Erich Fried und Hilde Spiel kannten sich bereits aus dem Londoner Exil. Der Nachlaß von Hilde Spiel befindet sich ebenfalls im Österreichischen Literaturarchiv an der Österreichischen Nationalbibliothek.

# Brief von Rudi Dutschke

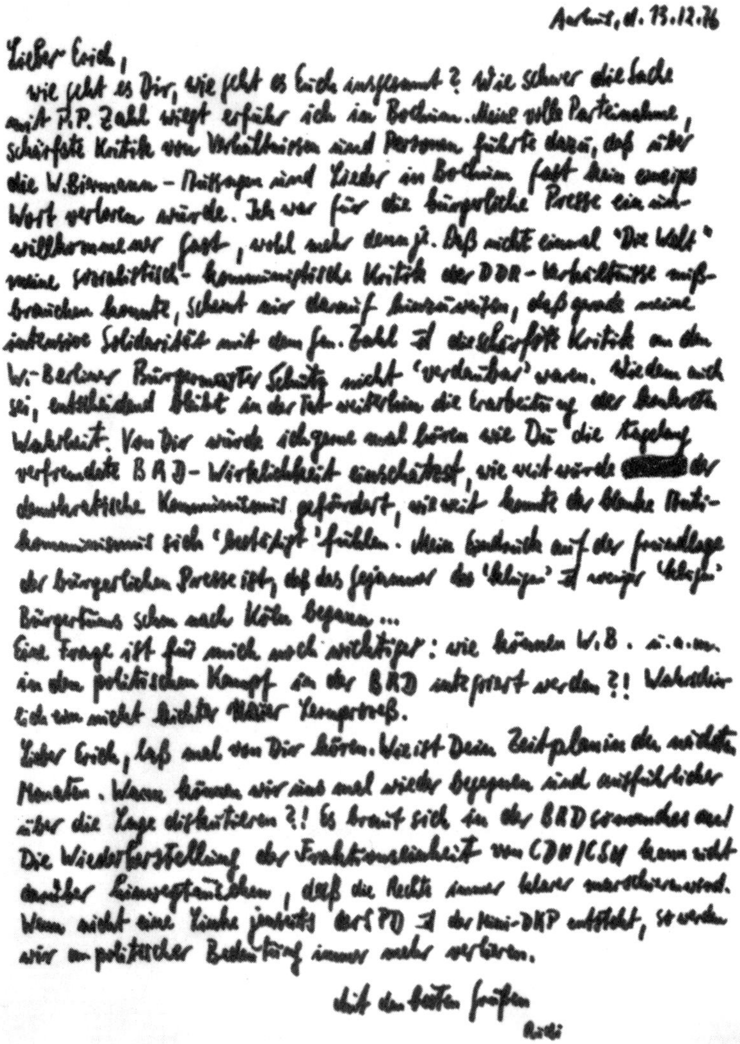

Aarhus, d. 13.12.76

Lieber Erich,

wie geht es Dir, wie geht es Euch insgesamt? Wie schwer die Sache mit P.P. Zahl wiegt erfuhr ich in Bochum. Meine volle Parteinahme, schärfste Kritik von Verhältnissen und Personen führte dazu, daß über die W. Biermann-Mitfragen und Lieder in Bochum fast kein einziges Wort verloren würde. Ich war für die bürgerliche Presse ein unwillkommener Gast, wohl mehr denn je. Daß nicht einmal "Die Welt" meine sozialistisch-kommunistische Kritik der DDR-Verhältnisse mißbrauchen konnte, scheint mir darauf hinzuweisen, daß gerade meine intensive Solidarität mit dem Gen. Zahl und die schärfste Kritik an dem W.-Berliner Bürgermeister Schütz nicht 'verdaubar' waren. Wie dem auch sei, entscheidend bleibt in der Tat weiterhin die Erarbeitung der konkreten Wahrheit. Von Dir würde ich gerne mal hören wie Du die Regelung verfremdete BRD-Wirklichkeit einschätzest, wie weit würde [redacted] der demokratische Kommunismus gefördert, wie weit konnte der blinde Antikommunismus sich 'bestätigt' fühlen. Mein Eindruck auf der Grundlage der bürgerlichen Presse ist, daß das Gejammer des 'kleinen' und weniger 'kleinen' Bürgertums schon nach Köln begann …

Eine Frage ist für mich noch wichtiger: wie können W.B. u.a.m. in den politischen Kampf in der BRD integriert werden?! Wahrscheinlich ein nicht leichter Lernprozeß.

Lieber Erich, laß mal von Dir hören. Wie ist Dein Zeitplan in den nächsten Monaten. Wann können wir uns mal wieder begegnen und ausführlicher über die Lage diskutieren?! Es braut sich in der BRD einiges zusammen und Die Wiederherstellung der Fraktionseinheit von CDU/CSU kann nicht darüber hinwegtäuschen, daß die Rechte immer klarer marschieren wird. Wenn nicht eine Linke jenseits der SPD und der Mini-DKP entsteht, so werden wir an politischer Bedeutung immer mehr verlieren.

Mit den besten Grüßen

Rudi

Rudi Dutschke: Brief aus Aarhus (Dänemark) an Erich Fried vom 13.12.1976. Ein Blatt eigenhändig. – Dutschke bezieht sich u.a. auf den Schriftsteller Peter-Paul Zahl, der 1972 wegen einer Personenkontrolle in Düsseldorf bei einem Fluchtversuch in einen Schußwechsel mit der Polizei geriet. 1974 wurde er deshalb zu vier Jahren, 1976 in einem Revisionsverfahren zu fünfzehn Jahren Haft verurteilt. Erich Fried hat gegen die als politisches Exempel gedeutete Straferhöhung energisch protestiert und u.a. die Dokumentation »Am Beispiel Peter-Paul Zahl« (Frankfurt / M. 1976) mitherausgegeben. Zahl wurde 1982 aus der Haft entlassen und trat im gleichen Jahr bei gemeinsamen Lesungen mit Erich Fried auf (vgl. S. 105f. u. des weiteren S. 125).

# III. Nachlassgruppe 3
# Lebensdokumente

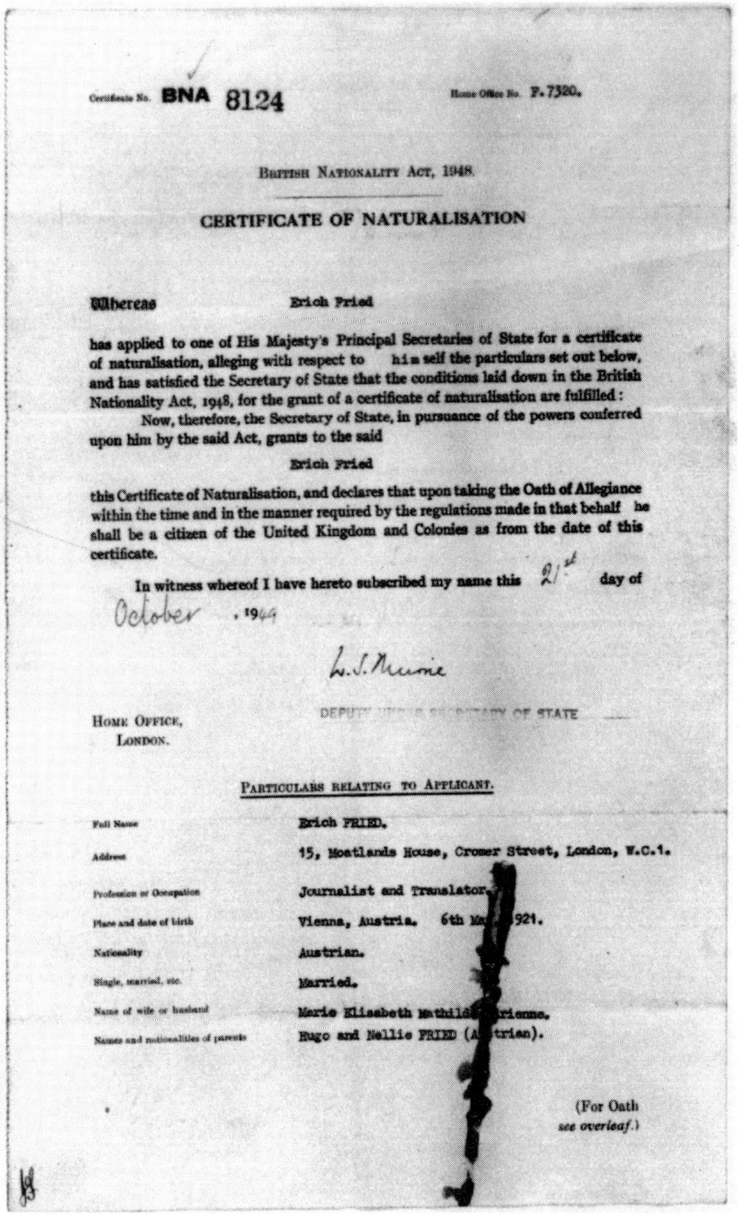
Certificate No. BNA 8124

Home Office No. F.7320.

BRITISH NATIONALITY ACT, 1948.

CERTIFICATE OF NATURALISATION

Whereas Erich Fried

has applied to one of His Majesty's Principal Secretaries of State for a certificate of naturalisation, alleging with respect to him self the particulars set out below, and has satisfied the Secretary of State that the conditions laid down in the British Nationality Act, 1948, for the grant of a certificate of naturalisation are fulfilled:

Now, therefore, the Secretary of State, in pursuance of the powers conferred upon him by the said Act, grants to the said

Erich Fried

this Certificate of Naturalisation, and declares that upon taking the Oath of Allegiance within the time and in the manner required by the regulations made in that behalf he shall be a citizen of the United Kingdom and Colonies as from the date of this certificate.

In witness whereof I have hereto subscribed my name this 21st day of October, 1949

L. S. Murrie

HOME OFFICE,
LONDON.

DEPUTY UNDER SECRETARY OF STATE

PARTICULARS RELATING TO APPLICANT.

| | |
|---|---|
| Full Name | Erich FRIED. |
| Address | 15, Moatlands House, Cromer Street, London, W.C.1. |
| Profession or Occupation | Journalist and Translator. |
| Place and date of birth | Vienna, Austria. 6th M[illegible]921. |
| Nationality | Austrian. |
| Single, married, etc. | Married. |
| Name of wife or husband | Marie Elisabeth Mathild[illegible]rienne. |
| Names and nationalities of parents | Hugo and Nellie FRIED (A[illegible]trian). |

(For Oath see overleaf.)

Englische Einbürgerungsurkunde von Erich Fried, ausgestellt in London am 21.10.1949.

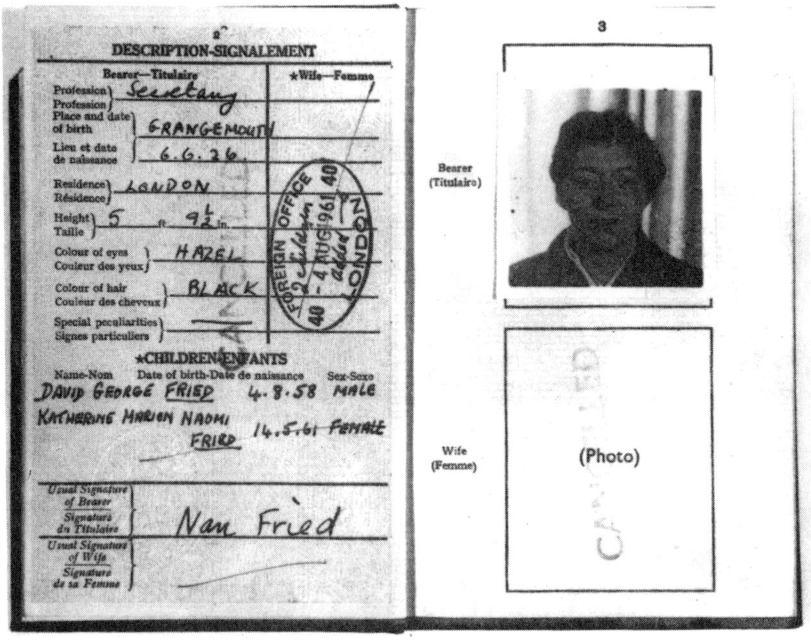

2

DESCRIPTION-SIGNALEMENT

| | Bearer—Titulaire | ★Wife—Femme |
|---|---|---|
| Profession / Profession | Secretary | |
| Place and date of birth / Lieu et date de naissance | GRANGEMOUTH 6.6.26 | |
| Residence / Résidence | LONDON | |
| Height / Taille | 5 ft 9½ in. | |
| Colour of eyes / Couleur des yeux | HAZEL | |
| Colour of hair / Couleur des cheveux | BLACK | |
| Special peculiarities / Signes particuliers | — | |

FOREIGN OFFICE 2 children added – 4 AUG 1961 40 LONDON 40

★CHILDREN-ENFANTS

| Name-Nom | Date of birth-Date de naissance | Sex-Sexe |
|---|---|---|
| DAVID GEORGE FRIED | 4.8.58 | MALE |
| KATHERINE MARION NAOMI FRIED | 14.5.61 | FEMALE |

Usual Signature of Bearer / Signature du Titulaire: Nan Fried

Usual Signature of Wife / Signature de sa Femme:

3

Bearer (Titulaire)

Wife (Femme)

(Photo)

Britischer Reisepaß von Erich Frieds zweiter Ehefrau Nan Fried, ausgestellt am 29.12.1953; verlängert am 4.8.1961.

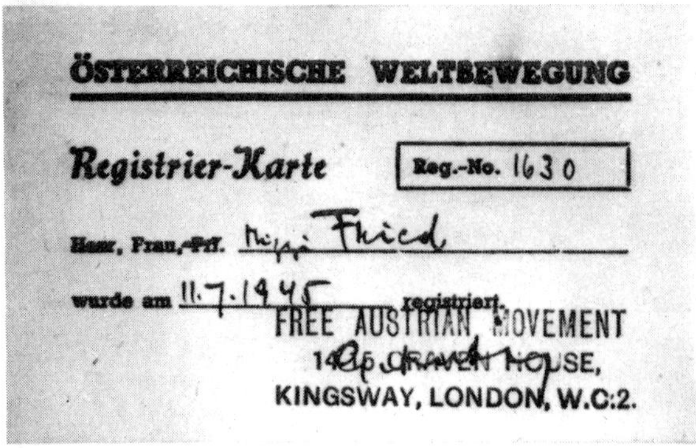

ÖSTERREICHISCHE WELTBEWEGUNG

Registrier-Karte | Reg.-No. 1630

Herr, Frau, Frl. Mizzi Fried

wurde am 11.7.1945 registriert.

FREE AUSTRIAN MOVEMENT
14b, CRAVEN HOUSE,
KINGSWAY, LONDON, W.C.2.

Mitgliedskarte des österreichischen Exildachverbandes »Free Austrian Movement« von Frieds erster Ehefrau Maria, genannt »Mizzi«; ausgestellt am 11.7.1945.

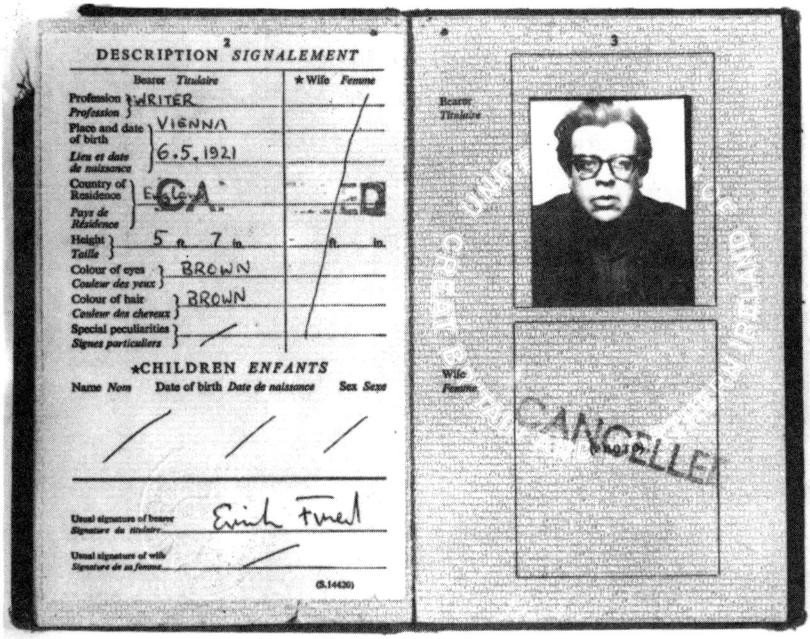


Britischer Reisepaß von Erich Fried, ausgestellt am 10.4.1968.

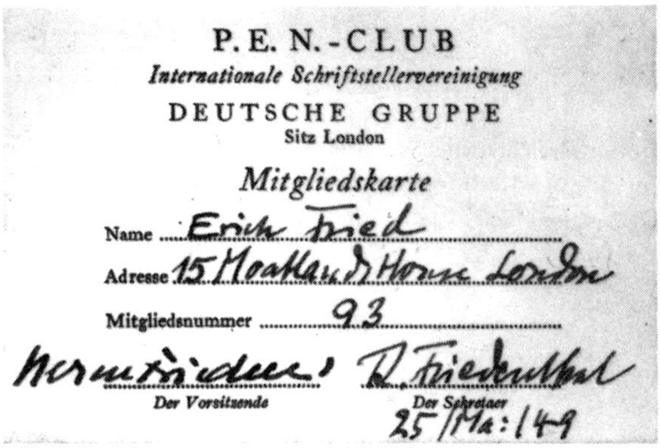
P. E. N. - CLUB

*Internationale Schriftstellervereinigung*

DEUTSCHE GRUPPE

Sitz London

*Mitgliedskarte*

Name Erich Fried

Adresse 15 Moatlands House London

Mitgliedsnummer 93

Hermann Friedmann — Der Vorsitzende

R. Friedenthal — Der Sekretaer

25/Mai/49

Mitgliedskarte des »Deutschen P.E.N.-Club. Deutsche Gruppe. Sitz London« von Erich Fried; ausgestellt von Hermann Friedmann und Richard Friedenthal am 25.5.1949.

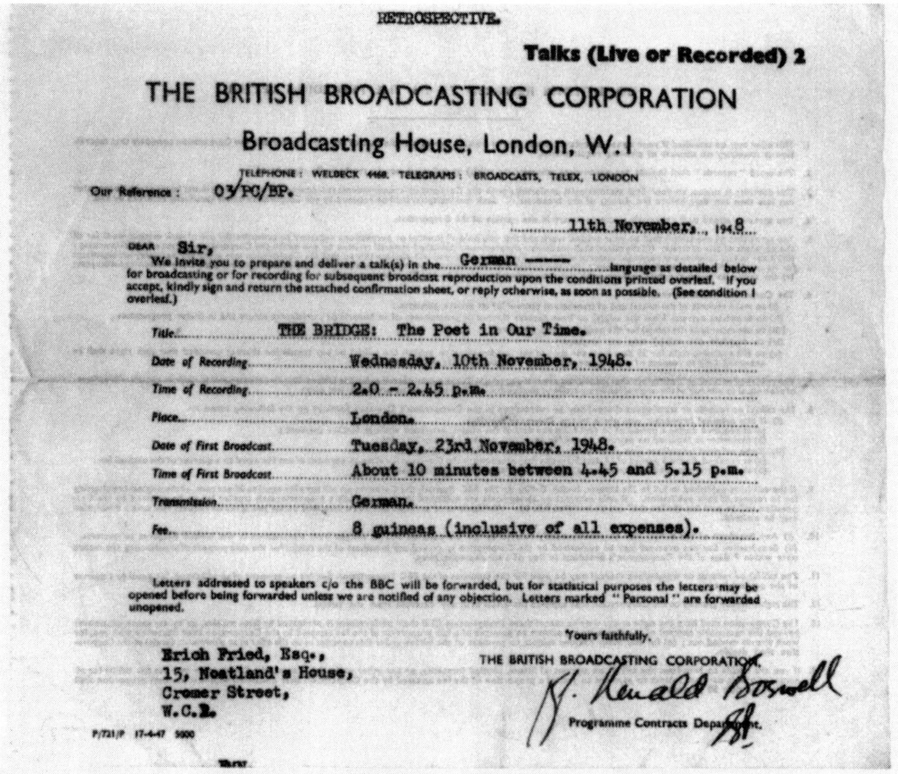

RETROSPECTIVE.

**Talks (Live or Recorded) 2**

THE BRITISH BROADCASTING CORPORATION

Broadcasting House, London, W.1

TELEPHONE: WELBECK 4468. TELEGRAMS: BROADCASTS, TELEX, LONDON

Our Reference: 03/PC/BP.

11th November, 1948.

DEAR Sir,

We invite you to prepare and deliver a talk(s) in the German —— language as detailed below for broadcasting or for recording for subsequent broadcast reproduction upon the conditions printed overleaf. If you accept, kindly sign and return the attached confirmation sheet, or reply otherwise, as soon as possible. (See condition I overleaf.)

Title: THE BRIDGE: The Poet in Our Time.

Date of Recording: Wednesday, 10th November, 1948.

Time of Recording: 2.0 - 2.45 p.m.

Place: London.

Date of First Broadcast: Tuesday, 23rd November, 1948.

Time of First Broadcast: About 10 minutes between 4.45 and 5.15 p.m.

Transmission: German.

Fee: 8 guineas (inclusive of all expenses).

Letters addressed to speakers c/o the BBC will be forwarded, but for statistical purposes the letters may be opened before being forwarded unless we are notified of any objection. Letters marked "Personal" are forwarded unopened.

Yours faithfully,

THE BRITISH BROADCASTING CORPORATION

R. Kenald Boswell

Programme Contracts Department.

Erich Fried, Esq.,
15, Noatland's House,
Cromer Street,
W.C.1.

Honorarabrechung der BBC für Erich Fried vom 11.11.1948. – Die Abrechnung ist unterschrieben vom Vater von Erich Frieds dritter Ehefrau Catherine Boswell, die Fried damals noch nicht persönlich gekannt hat.

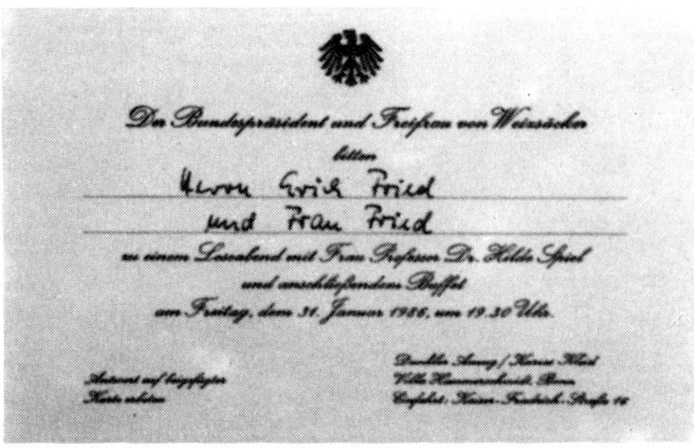

Der Bundespräsident und Freifrau von Weizsäcker
bitten
Herrn Erich Fried
und Frau Fried
zu einem Leseabend mit Frau Professor Dr. Hilde Spiel
und anschließendem Buffet
am Freitag, dem 31. Januar 1986, um 19.30 Uhr.

Einladungskarte in die Villa Hammerschmidt des deutschen Bundespräsidenten Richard von Weizsäcker und Ehefrau für Erich und Catherine Fried anläßlich einer Lesung von Hilde Spiel am 31.1.1986.

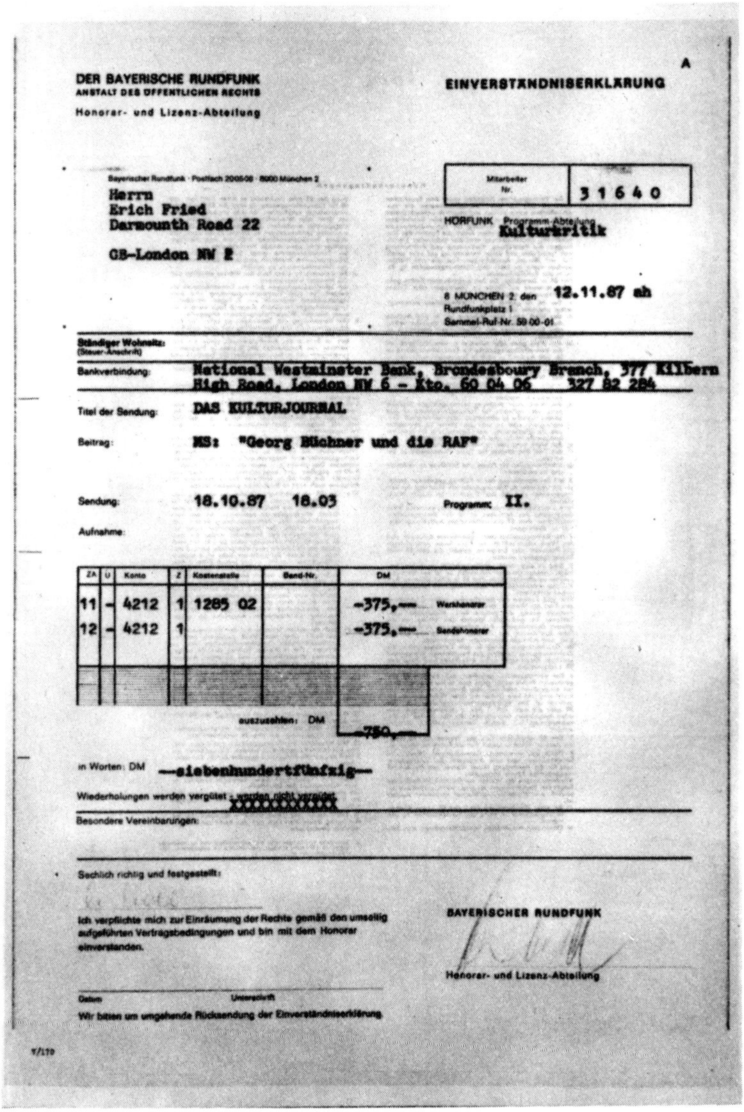

DER BAYERISCHE RUNDFUNK
ANSTALT DES ÖFFENTLICHEN RECHTS
Honorar- und Lizenz-Abteilung

A
EINVERSTÄNDNISERKLÄRUNG

Bayerischer Rundfunk · Postfach 200508 · 8000 München 2

Herrn
Erich Fried
Darmounth Road 22

GB-London NW 2

| Mitarbeiter Nr. | 31640 |
|---|---|

HÖRFUNK Programm-Abteilung Kulturkritik

8 MÜNCHEN 2, den 12.11.87 ah
Rundfunkplatz 1
Sammel-Ruf-Nr. 59 00-01

Ständiger Wohnsitz: (Steuer-Anschrift)

Bankverbindung: National Westminster Bank, Brondesboury Branch, 377 Kilbern High Road, London NW 6 - Kto. 60 04 06 327 82 284

Titel der Sendung: DAS KULTURJOURNAL

Beitrag: MS: "Georg Büchner und die RAF"

Sendung: 18.10.87 18.03 Programm: II.

Aufnahme:

| ZA | U | Konto | Z | Kostenstelle | Band-Nr. | DM |
|---|---|---|---|---|---|---|
| 11 | - | 4212 | 1 | 1285 02 | | -375,— Werkhonorar |
| 12 | - | 4212 | 1 | | | -375,— Sendehonorar |

auszuzahlen: DM -750,—

in Worten: DM —siebenhundertfünfzig—

Wiederholungen werden vergütet - werden nicht vergütet XXXXXXXXXXXX

Besondere Vereinbarungen:

Sachlich richtig und festgestellt:

Ich verpflichte mich zur Einräumung der Rechte gemäß den umseitig aufgeführten Vertragsbedingungen und bin mit dem Honorar einverstanden.

Datum Unterschrift

Wir bitten um umgehende Rücksendung der Einverständniserklärung

BAYERISCHER RUNDFUNK
Honorar- und Lizenz-Abteilung

Honorarabrechnung des Bayerischen Rundfunks für Erich Fried vom 12.11.1987 anläßlich einer Radiosendung Frieds zum Thema »Georg Büchner und die RAF«.

»Daddy« Erich Fried, gezeichnet von einem seiner Kinder.

# IV. Nachlassgruppe 4
# Sammlungen

Bei der Gruppe »Sammlungen« wird eingangs die wichtige Untergruppe »Werke anderer Autoren« erwähnt. Während die sich darin befindlichen Hörspielmanuskripte von Ingomar von Kieseritzky, Franz Xaver Kroetz, Wolfgang Weyrauch und anderen vielleicht nur am Rande bemerkenswert sind, soll gezielt auf einige besonders reizvolle Unikate und Rara hingewiesen werden. Dazu gehören etwa eine von Erika Danneberg 1964 hergestellte Abschrift des Theaterstückes »Noah in der Wüste« aus dem Nachlaß von Berthold Viertel oder eine künstlerisch gestaltete «Wi(e)derschrift décollage / handcolorirt für Fried« von Ginka Steinwachs (1985).
Darüber hinaus fanden sich bisher Manuskripteunter anderem von:

Arnfrid Astel
Renate Beyer
Ernest Bornemann
Anne-Marie Salome Brenner
Michael Cerha
Ronald Chavers
Gino Chiellino
Heinz Cleve
Hans Werner Cohn
William Cooper
Zeljko Cunovics
Michael Daxner
F.C. Delius
Gitta Deutsch
Anne Duden
Beata Duncan
Hans Eichner
Gerhard Fritsch
Lydia Furtmüller
Brian Gould
Gisela Groenewold
Fritz Gross
Claudia Hahm
Thomas Hettche
Gert Kalow
Zora Keran (Zora Shaked)
Theodor Kramer
Kuba (d.i. Kurt Barthel)
Herbert Kuhner
Helmut Lamprecht
Ivan Malinovski
Michael March
Alex Miller
Erika Mitterer
Petra von Morstein
Harry Oberländer
Fritz Ohrtmann
Ernst-Ulrich Pinkert
Eva Priester
Roman Ritter
Johannes Schenk
Ann Shepherd
Anni Soldi
Arthur West
Peter Paul Wiplinger

Die folgenden Abbildungen führen einige wenige Beispiele für die Reichhaltigkeit der Nachlaßgruppe »Sammlungen« an, in der besonders viele Broschüren und Flugschriften zu finden sind. Es ist nicht auszuschließen, daß die Broschüren später in Frieds Nachlaß-Bibliothek eingeordnet werden (vgl. S. 138).

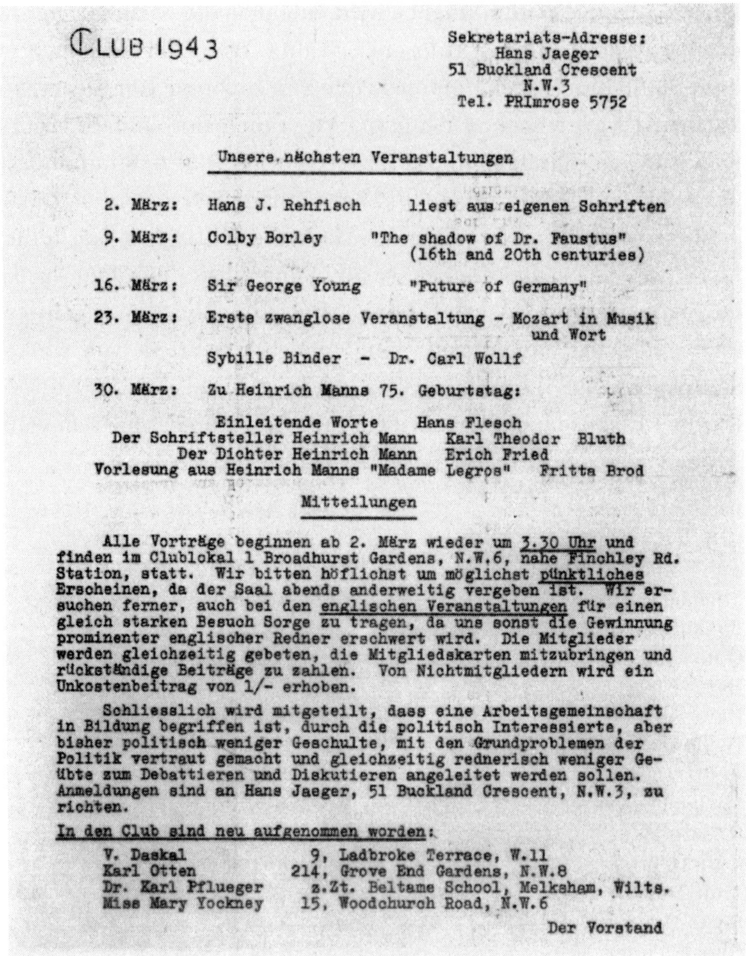

CLUB 1943

Sekretariats-Adresse:
Hans Jaeger
51 Buckland Crescent
N.W.3
Tel. PRImrose 5752

Unsere nächsten Veranstaltungen

2. März: Hans J. Rehfisch liest aus eigenen Schriften

9. März: Colby Borley "The shadow of Dr. Faustus" (16th and 20th centuries)

16. März: Sir George Young "Future of Germany"

23. März: Erste zwanglose Veranstaltung - Mozart in Musik und Wort
Sybille Binder - Dr. Carl Wollf

30. März: Zu Heinrich Manns 75. Geburtstag:

Einleitende Worte Hans Flesch
Der Schriftsteller Heinrich Mann Karl Theodor Bluth
Der Dichter Heinrich Mann Erich Fried
Vorlesung aus Heinrich Manns "Madame Legros" Fritta Brod

Mitteilungen

Alle Vorträge beginnen ab 2. März wieder um 3.30 Uhr und finden im Clublokal 1 Broadhurst Gardens, N.W.6, nahe Finchley Rd. Station, statt. Wir bitten höflichst um möglichst pünktliches Erscheinen, da der Saal abends anderweitig vergeben ist. Wir ersuchen ferner, auch bei den englischen Veranstaltungen für einen gleich starken Besuch Sorge zu tragen, da uns sonst die Gewinnung prominenter englischer Redner erschwert wird. Die Mitglieder werden gleichzeitig gebeten, die Mitgliedskarten mitzubringen und rückständige Beiträge zu zahlen. Von Nichtmitgliedern wird ein Unkostenbeitrag von 1/- erhoben.

Schliesslich wird mitgeteilt, dass eine Arbeitsgemeinschaft in Bildung begriffen ist, durch die politisch Interessierte, aber bisher politisch weniger Geschulte, mit den Grundproblemen der Politik vertraut gemacht und gleichzeitig rednerisch weniger Geübte zum Debattieren und Diskutieren angeleitet werden sollen. Anmeldungen sind an Hans Jaeger, 51 Buckland Crescent, N.W.3, zu richten.

In den Club sind neu aufgenommen worden:

V. Daskal 9, Ladbroke Terrace, W.11
Karl Otten 214, Grove End Gardens, N.W.8
Dr. Karl Pflueger z.Zt. Beltame School, Melksham, Wilts.
Miss Mary Yockney 15, Woodchurch Road, N.W.6

Der Vorstand

«Unsere nächsten Veranstaltungen« [März 1946], Programmzettel des Londoner »Club 1943«.

*Zur linken Seite*

Ankündigung einer Veranstaltung am 30. März 1946 mit Beteiligung des jungen Erich Fried anläßlich des 75. Geburtstages des seit 1940 im kalifornischen Exil lebenden deutschen Schriftstellers Heinrich Mann (27.3.1871-12.3.1950). Veranstaltungsleiter ist Frieds Exilfreund Hans Flesch, Mitbegründer des »Club 1943«, einer Londoner Alternativorganisation zum deutschen Exilverband »Freier Deutscher Kulturbund«. Zusammen mit Hans Flesch (auch Flesch-Brunningen; 1972 Ehe mit Hilde Spiel) hat Fried auch späterhin noch literarische Veranstaltungen im »Club 1943«, sowie im befreundeten »P.E.N. Zentrum deutschsprachiger Autoren im Ausland. Sitz London« bestritten.
Die weiteren Teilnehmer an der Heinrich Mann-Veranstaltung: Karl-Theodor Bluth (geb. 1892 in Berlin), Mediziner und Schriftsteller, emigrierte 1934 nach Lateinamerika, 1936 nach England. Bluth ist Beiträger des 1945 von Hans J. Rehfisch für den »Club 1943« herausgegebenen Symposion-Bandes »In Tyrannos. Four Centuries of Struggle against Tyranny in Germany«, von dem sich ein Exemplar in Frieds Nachlaß-Bibliothek befindet. Fritta Brod, bedeutende Schauspielerin der Weimarer Republik (zunächst verheiratet mit dem deutschprager Dramatiker Paul Kornfeld) war mit ihrem dritten Ehemann Friedrich Burschell ins englische Exil gegangen.

Einladungskarte zu einer Veranstaltung der Österreichischen Gesellschaft für Literatur in Wien am 1.3.1972.

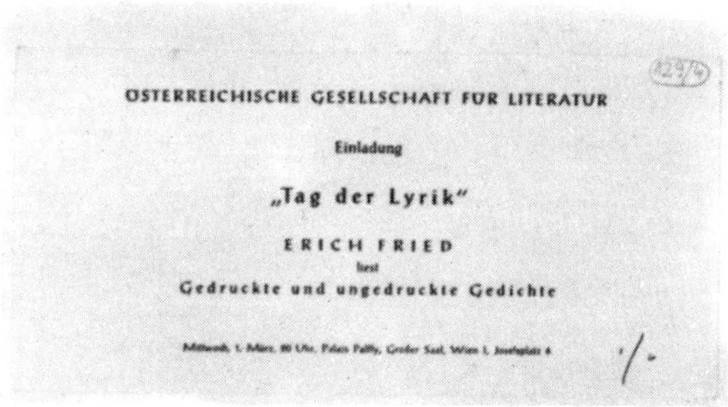
ÖSTERREICHISCHE GESELLSCHAFT FÜR LITERATUR

Einladung

„Tag der Lyrik"

ERICH FRIED

liest

Gedruckte und ungedruckte Gedichte

Handzettel zu einer Lesung von Erich Fried und Peter-Paul Zahl in Frankfurt / Main am 9.10.1982.

Erste Seite einer Partitur mit einer Komposition für Klavier zu Frieds Gedicht »Die Zeit der Steine«, die der 1947 in München geborene Komponist Peter Michael Hamel am 20.10.1987 Erich Fried in Kopie zugeschickt hat.

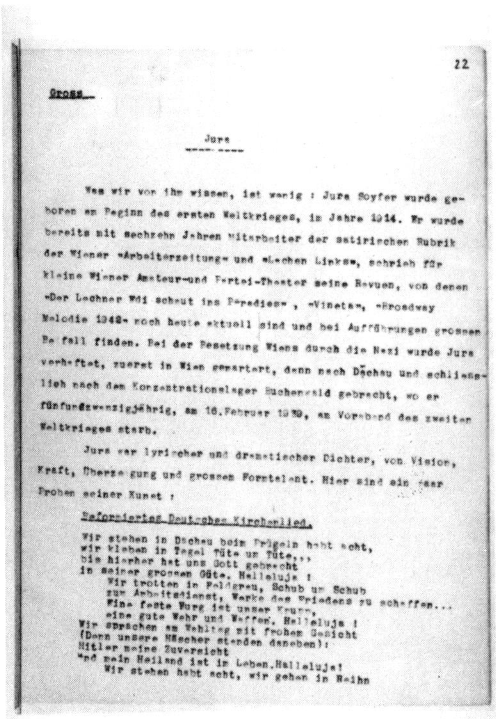

22

Gross

Jura

Was wir von ihm wissen, ist wenig : Jura Soyfer wurde geboren am Beginn des ersten Weltkrieges, im Jahre 1914. Er wurde bereits mit sechzehn Jahren Mitarbeiter der satirischen Rubrik der Wiener »Arbeiterzeitung« und »Lachen Links«, schrieb für kleine Wiener Amateur-und Partei-Theater seine Revuen, von denen »Der Lechner Edi schaut ins Paradies« , »Vineta«, »Broadway Melodie 1942« noch heute aktuell sind und bei Aufführungen grossen Beifall finden. Bei der Besetzung Wiens durch die Nazi wurde Jura verhaftet, zuerst in Wien gemartert, dann nach Dachau und schliesslich nach dem Konzentrationslager Buchenwald gebracht, wo er fünfundzwanzigjährig, am 16.Februar 1939, am Vorabend des zweiten Weltkrieges starb.

Jura war lyrischer und dramatischer Dichter, von Vision, Kraft, Überzeugung und grossem Formtalent. Hier sind ein paar Proben seiner Kunst :

Reformiertes Deutsches Kirchenlied.

Wir stehen in Dachau beim Prügeln habt acht,
wir kleben in Tegel Tüte um Tüte,,,
bis hierher hat uns Gott gebracht
in seiner grossen Güte. Halleluja !
Wir trotten in Feldgrau, Schub um Schub
zum Arbeitsdienst, Werke des Friedens zu schaffen...
Eine feste Burg ist unser Krupp,
eine gute Wehr und Waffen. Halleluja !
Wir sprachen am Wahltag mit frohem Gesicht
(Denn unsere Häscher standen daneben):
Hitler meine Zuversicht
und mein Heiland ist im Leben.Halleluja!
Wir stehen habt acht, wir gehen in Reihn

Fritz Gross: »Österreicher«. Essays. Typoskript und Typoskript / Durchschlag (gebunden). London o.J. – Abgebildet ist die erste Seite des Beitrages über Jura Soyfer. Weitere »Österreicher« in der Essaysammlung sind: Viktor Adler, P. Altenberg, Hermann Bahr, S. Freud, Rudolf Goldscheid, Theodor Herzl, Hugo v. Hofmannsthal, F. Kafka, Paul Kammerer, Karl Kautsky, O. Kokoschka, Karl Kraus, Jörg Lanz von Liebenfels, Adolf Loos, Ernst Mach, Robert Müller, R. Musil, Hansi Niese, Julius Ofner, Josef Popper-Lynkeus, Pierre Remus, Emil Nikolaus Reznicek, R. M. Rilke, Leo Rothziegel, A. Schnitzler, Otto Stoessl, Bertha von Suttner, Julius Tandler, Arthur Trebitsch, Koloman Wallisch, Hugo Wolf und St. Zweig. Zu Gross (und Soyfer) vgl. auch S. 34.

Darmstadt o.J. (1950?)

München 1965

Hannover 1983

Osnabrück 1986

Vier Broschüren zu dem Themenkreis Antisemitismus, Verfolgung von Minderheiten, Exil, Opfer der deutschen Geschichte.

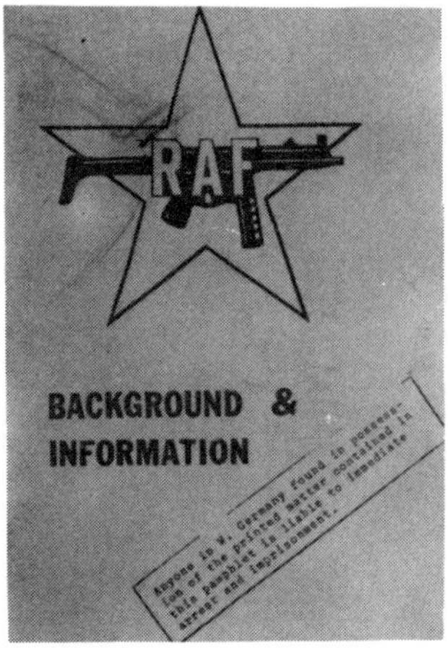


London 1972

Göttingen 1976

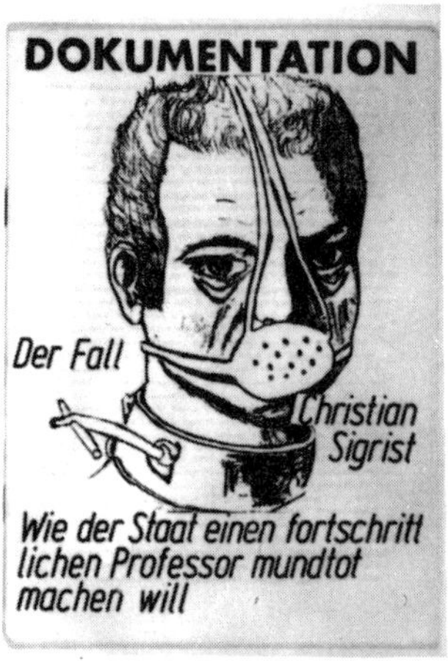


Münster 1975

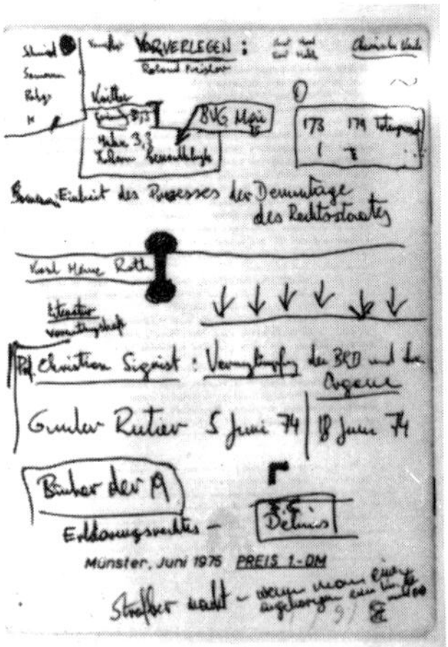


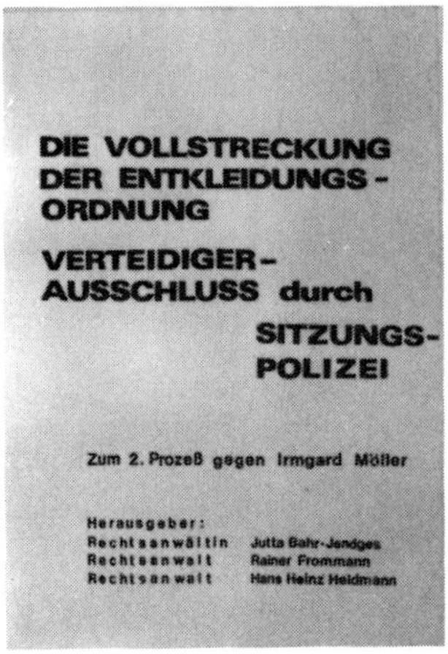


Bremen o.J. (1978?)

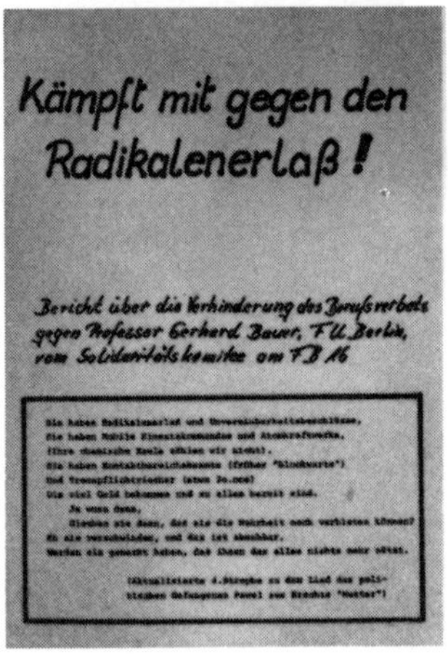


Ohne Ort, ohne Jahr

Fünf Broschüren zum Themenkreis Berufsverbot, Zensur, ›Klassenjustiz‹ und Terrorismus in der Bundesrepublik Deutschland. Auf die Rückseite der Dokumentation zum »Fall Christian Sigrist« hat sich Erich Fried u.a. Stichwörter zu dem benannten Themenkreis notiert.

London o.J. (1965?)

Berlin o.J. (1975)

London o.J. (1979?)

Berlin 1980

München 1981

Wien 1983

Sechs Broschüren zum Themenkreis Weltpolitik und (inter)nationale Konflikte.

berliner EXTRA dienst

Nr. 28/XII
7. April 1978

A 4741BX

Erscheint jeden Dienstag und Freitag in Westberlin

BONNER NEBEL UM DIE NEUTRONENBOMBE:

KONSPIRIERT SCHMIDT MIT GENSCHER GEGEN DIE SPD ?

LESEN SIE SEITE 2

Russell-Tribunal:
Das Schlußwort von Gollwitzer

UNSER BERICHT AB SEITE 9

SEITE 3

GEHEIMSTUDIE ZUM ATOMMÜLL
Was der Bürger nicht wissen soll

berliner Extra dienst (Berlin)

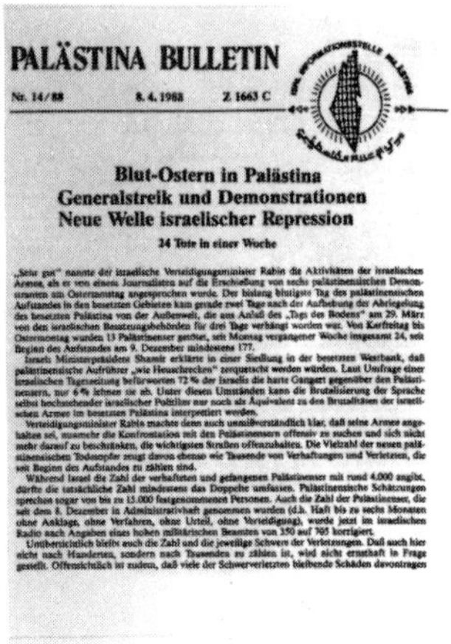

PALÄSTINA BULLETIN

Nr. 14/88 8.4.1988 Z 1663 C

Blut-Ostern in Palästina
Generalstreik und Demonstrationen
Neue Welle israelischer Repression

24 Tote in einer Woche

Palästina-Bulletin (Bonn)

WIENER TAGEBUCH

links & unabhängig

POLIZEIREPORT

Ferner in dieser Nummer: Das Programm der Tupamaros – Die arabische Welt ein Jahr nach Nassers Tod – Bangla Desh und die Krise in Pakistan – Die Wandlungen der KPÖ – Die kranke Medizin – Futurologisches

Wiener Tagebuch (Wien)

zeitdienst

zur sozialistischen Information und Diskussion

Klassengesellschaft und Frauenbefreiung

Zeitdienst (Zürich)

Vier politische Periodika, die Erich Fried mit besonderem Interesse verfolgt hat. Für das »Wiener Tagebuch«, den »Zeitdienst« und das »Palästina Bulletin« hat er selbst auch Beiträge verfaßt.

# V. Nachlassgruppe 5
# Die Bibliothek Erich Frieds

Die Nachlaß-Bibliothek Erich Frieds umfaßt grob hochgerechnet um die 8000 Bücher (ohne Periodika und Broschüren). Davon fallen knapp ein Drittel in die Gruppe Belletristik, der noch ca. 460 separat aufgestellte Widmungsexemplare zuzuzählen sind.
Die Bücher kamen aus der Londoner Wohnung in 120 Schachteln verpackt (vermischt mit Periodika und Broschüren). Beim Öffnen stellte sich heraus, daß die Bücher relativ willkürlich eingepackt wurden. In vielen Fällen entstand der Eindruck, daß sie nicht in der Folge ihres ursprünglichen Standortes, sondern ihrem Format entsprechend so platzsparend wie möglich in die Kartons geschichtet worden sind. Die ursprüngliche Ordnung (der Befund) ist somit weitgehend verloren gegangen, doch spricht einiges dafür, daß der Nachlasser ebenso wie bei seinen Papieren auch in seiner Bibliothek keine strenge Ordnung walten ließ. In seinem Arbeitszimmer (und möglicherweise auch im ganzen Haus) hat Fried nicht konsequent zwischen Buch- und Manuskriptablage getrennt und gelegentlich Manuskripte von eigener und fremder Hand gebündelt oder in Schobern zwischen seine Bücher gestellt. Diese Manuskripte werden den Nachlaßgruppen 1 (Werke Frieds) und 4 (Sammlungen) zugeführt, mögliche Zusammenhänge mit der Bibliothek gegebenenfalls auf einem Bearbeiterformular notiert.
Eine Bibliotheks-Neuordnung, die den Bezug zu Fried betont, schlägt nach dem derzeitigen Stand der Aufarbeitung Dr. Ingrid Schramm, Mitarbeiterin der Österreichischen Nationalbibliothek, vor. Im Zuge der weiteren Bestandsaufbereitung werden Modifikationen des vorgeschlagenen Modells zu erwarten sein, die in einer Hausarbeit zum Thema »Die Nachlaßbibliothek Erich Frieds und seine Shakespeare-Sammlung« im Rahmen der Bibliotheksausbildung eingearbeitet und später den Archiv-Benutzern zugänglich gemacht werden.
Zu den Besonderheiten, die bereits beim Vorordnen der Bibliothek auffielen, gehört die Tatsache, daß Fried eine beachtliche Zahl von vor allem philosophischen und theologischen Büchern besaß, die – auf noch ungeklärte Weise – aus dem Besitz des 1938 nach England emigrierten Rabbiners Arthur Löwenstamm (1882–1965) zu ihm kamen. Wie aus Besitzvermerken hervorgeht, hat Fried auch Bücher von seiner Ehefrau Catherine und von seiner Mutter Nellie in seine Bibliothek überführt. Einzelne

Bücher stammen von Freunden oder aus dem weiteren Umkreis Frieds, um nur einige Namen zu nennen, wie z.B. von: H.G. Adler, Hans Flesch (-Brunningen), R. Hellendall, Joseph Kalmer, Theodor Kramer und Peter de Mendelssohn. Erwähnenswert ist auch eine Ausgabe der »Ehernen Sonette 1914« von Richard Schaukal mit dem Exlibris des Historikers Veit Valentin (Emigration 1933 nach London, 1940 in die USA).

Bei der zukünftigen Bearbeitung der Fried-Bibliothek fallen vor der End-Aufstellung noch wichtige Feinarbeiten an, so etwa die bibliothekarische Registrierung der von Fried eingelegten Lesezeichen, die in einer Präsenzbibliothek leicht abhanden kommen können. Ebenfalls festgehalten und mit der Nachlaßgruppe »Korrespondenzen« vernetzt werden, sollen Informationen über Briefe, die sich in Publikationen fanden, die mit gleicher Post an Fried gelangten oder einen anderen Bezug zum jeweiligen Buch haben. Des weiteren bleibt zu entscheiden, welche von den zum Teil stark beschädigten Büchern sinnvollerweise einer voraussichtlich kostenintensiven Restaurierung unterzogen werden sollten.

# Die Ordnungssystematik der Nachlass-Bibliothek

*Ingrid Schramm*

Während Nachlaßbibliotheken üblicherweise ganz oder zum Teil aufgelöst werden (z.B. Eingliederung in den Buchbestand der betreffenden Institution, Dublettenaussonderung etc.) stellt die Bibliothek Erich Frieds einen Sonderfall dar. Sie wurde als Bestandteil der Grundausstattung dem neu eingerichteten Österreichischen Literaturarchiv an der Österreichischen Nationalbibliothek zugeführt, wo sie als Fried-Bibliothek separat aufgestellt und für die Benutzung aufgearbeitet wird. Aufgrund dieser Sonderstellung standen bei der Konzipierung der Aufstellungs-Systematik zwei Ziele im Vordergrund. In erster Linie wurde der Bezug zu Fried berücksichtigt, so daß thematische Gruppen Vorrang haben, je näher sie zu dem Dichter stehen. Bei der Differenzierung der Themenschwerpunkte spielte somit auch die Menge der vorhandenen Bücher eine Rolle. Das zweite Ziel bestand darin, eine Ordnung zu finden, die für den Benutzer möglichst übersichtlich ist und ihm einen ähnlich leichten Überblick über die vorhandene Literatur ermöglicht wie in einer öffentlichen Präsenzbibliothek. Wegen dieser besonderen Anforderungen konnte für die Systematik der Nachlaßbibliothek kein bereits bestehendes Klassifikationssystem einer anderen Bibliothek übernommen werden. Um den Bezug zu Fried in allen Haupt- und Untergruppen möglichst deutlich herauszustellen, mußte ein neues, an die übrige Nachlaß-Systematik angepaßtes Ordnungsprinzip erarbeitet werden (vgl. die Systematiken auf S. 16–22 und 139–143).
Die erste große Abteilung der Bibliothek ist Erich Fried als Autor und Übersetzer gewidmet. Den Anfang bilden Frieds Werke. An diese wurden die Sammelwerke angegliedert, in denen sich nicht nur Gedichte, kleine Prosa und Aufsätze, sondern auch Vorworte, Nachworte, Interviews und sonstige Beiträge des Nachlassers befinden. Im Anschluß daran wird Fried als Übersetzer, schwerpunktmäßig mit Übertragungen ins Deutsche von William Shakespeare, David Rokeah und Dylan Thomas, vorgestellt. Bei der nächsten Gruppe, den Übersetzungen der Bücher von Erich Fried

»Ein Soldat und ein Mädchen« (1960). Ins Italienische von Marianello Marianelli. Mailand: Bompiani 1963.

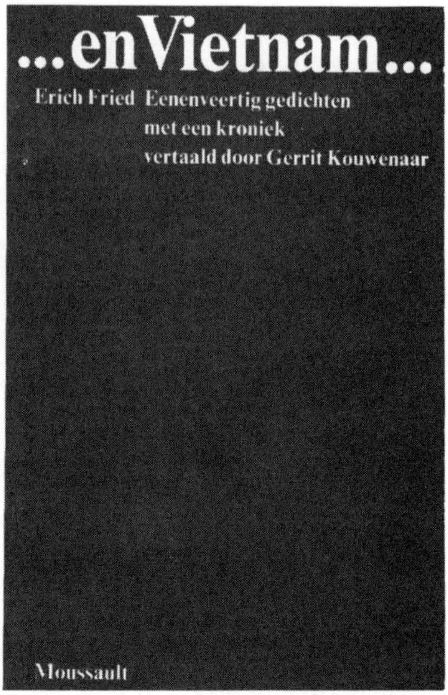


»und Vietnam und« (1966). Ins Niederländische von Gerrit Kouwenaar. Amsterdam: Moussault 1967.

in andere Sprachen, handelt es sich um eine kleinere, bedauerlicherweise nicht vollständige Sammlung.

Einen besonderen Stellenwert nehmen jene Bücher ein, die Fried von anderen Autoren oder Freunden mit einer persönlichen Widmung erhalten hat (vgl. S. 155–168). Auch für Widmungsexemplare an »Personen aus dem Umkreis Frieds« wurde eine eigene Untergruppe gebildet, um so außergewöhnliche Bücher mit Zueignungen wie z.B. von Erika Mitterer an Theodor Kramer oder Johannes R. Becher an Peter de Mendelssohn zusammenzuhalten (vgl. S. 138).

Nach diesem ersten, autorbezogenen Block folgt die große Gruppe der Belletristik, in der neben dem jeweiligen Schriftsteller auch die Sekundärliteratur aufgestellt wird. Wegen der besonderen Bedeutung Frieds als Übersetzer wurde Shakespeare aus der Belletristik ausgegliedert und als Sondersammlung eingerichtet (vgl. S. 145–154). Als letzte Gruppe dieser Abteilung wird der Bestand der Literatur- und Sprachwissenschaft geführt.

»Aufforderung zur Unruhe« (1972). Ins Polnische von Maria Leśniewska. Krakau und Warschau Wydawnictwo Literackie 1984.

»100 Gedichte ohne Vaterland« (1978). Ins Dänische von Søren Barsøe. Aarhus: Husets Forlag 1980.

Rein thematisch hätte sich als nächste Gruppe »Theater, Musik und Tanz« angeboten. Es stellte sich jedoch heraus, daß Fried sehr wenig Literatur zu diesem Themenkreis besaß. Dagegen war von vornherein zu erwarten, daß sich in seiner Bibliothek ein größerer Bestand mit Literatur zur Politik und zum Judentum finden würde. Aus diesem Grund wurden die einzelnen Kunstgattungen, eingeteilt in die Gruppen »Musik, Theater und Tanz«, »Bildende Kunst« und »Film und Fotographie«, weit hinter andere Themenblöcke gestellt.

Der Bestand der politischen Literatur verweist auf einige schwerpunktmäßige Interessen des »poète engagé« und kritischen Journalisten Fried. Seiner Sammlung der Schriften von Marx und Engels wurden Bücher zu Konfliktstoffen wie Widerstand, Exil, zur Studentenbewegung, zur RAF, zu Berufsverbot und Zensur sowie zur Menschenrechts- und Antiatomkraftsbewegung usw. angegliedert. Wiederum wegen ihrer besonderen Wichtigkeit für Fried erhielten die Schriften zum Judentum den Status einer

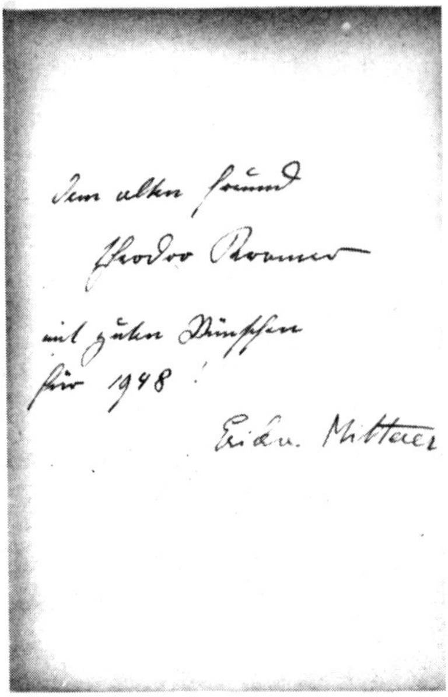

Erika Mitterer: Begegnung im Süden. Erzählung. Wien: Luckmann Verlag 1947. – Widmungsexemplar für Theodor Kramer.

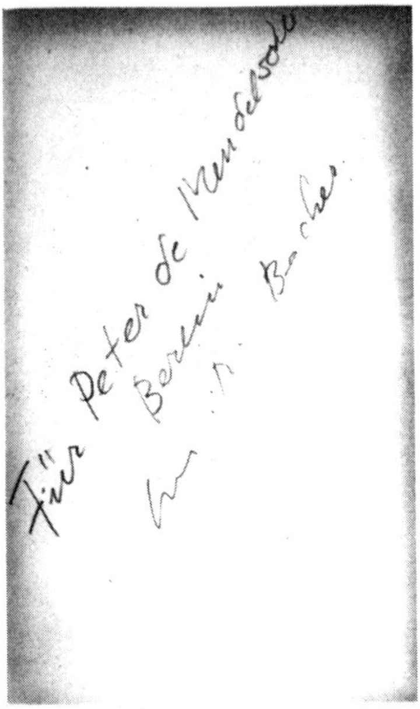

Johannes R. Becher: Wir – Unsere Zeit. München: Desch 1946. – Widmungsexemplar für Peter de Mendelssohn.

Sondersammlung. Sie umfaßt neben den eigentlichen »Judaika« nicht nur Analysen und Dokumentationen zur Judenverfolgung, sondern auch alles, was zum Bereich des Israel-Palästinenser-Konflikts gehört.

Auffallend groß ist auch der Bestand der Literatur zur Psychologie und zur Geschichte. Die ebenfalls hohe Anzahl der Bücher zur Theologie und zur Philosophie verfälscht möglicherweise das Bild Frieds als Leser, da der Hauptteil dieser Literatur aus der Bibliothek von Dr. Arthur Löwenstamm stammt.

Noch nicht aufgearbeitet wurden bisher die vielzähligen Zeitungen, zeitungsartigen Reihen und Broschüren, doch kann man schon jetzt sagen, daß sie im wesentlichen die Themenschwerpunkte des oben beschriebenen Buchbestandes berühren. Modifikationen der Bibliotheks-Systematik, die auch die Periodika etc. aufnimmt, sind bei weiterer Bearbeitung vorgesehen.

## 5 Bibliotheks-Systematik

5.1 Werke von Erich Fried

5.2 Sammelwerke mit Beiträgen von Erich Fried
- 5.2.1 Lyrik
- 5.2.2 Kleine Prosa
- 5.2.3 Aufsätze, Vor- und Nachworte, Interviews und Sonstiges
- 5.2.4 Vermischtes (Lyrik, Prosa, etc.)
- 5.2.5 Schul- und Lehrbücher

5.3 Erich Fried als Übersetzer
- 5.3.1 Rokeah, David
- 5.3.2 Shakespeare, William
- 5.3.3 Thomas, Dylan
- 5.3.4 Alle übrigen Autoren
- 5.3.5 Sammelwerke mit mehreren Teilübersetzungen
- 5.3.6 Anonyme Werke

5.4 Übersetzungen der Werke von Erich Fried
- 5.4.1 Werke Erich Frieds
- 5.4.2 Teilübersetzungen

5.5 Widmungsexemplare
- 5.5.1 Autorenwidmungen
  - 5.5.1.1 an Erich Fried
  - 5.5.1.2 an Personen aus dem Umkreis Frieds
- 5.5.2 Geschenksexemplare mit Widmungen
  - 5.5.2.1 an Fried
  - 5.5.2.2 an Personen aus dem Umkreis Frieds
- 5.5.3 Widmungsexemplare von Erich Fried an Freunde oder Bekannte
- 5.5.4 Widmungsexemplare von Fremden an Fremde

5.6 Belletristik
- 5.6.1 Autoren von A bis Z
- 5.6.2 Märchen, Sagen, Epen
- 5.6.3 Kinderbücher, Lehrbücher
- 5.6.4 Sammelwerke
- 5.6.5 Anonyme Werke

5.7 Sondersammlung »Shakespeare«
- 5.7.1 Englische Gesamtausgaben und Verlagsreihen
- 5.7.2 Englische Einzelausgaben
- 5.7.3 Deutschspr. Gesamtausgaben und Verlagsreihen
- 5.7.4 Deutschspr. Einzelausgaben
- 5.7.5 Sekundärliteratur

5.8 Literatur- und Sprachwissenschaft
- 5.8.1 Literaturgeschichte zur deutschspr. Literatur
- 5.8.2 Literaturgeschichte zur englischspr. Literatur
- 5.8.3 Literaturgeschichte zur Literatur anderer Sprachen
- 5.8.4 Literaturwissenschaft allgemein
- 5.8.5 Literaturtheorie
- 5.8.6 Literatursoziologie
- 5.8.7 Literaturkritik
- 5.8.8 Sprachwissenschaft allgemein
- 5.8.9 Sonstiges

5.9 Politik
- 5.9.1 Linke Klassiker
  - 5.9.1.1 Marx und Engels
  - 5.9.1.2 KPD-Theoretiker, Leninismus, Stalinismus, Maoismus
  - 5.9.1.3 Anarchismus
- 5.9.2 Linke Diskurse (allgemein)
- 5.9.3 Verschiedenes aus dem politischen Umfeld der Linken
- 5.9.4 Politische Konflikte und soziale Krisen
  - 5.9.4.1 Europa
    - 5.9.4.1.1 Deutschland
      - 5.9.4.1.1.1 Weimarer Republik
      - 5.9.4.1.1.2 »Drittes Reich« / Widerstand / Exil
      - 5.9.4.1.1.3 Deutschl. von 1945–1949
      - 5.9.4.1.1.4 Westdeutschl. nach 1949
        - 5.9.4.1.1.4.1 Allgemeines
        - 5.9.4.1.1.4.2 Studentenbewegung und außerparlamentarische Opposition
        - 5.9.4.1.1.4.3 RAF
        - 5.9.4.1.1.4.4 Berufsverbote und politische Zensur
        - 5.9.4.1.1.4.5 Neonazismus
        - 5.9.4.1.1.4.6 Verschiedenes
      - 5.9.4.1.1.5 DDR
    - 5.9.4.1.2 England
    - 5.9.4.1.3 Nord-Irland
    - 5.9.4.1.4 Österreich
    - 5.9.4.1.5 Sowjetunion
    - 5.9.4.1.6 Übriges Europa
  - 5.9.4.2 Asien
    - 5.9.4.2.1 Vietnam
    - 5.9.4.2.2 China
    - 5.9.4.2.3 Iran
  - 5.9.4.3 Lateinamerika
    - 5.9.4.3.1 Nicaragua
    - 5.9.4.3.2 El Salvador
    - 5.9.4.3.3 Chile
    - 5.9.4.3.4 Übriges Lateinamerika
  - 5.9.4.4 Afrika
  - 5.9.4.5 Nordamerika
  - 5.9.4.6 Übergreifende Aspekte (z.B. 3. Welt)

5.9.5 Emanzipationsbewegungen und Reformgruppen
5.9.5.1 Menschenrechtsbewegung
5.9.5.2 Friedensbewegung
5.9.5.3 Antiatomkraftbewegung
5.9.5.4 Verschiedenes

5.10 Juden und Judentum
5.10.1 Jüdische Glaubenslehre
5.10.2 Jüdische Kultur und Geschichte
5.10.3 Antisemitismus und Judenverfolgung
5.10.3.1 Analysen und Dokumentationen
5.10.3.2 KZ-Berichte
5.10.4 Israelis, Palästinenser und der Nahost-Konflikt

5.11 Psychologie und Psychoanalyse
5.11.1 Literatur zur Pychoanalyse
5.11.1.1 Sigmund Freud
5.11.1.2 C.G. Jung
5.11.1.3 Weitere Schriften zur Psychoanalyse
5.11.2 Psychodiagnostik und -therapie
5.11.2.1 Krankheitsbilder und Therapeutenberichte
5.11.2.2 Patientenberichte
5.11.3 Psychologie und Politik
5.11.3.1 Allgemeines
5.11.3.2 Analysen politischer Systeme
5.11.4 Psychologie und Philosophie

5.12 Geschichte und Kulturgeschichte
5.12.1 Weltgeschichte
5.12.1.1 Antike
bis
5.12 1.4 20. Jh.
5.12.2 Geschichte einzelner Länder
5.12.2.1 Großbritannien
5.12.2.2 Deutschland
5.12.2.3 Österreich
5.12.2.4 Weitere Länder
5.12.3 Geschichtsphilosophische Werke

5.13 Philosophie
5.13.1 Philosophische Literatur
5.13.1.1 Philosophen von A bis Z
5.13.1.2 Sammelwerke
5.13.2 Geschichte der Philosophie
5.13.2.1 Gesamtdarstellungen, Überblickswerke
5.13.2.2 Philosophie der Antike bis zur Gegenwart in Europa
5.13.2.3 Außereuropäische Philosophie
5.13.3 Einführungswerke in die Philosophie
5.13.4 Schriften über Ethik und religionsphilosophische Fragen
5.13.5 Verschiedenes

5.14 Christliche Theologie und andere Glaubenslehren
- 5.14.1 Religionsgeschichte und christliche Glaubenslehre
- 5.14.2 Die Bibel (Kommentare und Textauslegungen)
- 5.14.3 Bekenntnisse und Glaubensfragen
- 5.14.4 Andere Glaubenslehren
- 5.14.5 Verschiedenes

5.15 Bildende Kunst
- 5.15.1 Künstlerbiographien
- 5.15.2 Überblickswerke zur Kunstgeschichte
- 5.15.3 Kunstgeschichte einzelner Epochen
  - 5.15.3.1 Antike bis zum 19. Jh.
  - 5.15.3.2 Kunst des 20. Jhs.
- 5.15.4 Kunstgeschichte einzelner Länder
  - 5.15.4.1 Großbritannien
  - 5.15.4.2 Deutschland
  - 5.15.4.3 Österreich
  - 5.15.4.4 Andere Länder
- 5.15.5 Gebrauchskunst
- 5.15.6 Museen, Galerien, Kunstsammlungen
- 5.15.7 Ausstellungskataloge

5.16 Theater, Musik und Tanz
- 5.16.1 Künstlerbiographien
- 5.16.2 Wissenschaftliche Literatur
- 5.16.3 Einzelne Bühnen
- 5.16.4 Liederbücher, Notendrucke, Libretti

5.17 Film und Fotographie
- 5.17.1 Literatur zu Filmen
- 5.17.2 Foto-Bildbände

5.18 Kunst und Ästhetik (übergreifende Aspekte)

5.19 Geographie und Völkerkunde
- 5.19.1 Einzelne Länder und Regionen
- 5.19.2 Städte
- 5.19.3 Expeditionen, Reise- u. Forschungsberichte
- 5.19.4 Reiseführer
- 5.19.5 Völkerkunde

5.20 Mythologie

5.21 Soziologie

5.22 Pädagogik

5.23 Wirtschaft

5.24 Rechtswissenschaft

5.25 Medizin und Biologie

5.26 Technik und Mathematik

5.27 Grenzwissenschaften

5.28 Humor / Spiele / Freizeit

5.29 Verschiedenes

5.30 Handbücher und Ratgeber
- 5.31 Lexika
  - 5.31.1 Sprachwörterbücher
  - 5.31.2 Nachschlagewerke und Enzyklopädien

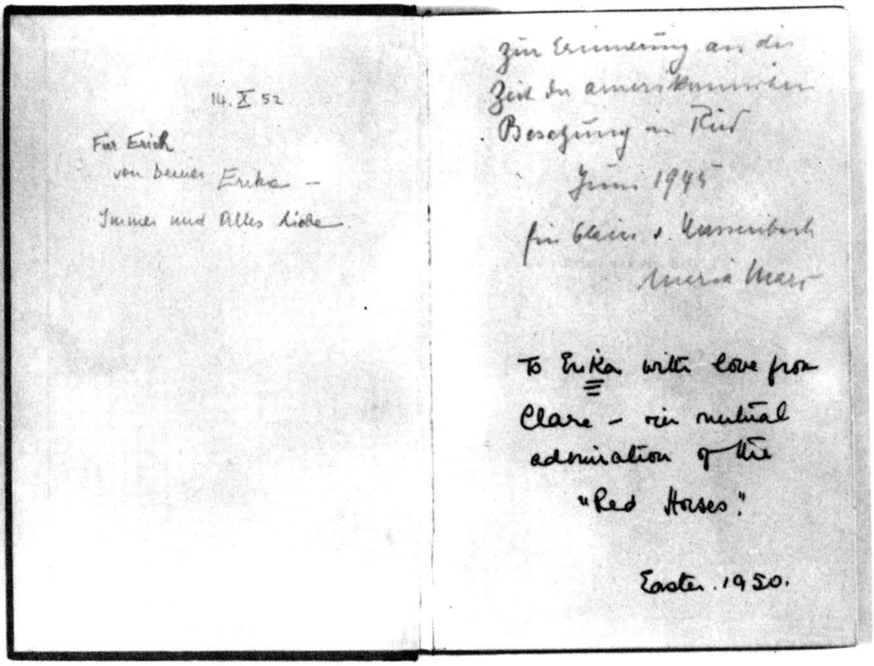


Drei Widmungen in einem Exemplar von Franz Marcs »Briefen aus dem Feld« (Berlin: Rembrandt-Verlag 1941). Die erste Zueignung stammt von Franz Marcs Ehefrau Maria Marc, die das Buch 1945 an Claire von Hassenbach (?) verschenkt hat. Von dort aus gelangten die »Briefe aus dem Feld« 1952 in die Hände einer Erika, möglicherweise der Frau des Fried-Freundes Joseph Kalmer (1898–1959). Dritte Station ist Erich Fried, der das Buch am 14.10.1952 erhielt.

# Erich Frieds Shakespeare-Gallery

## Arbeitsspuren des Übersetzers in der Nachlaßbibliothek

*Ingrid Schramm*

Insgesamt hat Erich Fried 27 Shakespeare-Dramen ins Deutsche übersetzt, »drei mehr als Schlegel / Tieck«, wie er gelegentlich scherzhaft und nicht ganz ohne Eitelkeit bemerkt hat. Zweifellos gehören seine Übertragungen zu den großen Leistungen in der modernen Übersetzungsgeschichte, auch wenn ihm seine Kritiker mitunter eine zu große Nähe zur Tradition, vor allem zu August Wilhelm Schlegel vorwerfen.

Allein schon von der Menge der Bücher her, besaß Fried eine beeindruckende Shakespeare-Sammlung. Bedauerlicherweise läßt sich nachträglich nicht mehr feststellen, wie Fried diese Sammlung selbst geordnet hat. Die Bücher kamen ungeordnet aus seiner Londoner Wohnung und wurden bei der Bearbeitung des Nachlasses in eine Systematik gebracht, die mit der ursprünglichen Aufstellung in London vermutlich nichts mehr zu tun hat.

In der Systematik der Nachlaßbibliothek wird der Shakespeare-Bestand als Sondersammlung mit folgenden Untergruppen ausgewiesen:

1. Englische Ausgaben
2. Übersetzungen ins Deutsche (von Wieland bis ins 20. Jahrhundert)
3. Sekundärliteratur

Es ist nicht genau bekannt, wieviele englische Shakespeare-Ausgaben Erich Fried aus der Bibliothek seiner Ehefrau Catherine Fried-Boswell benutzt hat. In der Nachlaß-Bibliothek befinden sich mehrere englische Ausgaben aus ihren Beständen, mit denen er zum Teil nachweislich gearbeitet hat. Insgesamt umfaßt seine Sammlung rund dreimal so viel deutsche Übersetzungen als englische Fassungen. Die deutschsprachigen Übertragungen geben Aufschluß darüber, mit welchen Vorgängern sich der Übersetzer beschäftigt hat: Von Christoph Martin Wieland über Heinrich Voß, August Wilhelm Schlegel, Ludwig Tieck bis zu Ernst Ortlepp, sowie Hans Rothe, Friedrich Gundolf, Richard Flatter und Klaus Reichert als Vertreter des 20. Jahrhunderts. Im

Nachlaß fanden sich (bis jetzt) darüber hinaus Kopien und Matrizenabzüge von Übersetzern wie Johann Joachim Eschenburg, Georg Herwegh, Horst Laube und Klaus Schlette.
Die älteste englische Fassung ist eine mehrbändige Londoner Ausgabe aus dem Jahr 1771, »The works of Shakespear«, von der Fried drei Bände besaß. Von den Klassikern der Übersetzer stellen die Schlegel-Tieck-Ausgaben und ihre späteren Bearbeitungen zweifelsohne den größten Umfang seiner Sammlung dar und enthalten auch die meisten Lesezettel und eigenhändigen Anmerkungen. Dagegen nimmt Wieland, dessen »sprachliche Genialität« Fried außerordentlich schätzte, quantitativ einen sehr geringen Stellenwert ein. Von Wieland finden sich in Frieds Shakespeare-Gallery lediglich drei Einzelübersetzungen (»Ein St. Johannis-Nachts-Traum«, »Das Leben und der Tod des König Lear« und »Wie es euch gefällt«) in der Greno-Ausgabe von 1986, aus älteren Ausgaben hat sich Fried Kopien gemacht. Im Vergleich dazu entwickelte er bei den Übersetzungen von Schlegel eine wahre Sammelleidenschaft. Seine älteste Ausgabe stammt aus dem Jahr 1801, an die sich zahlreiche Nachbearbeitungen der Schlegel-Tieck-Fassungen anschließen, die sich bis ins 20. Jahrhundert fortsetzen.
Fried ist nicht immer sehr schonungsvoll mit seinen Büchern umgegangen. Vor den alten Ausgaben hatte er mehr Respekt, aber nicht immer. Zumeist legte er sich nur Lesezettel ein, von denen einige noch in den Büchern zu finden sind, und verzichtete auf Randbemerkungen oder Anstreichungen. Es kam aber auch vor, daß er eine Ausgabe zerschnitt und einige Dramen aus einem Band herausgelöst hat, wie dies zum Beispiel im Fall einer Schlegel-Tieck-Volksausgabe von ca. 1891 geschah. Hier wurden »Hamlet«, »Richard III.« und »Heinrich V.« herausgelöst und jeweils in ein Umschlagblatt eingeheftet. In der Regel benutzte er jedoch eher Paperback-Ausgaben für seine Anmerkungen.
Um sich die Arbeit zu erleichtern, hat Fried zum Beispiel in eine Reclam-Ausgabe des »Sommernachtstraum« von 1957 – in der Schlegel-Übersetzung – die einzelnen Akte wie ein Register eingeschnitten und die Akte durchnumeriert. Parallel dazu findet sich im »Midsummer Night's Dream« der Cambridge University Press von 1960 ebenfalls dieses Akt-Register, diesmal in Form von kleinen, an den Rand geklebten Zetteln. Zusätzlich zu den einzel-

nen Akten wurde auch der Anmerkungsteil als Register geführt. Daß Fried bei seinen Übersetzungen mit mehreren Ausgaben gleichzeitig gearbeitet hat, wird von seiner Frau Catherine bestätigt. Besonders lebhaft in Erinnerung geblieben ist ihr seine Übersetzung von »Heinrich V.« Anfang der sechziger Jahre. Wie sie 1991 berichtete,

war Erich ( ... ) bemüht, eine Anzahl von Büchern für seine Arbeit zu arrangieren ( ... ). Die Bücher ( ... ) bestanden aus mehreren verschiedenen Ausgaben des Shakespeare-Stücks, sodaß er sich auf diverse Anmerkungen und Erklärungen zum Text beziehen konnte.

Zusätzlich zu der Registereinteilung hatte Fried ein eigenes System entwickelt, sich auf den Text zu konzentrieren. Dazu Catherine Fried-Boswell:

Um die jeweilige Textstelle in diesen vielen Büchern nicht zu verlieren, hatte er kleine Lesezeichen aus Joghurtbechermaterial angefertigt und drei Zinken hineingeschnitten, sodaß das Ganze aussah wie ein Dreizack. Dieser wurde am äußersten Rand der Seite befestigt, die mittlere Zacke voran, und ihre kleine geschwärzte Spitze wanderte so die Seite hinunter, wie Erich sich durch den Text bewegte. Und wie er sich bewegte! Er wirbelte herum wie ein Koch, der gleichzeitig mehrere Töpfe auf dem Feuer hat, und das mit rasender Geschwindigkeit.

Wie gesagt, war es vor allem August Wilhelm Schlegel, mit dessen Übersetzungen sich Fried am meisten auseinandergesetzt hat. Einerseits kritisierte Fried ihn, weil er seiner Meinung nach Shakespeare nicht gerecht wurde. Diese Kritik, die Erich Fried in mehreren Publikationen detailliert begründete und in seine Übersetzungen miteinbezog, zielte im wesentlichen auf den von Schlegel oft nicht mitvollzogenen Wechsel des sprachlichen Duktus bei Shakespeare, auf die Glättungen der Obszönitäten sowie auf inhaltliche Verfälschungen und mangelnde Sensibilität gegenüber den historischen Gegebenheiten der Shakespeare-Zeit. Andererseits war gerade Schlegel für ihn eine große Herausforderung. So etwa wird auf dem hinteren Cover seiner Übersetzung des »Sommernachtstraum« in der Fischer-Ausgabe von 1963 folgende Selbstaussage zitiert:

Schlegel aber verdanke ich nicht nur mein erstes, entscheidendes Shakespeareerlebnis (ohne das ich die Arbeit wahrscheinlich nie unternommen hätte), sondern auch einen Text, der so gut und gewissenhaft ist, daß er auch noch als Herausforderer zum Wettstreit Helfer und Schützer bleibt.

1969 objektivierte Fried seinen Zugang zu Schlegel:

Bei uns sind die Assoziationen zu Shakespeares Stücken noch viel zu sehr von Schlegel mitgeprägt, als daß man das vernachlässigen dürfte, ohne gegen Grundregeln dichterischer Kommunikation zu verstoßen.

In seiner Auseinandersetzung mit Schlegel hat Fried in einigen Ausgaben seine Version des Textes mit Bleistift direkt neben oder über den Schlegel-Wortlaut geschrieben.

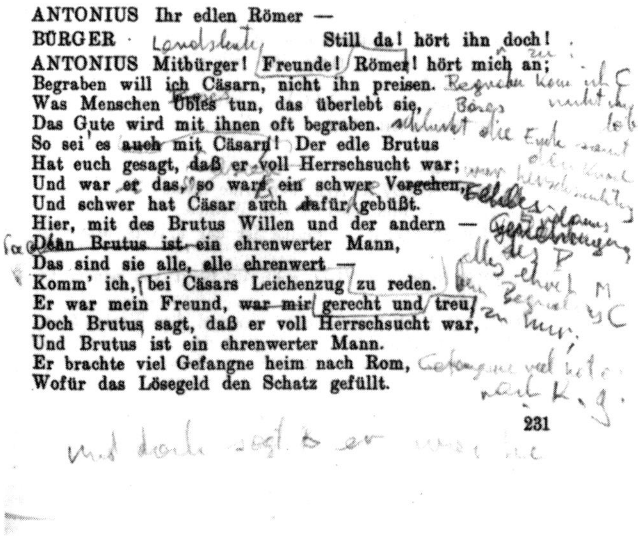

ANTONIUS Ihr edlen Römer —
BÜRGER Still da! hört ihn doch!
ANTONIUS Mitbürger! Freunde! Römer! hört mich an;
Begraben will ich Cäsarn, nicht ihn preisen.
Was Menschen Übles tun, das überlebt sie,
Das Gute wird mit ihnen oft begraben.
So sei es auch mit Cäsarn! Der edle Brutus
Hat euch gesagt, daß er voll Herrschsucht war;
Und war er das, so war's ein schwer Vergehen,
Und schwer hat Cäsar auch dafür gebüßt.
Hier, mit des Brutus Willen und der andern —
Denn Brutus ist ein ehrenwerter Mann,
Das sind sie alle, alle ehrenwert —
Komm' ich, bei Cäsars Leichenzug zu reden.
Er war mein Freund, war mir gerecht und treu;
Doch Brutus sagt, daß er voll Herrschsucht war,
Und Brutus ist ein ehrenwerter Mann.
Er brachte viel Gefangne heim nach Rom,
Wofür das Lösegeld den Schatz gefüllt.

231

Freilich waren diese Anmerkungen nicht immer die endgültige Lösung, wie hier das Beispiel aus der Rede des Antonius in »Julius Cäsar«, III/2 zeigt (William Shakespeare – Gesammelte Werke. Vierter Band. Berlin: Hans Heinrich Tillgner Verlag 1924):

| | |
|---|---|
| Schlegel: | Mitbürger! Freunde! Römer! hört mich an; |
| Fried-Bemerkung: | Landsleute! Römer! Freunde! hört mir zu; |
| Letzte Version E.F: | Landsleute, Römer, Freunde, hört mich an; |
| Schlegel: | Begraben will ich Cäsarn, nicht ihn preisen |
| Fried-Bemerkung: | Begraben komm ich C., nicht ihn loben |
| Letzte Version: | Begraben will ich Cäsar, nicht ihn rühmen; |
| Schlegel: | Das Gute wird mit ihnen oft begraben |
| Fried-Bemerkung: | Das Gute schluckt die Erde samt den Knochen |
| Letzte Version: | Das Gute fällt ins Grab mit ihren Knochen |

| | |
|---|---|
| Schlegel: | Komm' ich, bei Cäsars Leichenzug zu reden. |
| Fried-Bemerkung: | Komm' ich zu reden beim Begräbnis Cäsars. |
| Letzte Version: | Will ich nun Cäsars Leichenrede halten. |

Ähnliche Arbeitsspuren halten freilich nicht nur die Shakespeare-Editionen aus Frieds Bibliothek bereit, sondern auch die zahlreichen Manu- und Typoskripte im Nachlaß – von Entwurfstufen bis hin zu eigenhändig überarbeiteten Drucken.
Schon aus dem jetzigen Stand der Nachlaßbearbeitung läßt sich bestätigen, was Fried 1988 über seine Übersetzerpraxis ausgesagt hat. Für ihn selbst waren seine Shakespeare-Übersetzungen bis zu einem gewissen Punkt nie abgeschlossen. Vor der Drucklegung hat er seine Versionen zunächst auf der Bühne erprobt und gegebenenfalls abgeändert, wenn er von der Kritik der Akteure überzeugt war. »Der Übersetzer«, empfahl Erich Fried, »tut gut daran, nicht die Schauspieler und Regisseure als inkompetente Outsider zu betrachten, sondern sich seine Übersetzungen noch einmal vorzunehmen und die entsprechenden Stellen zu überprüfen. Aber auch nach dieser Korrektur durch die Praxis sind Übersetzungen noch nicht fertig. Sie werden in Wirklichkeit nie fertig«.

**Literatur**


- Erich Fried: Anmerkungen des Übersetzers, in: Richard II / Heinrich V. Berlin 1969, S. 133–134.
- Erich Fried: Weltliteratur oder Die unauffällige Weltpolitik des Übersetzens: Das Beispiel Shakespeare, in: Bettina und Lars Clausen (Hg.), Spektrum der Weltliteratur. Gütersloh 1984, S. 8–11.
- Erich Fried: Nachdichten oder Übersetzen? [1988], in: Volker Kaukoreit / Heidemarie Vahl (Hg.), Einer singt aus der Zeit gegen die Zeit. Erich Fried 1921-1988. Darmstadt 1991, S. 79-93.
- Klaus Reichert: Die Herausforderung des Fremden. Erich Fried als Übersetzer, in: Text + Kritik (München), Heft 91 / 1986, S. 83–93.
- Catherine Fried-Boswell: »When I first met him«. Erinnerungen an Erich Fried, in: Volker Kaukoreit / Heidemarie Vahl (Hg.), Einer singt aus der Zeit gegen die Zeit, a.a.O., S. 23–29.

WILLIAM SHAKESPEARE

EIN SOMMERNACHTSTRAUM

IN DER NEUEN DEUTSCHEN ÜBERSETZUNG VON ERICH FRIED



S. FISCHER VERLAG

William Shakespeare: Ein Sommernachtstraum. In der neuen deutschen Übersetzung von Erich Fried. Frankfurt / M.: S. Fischer 1963. – Strichbuch-Fassung der Städtischen Bühne Heidelberg: Titelblatt und Seite 12 mit Eingriffen von fremder Hand und eigenhändigen Nachbearbeitungen von Erich Fried.

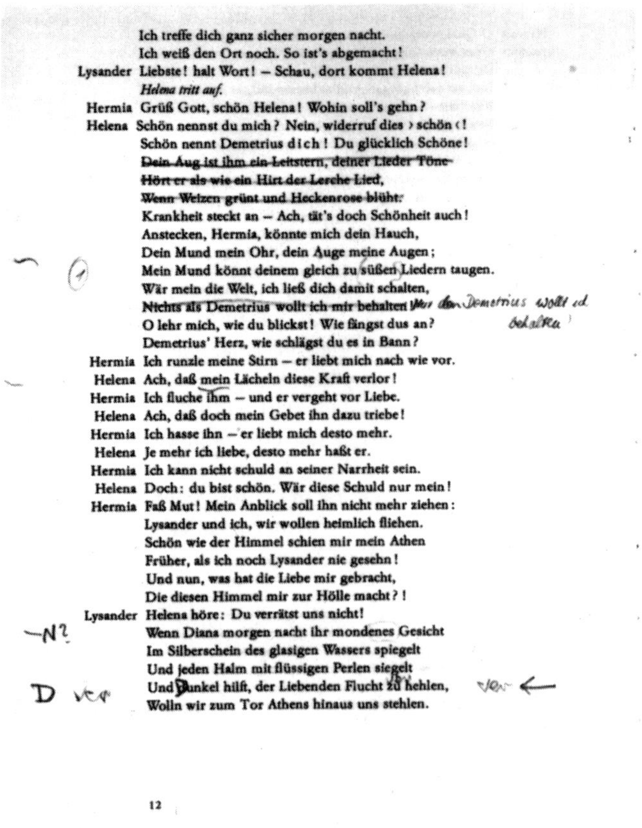
Ich treffe dich ganz sicher morgen nacht.
Ich weiß den Ort noch. So ist's abgemacht!
Lysander Liebste! halt Wort! – Schau, dort kommt Helena!
*Helena tritt auf.*
Hermia Grüß Gott, schön Helena! Wohin soll's gehn?
Helena Schön nennst du mich? Nein, widerruf dies › schön ‹!
Schön nennt Demetrius d i c h! Du glücklich Schöne!
~~Dein Aug ist ihm ein Leitstern, deiner Lieder Töne~~
~~Hört er als wie ein Hirt der Lerche Lied,~~
~~Wenn Weizen grünt und Heckenrose blüht.~~
Krankheit steckt an – Ach, tät's doch Schönheit auch!
Anstecken, Hermia, könnte mich dein Hauch,
Dein Mund mein Ohr, dein Auge meine Augen;
Mein Mund könnt deinem gleich zu süßen Liedern taugen.
Wär mein die Welt, ich ließ dich damit schalten,
~~Nichts als Demetrius wollt ich mir behalten~~
O lehr mich, wie du blickst! Wie fängst dus an?
Demetrius' Herz, wie schlägst du es in Bann?
Hermia Ich runzle meine Stirn – er liebt mich nach wie vor.
Helena Ach, daß mein Lächeln diese Kraft verlor!
Hermia Ich fluche ihm – und er vergeht vor Liebe.
Helena Ach, daß doch mein Gebet ihn dazu triebe!
Hermia Ich hasse ihn – er liebt mich desto mehr.
Helena Je mehr ich liebe, desto mehr haßt er.
Hermia Ich kann nicht schuld an seiner Narrheit sein.
Helena Doch: du bist schön. Wär diese Schuld nur mein!
Hermia Faß Mut! Mein Anblick soll ihn nicht mehr ziehen:
Lysander und ich, wir wollen heimlich fliehen.
Schön wie der Himmel schien mir mein Athen
Früher, als ich noch Lysander nie gesehn!
Und nun, was hat die Liebe mir gebracht,
Die diesen Himmel mir zur Hölle macht?!
Lysander Helena höre: Du verrätst uns nicht!
Wenn Diana morgen nacht ihr mondenes Gesicht
Im Silberschein des glasigen Wassers spiegelt
Und jeden Halm mit flüssigen Perlen siegelt
Und Dunkel hilft, der Liebenden Flucht zu hehlen,
Wolln wir zum Tor Athens hinaus uns stehlen.

12

# Der Shakespeare-Bestand in Frieds Nachlass-Bibliothek

Ingrid Schramm

Aus Platzgründen beschränkt sich die folgende Auflistung nur auf die biliographischen Angaben, die zur Identifizierung des jeweiligen Werkes nötig sind.
Die Siglen verweisen auf Besonderheiten der jeweiligen Publikation (im wesentlichen auf Arbeitsspuren Frieds) und bedeuten: A = Anstreichungen, F = Eingelegte Fotos, FR = Randbemerkungen von fremder Hand, L = Lesezettel, R = Randbemerkungen von Erich Fried, S = Sonstiges (z.B. von Fried eingeschnittene Aktregister), W = Widmung, Z = Eingelegte Zeitungsartikel.

## Englische Fassungen und Übersetzungsgrundlagen

### Mehrbändige Fassungen, Reihen und Verlagsreihen

**The works.** Bd. 3–5. Edingburgh: Donaldson 1771 [L in Bd. 3: Twelfth Night]. / **The complete works.** London: Spring Books, o.J. [A im Inhaltsverzeichnis; L in A Midsummer Night's Dream]. / **Shakespeare – Select Plays.** Oxford: Clarendon. 1883: The Life of King Henry the Fifth [R u. A], 1900: King John [FR, A]. / **The New Clarendon Shakespeare.** Oxford: Clarendon (= Oxford-Edition). 1938: Richard II. [FR, A, L u. S], 1954: Much Ado About Nothing, 1965: Richard III., 1966: The Winter's Tale [FR u. A]. / **The Temple Shakespeare.** London: Dent. 1902: The Merchant of Venice, 1902: Much Ado About Nothing [FR]. / **The New Temple Shakespeare.** London: Dent. 1956: The Merry Wives of Windsor, 1956: A Midsummer Nigth's Dream. / **The works.** Cambridge: University press (= Cambridge-Edition). 1955: King Henry V. [R], 1960: A Midsummer-Night's Dream [A, R u. S], 1963: Romeo and Juliet [A u. L], 1964: Twelfth Night [L], 1974 (Pbk.): Troilus and Cressida [L]. / **The Penguin Shakespeare.** Ed. by Harrison. Melbourne (u.a): Penguin. 1949: The Sonnets, and A Lover's Complaint [FR], 1953: Love's Labour's Lost [FR, A u. S]. / **The Penguin Shakespeare.** Ed. by Harrison. Harmondsworth: Penguin. 1948: The Tragedy of Hamlet, Prince of Denmark, 1966: Hamlet, Prince of Denmark [FR u. A], 1960: The Second Part of Henry the Fourth, 1957: The Tragedy of Cymbeline, 1962: The Tragedy of Macbeth, 1962: Twelfth Night [A], 1956: The Two Gentlemen of Verona, 1947: The Winter's Tale [L]. / **The Signet Classic Shakespeare.** New York (u.a.): New American Library. 1963: The Tragedy of Hamlet, Prince of Denmark [FR u. A], 1965: Timon of Athens. / **The Warwick Shakespeare.** London (u.a.): Blackie. O.J.: Richard II. [FR, A u. L], o.J: Richard III. [FR, A u. L], o.J: Twelfth Night [FR u. A].

### Englische Einzelwerke

**Coriolanus.** London (u.a.): Blackie, o.J. / **Cymbeline.** London: Routledge 1897. / **Hamlet.** New York: Pocket Library 1958 [R u. A]. / **Julius Caesar.** London: Methuen 1964 (= Arden-Edition) [R u. A]. / **Much Ado About Nothing.** London: Heinemann 1904 [FR u. A]. / **Romeo and Juliet.** New York: Washington Square Press 1965 [L]. / **Shakespeares First Part of King Henry IV.** Glasgow: The Grant Educational, o.J.

## Deutschsprachige Übersetzungen

### Mehrbändige Übersetzungen und Verlagsreihen

### Die frühen Shakespeare-Übersetzer

**Shakespear.** Übers.: C.M. Wieland. 3 Bde., Nördlingen: Greno (= Krater Bibliothek). 1986: Ein St. Johannis Nachts-Traum, 1986: Wie es euch gefällt, 1986: Das Leben und der Tod des König Lear. / **William Shakspeare's Schauspiele.** Übers.: Johann Joachim Eschenburg. Dreyzehnter Band. Zürich: Orell, Geßner, Füßling u. Co. 1782.

### Schlegel-Tieck-Übersetzungen und -Bearbeitungen

**Shakspeare's dramatische Werke.** Siebenter Theil. Berlin: Unger 1801 [W]. / **Sämmtliche Dramatische Werke.** Bd 1–3. Übers.: Schlegel, Benda, Voß. Leipzig: Reclam jun., o.J. (um 1882) [L in Bd. 2: Othello]. / **Shakespeare's dramatische Werke.** Bd. 1–9. Berlin: Reimer 1867 [L u. A in Bd. 3: Romeo und Julia]. / **Shakespeares Werke.** Bd. 1–4 (in 12 Teilen). Berlin (u.a.): Bong, o.J. (= Goldene Klassiker Bibliothek) [L in Bd. 7: Liebes Leid und Lust, R u. L in Bd. 11/12 im Inhaltsverzeichnis]. / **W. Shakespeare's dramatische Werke.** Hrsg.: Oechelhäuser. Bd. 1–2. Stuttgart (u.a.): Deutsche Verlagsanstalt o.J. (8. Aufl., um 1891), [S in Bd. 1: Hamlet, Heinrich V. u. Richard III, L in Bd. 2: Was ihr wollt]. / **Shakespeares Dramatische Werke.** Hrsg.: Brandl. Bd. 1–9. Leipzig (u.a.): Bibliographisches Institut, o.J. (um 1897). Bd.1: Übers.: Schlegel-Tieck, Bd. 2–9: Übers.: Fr. Dingelstedt, W. Jordan, L. Seeger, K. Simrock, H. Viehhoff [L in Bd. 1: Richard II., L in Bd. 2: Heinrich IV., L in Bd. 3: Richard III., L in Bd. 7: Die beiden Veroneser]. / **William Shakespeare's Sämmtliche Werke.** Übers.: A.W. Schlegel, Fr. Bodenstedt, N. Delius, F.A. Gelbke, O. Gildemeister, G. Herwegh, P. Heyse, H. Kurz, A. Wildbrand. Bd. 1–4. Stuttgart: Hallberger, o.J. [A in Bd. 1: Othello, R in Cymbelin, L in Bd. 2: Verlorene Liebesmüh, A in Troilus und Cressida, R in Bd. 3: Perikles, A in Bd. 4: Der Kaufmann von Venedig]. / **Gesammelte Werke.** Bd. 1–8. Berlin: Tillgner 1924 [L u. A in Bd. I: Richard II., R in Bd. 2: Heinrich V., R in Bd. 4: Cäsar, L in Bd. 4: Wintermärchen, R in Bd. 7: Was ihr wollt]. / **Rowohlts Klassiker der Literatur und der Wissenschaft.** Englisch u. Deutsch. Reinbek bei Hamburg: Rowohlt. 1962: Antonius und Cleopatra, 1967: Coriolanus, 1965: Hamlet [R u. A], 1961: Macbeth, 1964: Maß für Maß (doppelt), 1965: Othello, 1958: Richard III. [R u. L], 1957: Romeo und Julia [R u. A], 1962: Der Sturm [R], 1967: Was ihr wollt (doppelt), 1963: Wie es euch gefällt [R u. A]. / **Reclam.** Stuttgart: Reclams Universalbibliothek. 1977: Der Kaufmann von Venedig, Übers.: Schlegel, 1986: König Lear, Übers.: Wolf-Heinrich Graf Baudissin, 1961: Macbeth, Übers.: Dorothea Tieck, 1952: Maß für Maß, Übers.: Baudissin, 1957: Maß für Maß: Übers.: Baudissin, 1957: Ein Sommernachtstraum, Übers.: Schlegel [S], 1939: Der Sturm, Übers.: Schlegel, 1979: Der Sturm, Übers.: Schlegel, 1964: Timon von Athen, Übers.: Dorothea Tieck, 1963: Troilus und Cressida, Übers.: Baudissin, 1951: Viel Lärm um nichts, Übers.: Baudissin, 1961: Was ihr wollt, Übers.: Schlegel. 1979: Das Wintermärchen, Übers.: Dorothea Tieck. / **Shakespeare.** Englisch u. Deutsch. Bd. 1–6 (in 12 Teilen). Wiesbaden: Vollmer, o.J. (= Die Tempelklassiker, Sonderausgabe) [L in Bd. 2: Romeo und Julia u. Sommernachtstraum, L in Bd. 4: Troilus und Cressida u. Ende gut, alles gut, L in Bd. 3: Cäsar].

## Weitere Übersetzer des 19. Jahrhunderts

**Supplemente zu Wlm. Shakspeare's sämmtlichen dramatischen Werken. Gedichte,** Übers.: Ed. von Bauernfeld u. A. Schumacher. 1. u. 2. Abtheilung. Wien: Sollinger 1827. / **Nachträge zu Shakspeare's Werken.** Bd. 1–4. Übers.: Ernst Ortlepp. Stuttgart: Rieger & Comp. 1840 (Enth. größtenteils Werke, die fälschlicherweise Shakespeare zugeschrieben wurden). / **W. Shakespeare's dramatische Werke.** Bd. 1–8 in 16 Teilen (davon nur Teil 1-14). Übers.: Ernst Ortlepp. Stuttgart: Scheible, Rieger & Sattler 1842 [L in Bd. 9: Richard II., L in Bd. 13: Troilus und Cressida].

## Übersetzer des 20. Jahrhunderts

**Shakespeare in deutscher Sprache.** Hrsg. u. Übers.: Friedrich Gundolf. Bd. 1–6. Berlin: Bondi 1920–22 [Z in Bd. 1: Cäsar, S in Bd. 3: Heinrich VI. u. Richard III., L in Bd. 4: Viel Lärm um nichts, L u. S in Bd. 6: Sonette]. / **Shakespeare.** Übers.: Richard Flatter. Bd.1–6, Wien (u.a.): Krieg 1952–55 [L in Bd. 5: Richard II. u. Viel Lärm um nichts]. / **Der Elisabethanische Shakespeare.** Übers.: Hans Rothe. 8 Bde. (von 9), Baden-Baden: Holle 1958. / **William Shakespeare.** Hrsg. u. Übers.: Klaus Reichert. Frankfurt a.M.: Verlag der Autoren. 1981: Der Kaufmann von Venedig [W], 1982: Maß für Maß [W].

## Deutschsprachige Einzelwerke

**Hamlet.** Englisch u. Deutsch. Hrsg.: Paul Wiegler. Berlin: Transmare 1947. / **König Cymbelin.** Übers.: Hans Rothe. Baden-Baden: Holle 1957. / **König Heinrich der Vierte.** Erster Teil. Berlin: Wilhelm Borngräber Verlag Neues Leben, o.J. [L u. F]. / **Der Kaufmann von Venedig.** Paderborn: Schöningh 1941. / **The Merchant of Venice. Der Kaufmann von Venedig.** Übers.: Barbara Puschmann-Nalenz. Stuttgart: Reclams Universalbibliothek 1975 [R]. (doppelt) / **Ein Mittsommernachtstraum.** Übers.: Johannes Fein. München: Drei Masken 1977. / **Romeo und Julia.** Übers.: Hans Rothe. Berlin: Kiepenheuer Bühnenvertriebs GmbH, o.J. / **Sommernachtstraum.** Übers.: Hans Rothe. Baden-Baden: Holle 1958. / **Der Sturm.** Übers.: Frank Günther. Köln: Nyssen & Bansemer, o.J. / **Der Sturm.** Übers.: M. Hamburger. Berlin: Henschel, o.J. / **Troilus and**

**Cressida.** Übers.: Werner Brönnimann-Egger. Tübingen: Francke 1968 [Z]. / **Wie es euch gefällt.** Deutsche Bühnenbearbeitung von O. Falckenberg. München: Müller 1919. / **Julius Cäsar – Coriolan:** Übers.: Heinrich Viehoff, Schlegel-Tieck. Leipzig (u.a.): Bibliographisches Institut, o.J. / **William Shakespeare – Twelve Sonnets.** Übers.: A. Fields. London: Smith 1970. / **Shakespeare's Sonette.** Englisch u. Deutsch. Übers.: A. Fields. Darmstadt: Bläschke 1973 [S].

## Sekundärliteratur

**Carrington, Norman T.**: Notes on Chosen English Texts. Bath u. London: Brodie. O.J.: Cymbeline, o.J.: Hamlet, o.J.: King Richard II., o.J.: Macbeth, o.J.: Much Ado About Nothing, o.J.: Romeo and Juliet [A], o.J.: Notes on Shakespeare. Twelfth Night. [A], o.J.: Twelfth Night. / **Gervinus, G.G.**: Shakespeare. Bd. 1–2. Leipzig: Engelmann 1862 (3. Aufl.). / **Hampton, Christopher** (Hrsg.): Poems for Shakespeare. London: Globe Playhouse Trust Publications 1972. / **Heun, Georg** (Hrsg.): Shakespeare in deutschen Übersetzungen. Berlin: Akademie Verlag 1957 (doppelt). / **Heun, Georg:** Shakespeares »Romeo und Julia« in Goethes Bearbeitung. Berlin: Schmidt 1965. / **Holmesworthe, Leonard:** Shakespeare's Songsters and other Birds. Leamington Spa.: Glover 1905. / **Hunter, G.K**: Shakespeare: The Later Comedies. London: Mildner 1969. / **Ironside, Edmund**: Shakespeare's lost plays. London: Fourthestate 1985. / **Jamieson, Michael**: Shakespeare: As You Like It. London: Arnold 1965 / **Landauer, Gustav**: Shakespeare – Dargestellt in Vorträgen. Bd. 1–2. Frankfurt a. M.: Rütten & Loening 1920. / **Landauer, Gustav**: Shakespeare – Dargestellt in Vorträgen. Frankfurt a. M.: Rütten & Loening 1923. / **Schoenbaum, Samuel**: William Shakespeare – Eine Dokumentation seines Lebens. Frankfurt am Main: Insel Verlag 1981. / **Smith, T.W.**: King Henry V. Bath: Brodie, o.J. / **Smith, T.W.**: A Midsummer Night's Dream. Bath: Brodie, o.J. [S] / **Traversi, D.A.**: An approach to Shakespeare. Garden City NY: Doubleday 1956 [FR, A u. S]. / **Wolff, Max J.**: Shakespeare – Der Dichter und sein Werk. Bd. 1–2. München: Beck 1913. / **The Beauties of Shakespeare** – Regularly selected from each play. London: Sherwood, Neely and Jones 1818. / **Das Genie und seine Welt – Shakespeare**. Wien (u.a.): Desch 1964. / **In Praise of Shakespeare – An Anthologie for Friends.** Compiled by Waldo Clarke. London: Muller 1949 [W]. / **Shakespeare**, Paris: Lafitte 1914 (= Les grands hommes). / **Shakespeare-Jahrbuch.** Herausgegeben im Auftrag der Deutschen Shakespeare-Gesellschaft von Anselm Schlösser u. Armin-Gerd Kuckhoff. Bd. 111/1975. Weimar: Hermann Böhlaus Nachfolger 1975. / **Shakespeares Königsdramen auf der deutschen Bühne** – Eine Ausstellung des Instituts für Theaterwissenschaft der Universität Köln. Köln 1978. / **William Shakespeare – Zum 400. Geburtstag 1964**. Heidelberg: Stadtbücherei 1964. (dreifach) / **Shakespeare-Lexicon** – A Complete Dictionary of All the English Words, Phrases and Constructions in the Works of the Poet by Alexander Schmidt. Third edition revised and enlarged by Gregor Sarrazin. Bd. 1–2. Berlin: Reimer 1902 [FR in Bd. 1 u. 2].

# Die Widmungsexemplare der Fried-Bibliothek

Bei einer ersten Durchsicht wurden aus der Nachlaß-Bibliothek mehr als 460 Bücher aussortiert, die persönliche Widmungen an Erich Fried enthalten. Hierbei handelt es sich nicht nur um Romane und Sachbücher, sondern z.B. auch um Anthologien, die ein Herausgeber oder Beiträger mit einer Zueignung an Erich Fried versehen hat. Die Liste der Zueigner umfaßt über 350 Namen, ein Nachschlagewerk, das bemerkenswerte Einblicke in die diversen Freundschaften und persönlichen Wechselbeziehungen zwischen Erich Fried und anderen zeitgenössischen Autoren erlaubt.

Irmelin M. Hoffer, Mitarbeiterin der Internationalen Erich Fried Gesellschaft für Sprache und Literatur, hat die folgende Namensauflistung zusammengestellt und mit Datierungsangaben zu den einzelnen Widmungen versehen. Allerdings muß darauf hingewiesen werden, daß einzelne Widmungsexemplare nicht durch persönliche Übergabe an Erich Fried gelangt sind. Diese erreichten ihn auf dem Postweg und blieben vereinzelt sogar ungeöffnet, worüber bei der Nachlaß-Bearbeitung genauestens Buch geführt wird. Mögliche Schlüsse auf intensive persönliche Beziehungen zwischen einem Zueigner und Erich Fried, die aufgrund der vorgelegten Aufstellung gezogen werden, sollten auf jeden Fall am bearbeiteten Nachlaß überprüft werden.

## In Verbundenheit und Verehrung

Namen und Daten zu den Widmungsexemplaren in der Nachlaß-Bibliothek Erich Frieds

*Irmelin M. Hoffer*

Die erste Jahresangabe in der Klammer bezieht sich auf das Erscheinungsjahr des gewidmeten Buches. »W.v.« ist die Abkürzung für »Widmung vom«. Ist eine Widmung undatiert, so erscheint lediglich das Erscheinungsjahr der überreichten Publikation.

| | |
|---|---|
| Franz Abels | (1987: W.v. 23.3.88) |
| Wolfgang Abendroth | (1965) |
| Ilse Aichinger | (1961: W.V. 23.6.62) |
| Levent Aktoprak | (1987: W.v. 26.6.87) |
| Claribel Alegría | (1973: W.v. 75) |
| Miguel Algarín | (1978: W.v. 29.6.79; 1979: W.v. 28.6.79) |
| Kristiane Allert-Wybranietz | (1987) |
| Wolfgang Altendorf | (1965: W.v. 1.11.77) |
| Abdullah Al-Udhari | (1986: W.v. 5.11.88) |
| Günther Anders | (1961: W.v. 11.66; 1966: W.v. 11.66) |
| H.C. Artmann | (1958: W.v. 5.58; 1959: W.v. 21.10.59) |
| Arnfried Astel | (1982: W.v. 28.10.82) |
| Cyrus Atabay | (1980: W.v. 4.80; 1981: W.v. 11.81) |
| Michael Augustin | (1982?: W.v. 12.12.82; 1983: W.v. 26.11.83) |
| Karl Balser | (1974: W.v. 75; 1974) |
| Otto Basil | (1947: W.v. 47) |
| Michael Bauer | (1984: W.v. 13.5.84) |
| Martin Beheim-Schwarzbach | (1960: W.v. 61) |
| Marga Belz | (1985: W.v. 10.11.86) |
| Joachim E. Berendt | (1981) |
| Jo Berg | (1985: W.v. 9.11.87) |
| Hermann Bergengruen | (1981: W.v. 30.6.81) |
| Albrecht Betz | (1976: W.v. 16.7.79) |
| Chris Bezzel | (1968) |
| Gisela Bezzel-Dischner | (1970: W.v. 9.70) |
| Alfred Blatter | (1969: W.v. 7.69) |
| Johannes Bobrowski | (1961; 1963) |
| Johann Dietrich Bödeker | (W.v. 29.4.78) |
| Stefan Bohnenberger | (1982; W.v. 10.6.84; 1984: W.v. 10.6.84) |
| Karl Heinz Bohrer | (1978: W.v. 20.12.81) |
| Alan Bold | (1965; 1966) |
| Elisabeth Borchers | (1961: W.v. 29.10.63) |
| Edith Braun | (1987) |
| Gerhard Breidenstein | (1982: W.v. 1.5.82) |
| Iris Bubenik-Bauer | (1977: W.v. 3.4.77) |

Günther Anders in einem Sonderdruck seiner Gedichte »Die Schrecken« aus »homo homini homo. Festschrift für Joseph E. Drexel zum 70. Geburtstag« (München Beck 1966, S. 131–149)

*Erich Fried*
*voll Freude darüber, dass Sie sagen*
*was Sie sagen; und dass Sie so sind,*
*wie Sie sind.*
*Günther Anders*

Friedrich Achleitner, H.C. Artmann, Gerhard Rühm: hosn rosn baa. Wien: Wilhelm Frick 1959. Vorsatzblatt mit eigenhändiger Widmung von H.C. Artmann vom 21.10.1959 (Ausschnitt) – H.C. Artmann hatte Fried 1958 in London kennengelernt.

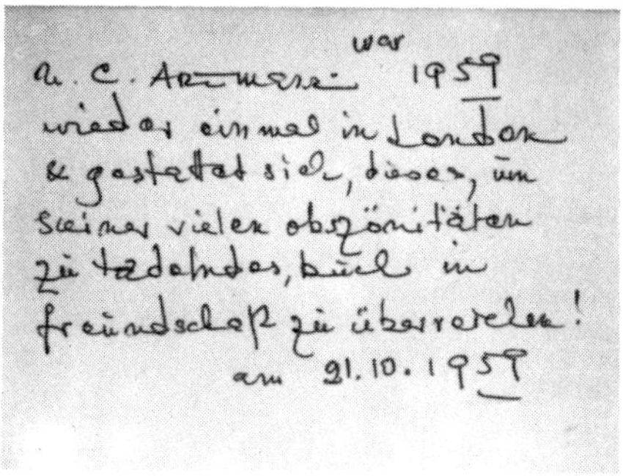
h. c. artmann war 1959
wieder einmal in london
& gestattet sich, dieses, um
seiner vielen obszönitäten
zu tadelndes, buch in
freundschaft zu überreichen!
am 21.10.1959

Johannes Bobrowski: Schattenland Ströme. Gedichte. Berlin: Union Verlag 1963. Vorsatzblatt mit eigenhändiger Widmung von Johannes Brobrowski (Ausschnitt).

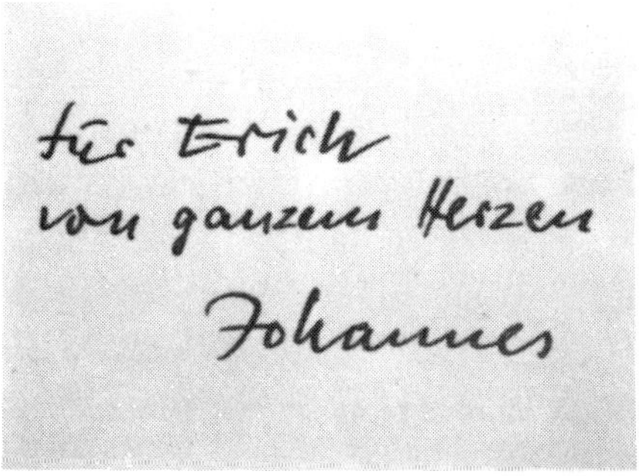
für Erich
von ganzem Herzen
Johannes

Hubert Fichte auf einer Visitenkarte, die er einem Exemplar seines Romans »Das Waisenhaus« (Reinbek: Rowohlt 1965) beilegte.

*Lieber Erich Fried*
*Sie wissen, wieviel mir an Ihrer Kritik*
*liegt. So widme ich Ihnen dies Buch*
*und nicht ganz mutlos -*
*Sehr herzlich / Ihr Hubert Fichte*

| | |
|---|---|
| Martin Buchhorn | (1979: W.v. 4.2.80 und 81; 1985: W.v. 4.10.85) |
| Peter Bürger | (1983) |
| Hans Georg Bulla | (1980) |
| Jörg Burkhard | (1980: W.v. 23.7.80) |
| Günther Butkus | (1982: W.v. 1.7.82) |
| Norman Cameron | (1935: W.v. 27.4.52) |
| Maurice Carpenter | (W.v. 8.67) |
| Paul Celan | (1958: W.v. 1.59; 1958) |
| Ulrich Chaussy | (1983: W.v. 4.1.84) |
| Gino Chiellino | (1984: W.v. 87; 1987: W.v. 13.2.87) |
| Resi Chromik | (1985: W.v. 26.6.85) |
| Erwin Chvojka | (1983: W.v. 4.5.83) |
| Hilde Claasen | (1958: W.v. 9.7.59) |
| Peter Coryllis | (1987: W.v. 2.88; 1987: W.v. 2.88) |
| Len Crome | (1988: W.v. 2.5.88) |
| György Dalos | (1982: W.v. 13.6.82) |
| Helga Debbert | (W.v. 18.2.85) |
| Gerhard Deesen | (1982: W.v. 5.86) |
| Klaus Demus | (1969) |
| Karl H. Demuß | (1984: W.v. 6.84) |
| Fritz Deppert | (1983: W.v. 11.87) |
| Christoph Derschau | (1980: W.v. 6.5.81) |
| Ellen Diesel | (1982: W.v. 2.10.82) |
| Michael Dillinger | (W.v. 1.3.83) |
| Dorél Dobocan | (1985: W.v. 1.5.88) |
| Hilde Domin | (1962; 1964: W.v. 10.1.65; 1974: W.v. 1.75; 1968: W.v. 3.69; 1987: W.v. 2.6.87) |
| Heike Doutiné | (1965: W.v. 12.67; 1967) |
| Anne Duden | (1985: W.v. 10.85) |
| Jürgen Egypten | (1988) |
| Clemens Eich | (1980: W.v. 16.10.80) |
| Wolfram Eicke | (1985: W.v. 27.6.85) |
| Ernst Eisenmayer | (1968: W.v. 9.68; 1972) |
| Kai Engelke | (1979: W.v. 16.11.79) |
| Bernt Engelmann | (1986: W.v. 21.6.86) |
| Hans Magnus Enzensberger | (1962: W.v. 62) |
| Rudolf Felmayer | (1948: W.v. 4.7.62; 1958: W.v. 4.7.62) |
| Ernst Fischer | (1963: W.v. 30.8.63) |
| Erich Fitzbauer | (1987: W.v. 11.87) |
| Marina Fischer-Kowalski | (1982) |
| Ossip K. Flechtheim | (1985: W.v. 13.4.86; 1986: W.v. 10.1.87) |
| Traute Foresti | (1980: W.v. 12.82) |
| Gerd Forster | (1977: W.v. 2.6.81) |
| Abdallah Frangi | (1982: W.v. 22.10.82) |
| Manfred Frank | (1978: W.v. 11.8.78) |
| Richard Friedenthal | (1943: W.v. 8.51) |
| Dieter Fringeli | (1988: W.v. 88) |
| Lux Furtmüller | (1983: W.v. 1.9.85) |

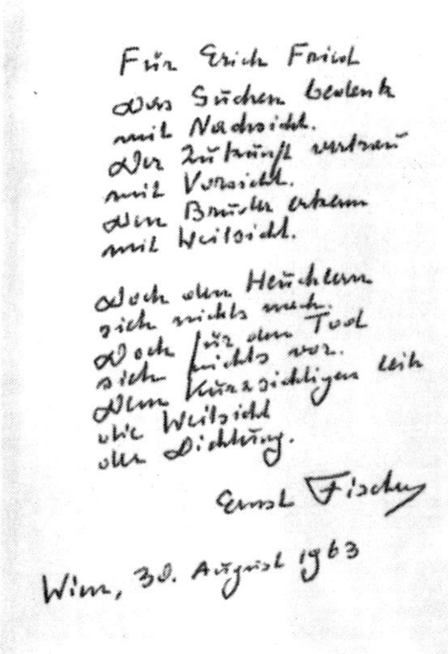


Ernst Fischer: Elegien aus dem Nachlaß des Ovid. Frankfurt / M.: Insel 1963. Vorsatzblatt mit eigenhändiger Widmung Ernst Fischers vom 30.8.1963 (Ausschnitt). – Erich Fried hat später aus dieser Widmung in seinem Gedicht »Gedanken an Ernst Fischer« zitiert, das 1987 in dem Band »Am Rand unserer Lebenszeit« erschien (Berlin: Wagenbach, S. 69).

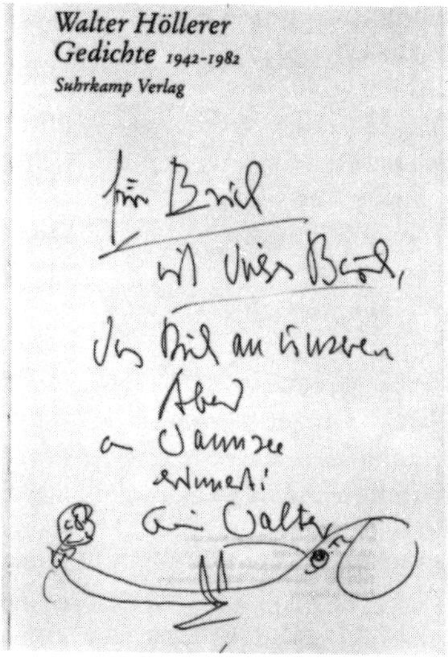


Walter Höllerer: Gedichte 1942–1982. Frankfurt / Main: Suhrkamp 1982. Titelei mit eigenhändiger Widmung von Walter Höllerer.

Walter Jens in einem Exemplar seines Buches »Das A und das O. Die Offenbarung des Johannes« (Stuttgart: Radius, 3. Auflage 1987).

*Sehr lieber Erich Fried,*
*Dank für den Ritterschlag des mir so Nahen und Bewunderten, demjenigen, der zu den letzten Aufrechten gehört und seine Feinde neidisch macht: So müßte man, der Zeit den Spiegel vorhaltend, seine poetische Summe ziehen können.*
*In Verbundenheit wie großem Respekt / Dein alter Walter Jens*

| | |
|---|---|
| Hajnal Gábor | (1971: W.v. 12.71) |
| Hermann Gail | (1982) |
| Herbert Gall | (1980: W.v. 3.3.87) |
| Sigfrid Gauch | (1974: W.v. 2.75; 1975: W.v. 7.75) |
| Hans Peter Gansner | (1980: W.v. 8.80; 1981: W.v. 82) |
| Brigitte Geschler | (1986: W.v. 8.7.86) |
| Daniele Giancane | (1980: W.v. 20.10.87) |
| Peter Glaser | (1983: W.v. 15.5.83) |
| Werner Görischk | (1983: W.v. 3.10.84; 1985) |
| Helga Goetze | (1973) |
| James Greene | (1980: W.v. 1.80) |
| Jan M. Greven | (ohne Daten) |
| Hannie Groen | (1974: W.v. 8.3.75) |
| Ralph Grüneberger | (1986: W.v. 15.3.87) |
| Elke Günzel | (W.v. 4.88) |
| Klaus Haacker | (1986: W.v. 9.87) |
| Ursel Habermann | (1985: W.v. 86) |
| Jürgen Habermas | (1969) |
| Sarah Haffner | (1976: W.v. 76; 1980: W.v. 5.80) |
| Jiři Hájek | (1969: W.v. 18.11.69) |
| Michael Hamburger | (1963: W.v. 7.63; 1964: W.v. 64; 1965; 1965: W.v. 6.65; 1972: W.v. 10.74; 1981: W.v. 9.81; 1988) |
| Ernst Hanisch | (1983: W.v. 15.5.86) |
| Heinrich Hannover | (1972: W.v. 18.8.83) |
| Margarete Hannsmann | (1965: W.v. 66; 1971: W.v. 8.72; 1972: W.v. 12.72; 1974: W.v. 74) |
| Volkmar Hansen | (1978: W.v. 2.6.80) |
| Ludwig Harig | (1985: W.v. 27.11.86) |
| Ingram Hartinger | (1986: W.v. 30.4.87) |
| Rudolf Hartung | (1959) |
| Josef Haslinger | (1987: W.v. 11.87) |
| Gerhard Hauck | (1984) |
| W.F. Haug | (1985) |
| Josef Haverkamp | (1986: W.v. 12.11.86; 1986: W.v. 12.11.86) |
| Erich Heinrichs | (1979: W.v. 8.79) |
| Wolfgang Heise | (1982) |
| Hans Heinz Heldmann | (1974: W.v. 5.4.77) |
| Karin Hempel-Soos | (1980) |
| Hans Hennecke | (1938: W.v. 10.58; 1950: W.v. 10.58; 1955: W.v. 58; 1958: W.v. 10.58) |
| Susanne Hennemann | (1983: W.v. 4.8.84; 1984: W.v. 4.8.84) |
| Gerhard Henschel | (1982: W.v. 26.2.82) |
| Babette Herchenröder | (1983) |
| Uwe Herms | (1977: W.v. 6.77) |
| Wieland Herzfelde | (1961: W.v. 6.10.69; 1962: W.v. 10.10.69) |
| Werner Herzog | (1977: W.v. 23.4.77) |
| Christoph Heubner | (1976: W.v. 11.5.79; 1979: W.v. 18.4.80; 1981: W.v. 6.10.81) |
| Franz Hiesel | (1956: W.v. 12.61; 1961: W.v. 12.61) |

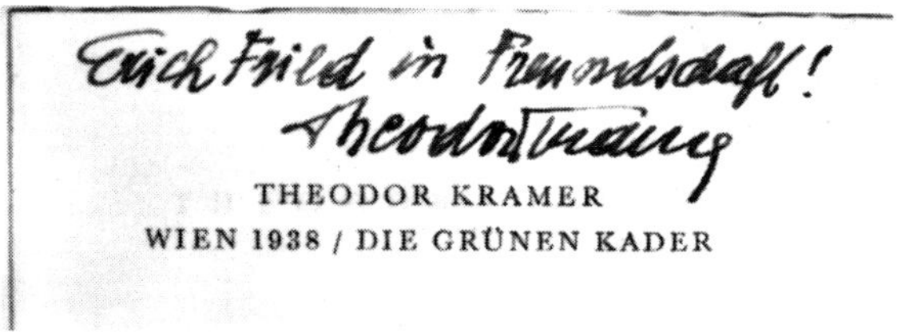


Theodor Kramer: Wien 1938 / Die grünen Kader. Wien: Globus 1946. Vorsatzblatt mit eigenhändiger Widmung von Theodor Kramer.

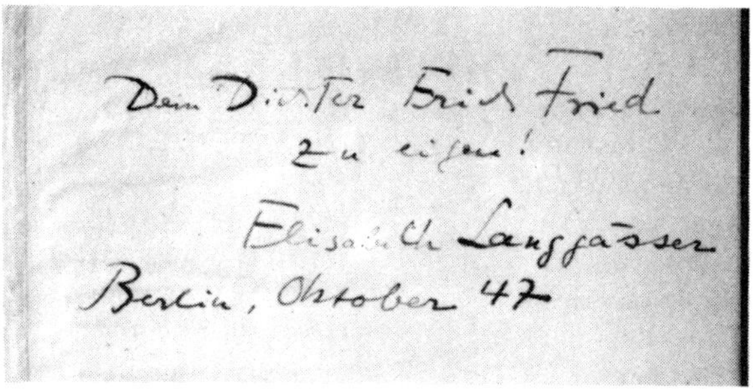


Elisabeth Langgässer: Der Laubmann und die Rose. Ein Jahreskreis. Hamburg: Claassen & Goverts 1947. Vorsatzblatt mit eigenhändiger Widmung von Elisabeth Langgässer (Ausschnitt).

| | |
|---|---|
| Edgar Hilsenrath | (1982: W.v. 1.2.83) |
| Christian Ide Hintze | (1978: W.v. 26.10.84) |
| Michael Hirschmeier | (1988: W.v. 10.4.88) |
| Chris Hirte | (1985: W.v. 6.4.86) |
| Paul Hoch | (1979) |
| Walter Höllerer | (1964: W.v. 9.64; 1982) |
| Hilmar Hoffmann | (1974: W.v. 22.5.76) |
| Bengt Holmqvist | (1968) |
| Stuart Hood | (1974) |
| Monika Hubmann | (1984: W.v. 22.10.84) |
| Klaus Hübotter | (1980: W.v. 6.2.83; W.v.6.2.83; 1986: W.v. 23.4.86) |
| Emanuel Hurwitz | (1979; 1986) |
| Katrine von Hutten | (1983: W.v. 84) |
| Saskia Ishikawa-Franke | (W.v. 1.11.82) |
| Robert Jäckel | (1984: W.v. 23.10.84) |
| Ernst Jandl | (1956: W.v. 11.56; 1963: W.v. 12.63; 1964; 1973: W.v. 8.73; 1973: W.v. 12.10.85) |
| Josef W. Janker | (1964) |

| | |
|---|---|
| Markus Jaroschka | (1980: W.v. 4.82) |
| Jean-Paul Jenny | (ohne Daten) |
| Walter Jens | (1988) |
| Gernot Jochheim | (1986: W.v. 14.12.86) |
| Cees de Jong | (1974: W.v. 28.4.75) |
| Gert Jonke | (1988) |
| Denis Judd | (1980) |
| Klaus Jünschke | (1988: W.v. 11.10.88) |
| Susi Juvan | (1983) |
| Ewald Kaeser | (1983: W.v. 30.4?83; 1984: W.v.12.84) |
| Ernst Kaiser | (ohne Daten) |
| Mascha Kaléko | (1958: W.v. 9.61?) |
| Hans Kalmus | (1985) |
| Gert Kalow | (1956: W.v. 17.7.82; 1967: w.v. 17.9.67; 1969; 1974: W.v. 27.11.74) |
| Heinz Kamnitzer | (1974: W.v. 15.4.75) |
| Adel Karasholi | (1978; 1984: W.v. 87) |
| Burhan Karkutli | (1981) |
| Yaak Karsunke | (1967) |
| Werner Kausch | (1984: W.v. 15.3.85) |
| Rimma Kazarova | (1965: W.v. 20.1.67) |
| Ernst-Edmund Keil | (1980: W.v. 7.7.84) |
| Hans Keilson | (1979: W.v. 26.11.83) |
| Horst Keimig | (1984) |
| Hassan Akhtar Kiani | (1987: W.v. 13.11.87) |
| Eberhard Kirchhoff | (1988) |
| Karin Kiwus | (1976: W.v. 2.77) |
| Michael Klaus | (1982: W.v. 3.3.82) |
| Georg Knepler | (1984: W.v. 12.84) |
| Reinhard Knodt | (1977: W.v. 5.78) |
| Jurij Koch | (1984: W.v. 11.3.88) |
| Andrej Kokot | (1978: W.v. 3.5.86) |
| Anise Koltz | (1966: W.v. 9.11.66) |
| Jan Koplowitz | (1972: W.v. 18.1.79; 1977: W.v. 19.1.79; 1979: W.v. 8.4.82; 1984: W.v. 18.10.85; 1986: W.v. 18.4.87 und 27.1.87) |
| Christine Koschel | (1975: W.v. 19.5.80) |
| Ciril Kosmac | (1985: W.v. 86) |
| Roman Kovar | (1986: W.v. 29.7.87) |
| Klaus Krämer | (1988) |
| Theodor Kramer | (1946) |
| Wolfgang Kraus | (1962: W.v. 7.5.62; 1966: W.v. 24.8.66; 1985: W.v. 5.11.85) |
| Bruno Kreisky | (1986) |
| Rüdiger Kremer | (1970: W.v. 17.3.70; 1980: W.v. 11.83; 1983: W.v. 11.83) |
| Christiane Kryst | (1981) |
| Jürgen Kuczynski | (1985: W.v. 2.4.86) |
| Günter Kunert | (1974: W.v. 21.2.75; 1976: W.v. 29.10.76; 1965: W.v.8.10.65) |

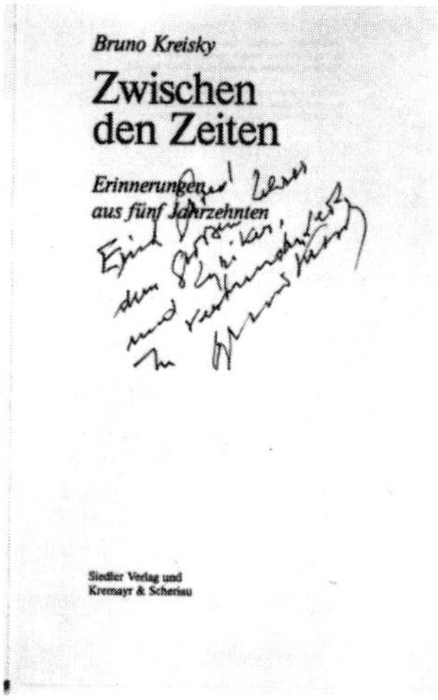


Kreisky, Bruno: Zwischen den Zeiten. Erinnerungen aus fünf Jahrzehnten. Berlin: Siedler und Kremayr & Scheriau. Umschlag (Vorderseite) und Titelei mit eigenhändiger Widmung von Bruno Kreisky.

| | |
|---|---|
| Gertrud Kupka | (1986) |
| Wjatscheslaw Kuprijanow | (1985: W.v. 14.6.85) |
| Rosmarie Kurz | (1981) |
| Henner Laass | (1984: W.v. 24.5.84) |
| Silvo Lahtela | (1984: W.v. 16?1.85) |
| Helmut Lamprecht | (1964: W.v. 25.2.65; 1965: W.v. 23.5.65) |
| Jeanette Lander | (1974) |
| Ralf G. Landmesser | (1980: W.v. 4.5.83; 1984: W.v. 1.84; 1986: W.v. 6.5.86) |
| Elisabeth Langgässer | (1947: W.v. 10.47) |
| Egon Larsen | (1987: W.v. 10.87) |
| Gregor Laschen | (1971) |
| R.W. Last | (1974) |
| Stanislaw Jerzy Lec | (1950: W.v. 29.6.62) |
| Erich Ledersberger | (1982: W.v. 1.84) |
| Arnold Leifert | (1974) |
| Thomas Leithäuser | (1983: W.v. 6.83) |
| Kenneth M. Lewan | (1970; 1984) |
| Franz Liebl | (1974: W.v. 5.87) |
| Claus-Peter Lieckfeld | (1977: W.v. 15.10.77) |
| Edgar Liegl | (1987: W.v. 5.88) |
| Dinah Livingstone | (1982; 1983: W.v. 8.83) |
| Anestis Logothetis | (1974: W.v. 2.6.80) |
| Max Ludwig | (1965: W.v. 1.66) |
| Ivan Malinovski | (1977) |
| Hans Mayer | (1971: W.v. 13.7.71) |
| Friederike Mayröcker | (1956: W.v. 29.5.58; 1964: W.v. 1.2.65; 1982: W.v. 28.4.82; 1985: W.v. 12.10.85) |

| | |
|---|---|
| Christoph Meckel | (1959: W.v. 25.2.62; 1959: W.v. 3.62; 1961: W.v. 25.2.62; 1961: W.v. 3.62) |
| Horst Meier | (1986: W.v. 20.1.87) |
| Hans Meierott | (1985) |
| Steffen Mensching | (1984: W.v. 3.12.85) |
| Janko Messner | (1980: W.v. 8.3.81; 1982: W.v. 15.10.82) |
| Christopher Middleton | (1963: W.v. 5.7.63; 1965: W.v. 20.12.65) |
| Alex Miller | (1979: W.v. 79; 1981: W.v. 81) |
| Joachim Minnemann | (1981: W.v. 29.8.81) |
| Gisela Möller | (1967: W.v. 5.12.78) |
| Petra von Morstein | (1969) |
| Fedja Müller | (1987: W.v. 30.11.87) |
| Ingrid Müller | (1976?) |
| Arno Münster | (1975: W.v. 9.75) |
| Franz Nabl | (1953) |
| Robert Neumann | (1968: W.v. 68) |
| Gerda Nischan | (1977: W.v. 28.8.79) |
| Helga M. Novak | (1978: W.v. 4.78; 1983; 1985) |
| Hubert Nyssen | (1982: W.v. 19.6.85) |
| Harry Oberländer | (1977) |
| Aras Ören | (1986: W.v. 13.2.87) |
| Fritz Ohrtmann | (ohne Daten) |
| Max Oppenheimer | (1969: W.v. 1.1.70) |
| Eberhard Ortseifen | (1983: W.v. 11.11.83) |
| Ewald Osers | (1975; 1976: W.v. 23.7.76; 1977; 1979: W.v. 7.8.85; 1981) |
| Aysel Özakin | (1983: W.v. 18.1.85) |
| Günther Pabst | (1978) |
| Gert von Paczensky | (1970) |
| Paul Parin | (1978: W.v. 2.87; 1980: W.v. 12.85; 1985: W.v. 11.85) |
| Fritz Pasierbsky | (1983: W.v. 24.10.83) |
| Brian Patten | (1980) |
| Aleksandar Petrov | (1985) |
| Richard Pietraß | (1982: W.v. 8.5.85) |
| Gheorghe Pitut | (1973) |
| Eva Priester | (W.v. 4.5.43) |
| Raghuvirsahay | (1979: W.v. 21.10.87) |
| Georg Rapp | (1942: W.v. 3.4.51; 1968) |
| Liselotte Rauner | (1980: W.v. 9.2.80) |
| E.A. Rauter | (1972: W.v. 8.2.72) |
| Iris Ravenel | (1982: W.v. 21.3.84) |
| Antoine Reboul | (1969: W.v. 17.8.70) |
| Marcel Reich-Ranicki | (1963: W.v. 18.9.64; 1973: W.v. 5.3.73) |
| Helmhold Reinshagen | (1981: W.v. 7.84) |
| Jürgen Rennert | (1983: W.v.11.86) |
| Karl Retzlaw | (1976: W.v. 7.76) |
| Anna Rheinsberg | (1981: W.v. 5.83) |
| Horst-Eberhard Richter | (1981: W.v. 12.81) |
| Gabriele Ricke | (1981) |

Paul Parin
in einem Exemplar seines
Buches »Zu viele Teufel
im Land. Aufzeichnungen
eines Afrikareisenden«
(Frankfurt/M.:Syndikat
1985)

> *für Erich Fried,*
> *dessen Gedichte die ersten sind, die ich seit der Schulzeit auswendig gelernt habe*
>
> *Parin / Nov. 85*

Marcel Reich-Ranicki:
Deutsche Literatur in West und
Ost. München: Piper 1963.
Vorsatzblatt mit eigenhändiger
Widmumng von Marcel Reich-
Ranicki vom 18.9.1964.

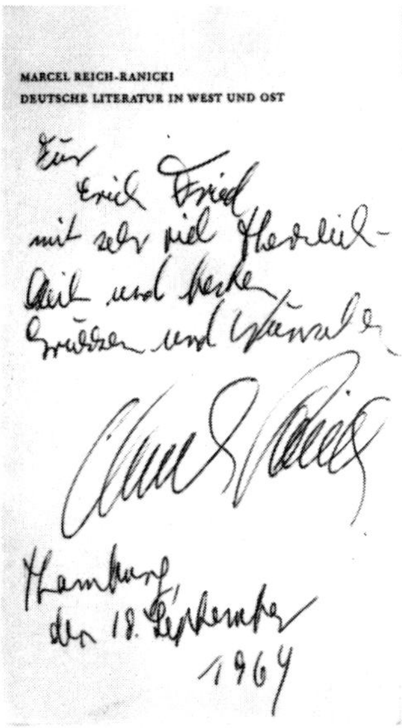
MARCEL REICH-RANICKI
DEUTSCHE LITERATUR IN WEST UND OST

Für
Erich Fried
mit sehr viel Herzlich-
keit und besten
Grüssen und Wünschen

Hamburg,
den 18. September
1964

| | |
|---|---|
| Dorothea Ridder | (1979) |
| Cornelia Riechers | (1981: W.v. 4.81) |
| Peter Rindl | (1961) |
| Erwin Ringel | (1984; 1986: W.v. 19.2.86) |
| David Rokeah | (1958; 1964; 1965; 1969; 1977) |
| Romani Rose | (1983) |
| Nilo Sagredo | (1987?: W.v. 14.10.87) |
| Gaston Salvatore | (1972: W.v. 25.11.72) |
| Frederic Samson | (1979: W.v.1.8.83) |
| Paul Schallück | (1951: W.v. 16.9.64; 1959) |
| Manfred Scharrer | (1983: W.v. 12.83) |
| Johannes Schenk | (1969: W.v. 15.8.69; 1985: W.v. 21.3.85) |
| Wennemar Scherrer | (1984: W.v. 1.12.89) |
| Sigrid Schindler | (1981) |
| Martin Schley | (1981: W.v. 8.6.83) |
| Manfred Schlösser | (1982: W.v. 11.1.86) |
| Burghart Schmidt | (1986: W.v. 4.86) |
| Theo Schneider | (1979) |

| | |
|---|---|
| Wolf Peter Schnetz | (1983: W.v. 12.11.84; ohne Daten) |
| Klaus Thomas Schnittger | (1985: W.v. 13.6.86) |
| Wolfdietrich Schnurre | (1956; 1957: W.v. 23.12.57) |
| Helmuth Schoeck | (1974) |
| Gerhard Schoenberner | (W.v. 11.67) |
| Matthias Schönweger | (1982: W.v. 15.10.82) |
| Ernst Schönwiese | (1962: W.v. 3.5.62) |
| Peter Schütt | (1977: W.v. 24.1.78; 1977: W.v. 26.1.78; 1978: W.v. 11.78) |
| Frieder Schuller | (1980: W.v. 82) |
| Israel Shahak | (1977) |
| Anath Sieff | (1983) |
| Kurt Sigel | (1983: W.v. 3.4.85) |
| Radomir Smiljeníc | (1979: W.v. 6.81) |
| Dorothea Sölle | (1981) |
| Angela Sommer-Bodenburg | (1982) |
| Ulrich Sonnemann | (1969: W.v. 4.72) |
| Hilde Spiel | (1980: W.v. 8.3.81) |
| Robert Stadler | (1986: W.v. 30.4.87) |
| Herta F. Staub | (1958: W.v. 67) |
| Lutz Stehl | (1981: W.v. 12.87) |
| Gerd Stein | (1979: W.v. 22.3.83) |
| David Steindl-Rast | (1985: W.v. 24.10.85) |
| Herbert Steiner | (1974; 1984: W.v. 10.85) |
| Udo Steinke | (1982: W.v. 1.83) |
| Ginka Steinwachs | (1985: W.v. 5.8.85) |
| Carola Stern | (1963: W.v. 17.7.64; 1986: W.v. 5.86) |
| Niklas Stiller | (1983: W.v. 15.5.83) |
| Kiev Stingl | (1981: W.v. 1.84; 1984) |
| Joachim W. Storck | (1975: W.v. 9.2.76) |
| Tina Stotz-Stroheker | (1983: W.v. 20.5.84) |
| Karin Struck | (1975: W.v. 27.7.75) |
| Jörn Stückrath | (1978: W.v. 7.78) |
| Viktor Suchy | (1971: W.v. 2.3.72) |
| Elke Suhr | (1986: W.v. 6.5.88) |
| Rainer Taëni | (1983: W.v. 4.9.83) |
| Heide Tarnowski-Seidel | (1983) |
| Drago Tesevic | (1977: W.v. 24.10.80) |
| Gerti Tetzner | (1979: W.v. 9.80) |
| Abraham Teuter | (1983: W.v. 16.11.83) |
| Stewart Thomson | (1955: W.v. 3.55) |
| Hubertus von Tobien | (1985: W.v. 5.86) |
| Volker von Törne | (1962: W.v. 3.12.66) |
| Jürgen Treulieb | (1982: W.v. 3.83; 1983: W.v. 8.83) |
| Franz Tumler | (1970: W.v. 6.1.71) |
| Gerhard Uhlenbruck | (1981; 1983; 1987) |
| Gerhard-Kornelis Van Het Reve | (1956: W.v. 23.8.62) |
| Del Vedernjak | (W.v. 10.5.78) |
| Willy Verkauf-Verlon | (1983; W.v. 3.11.75) |
| Werner Völker | (1981: W.v. 15.4.83) |

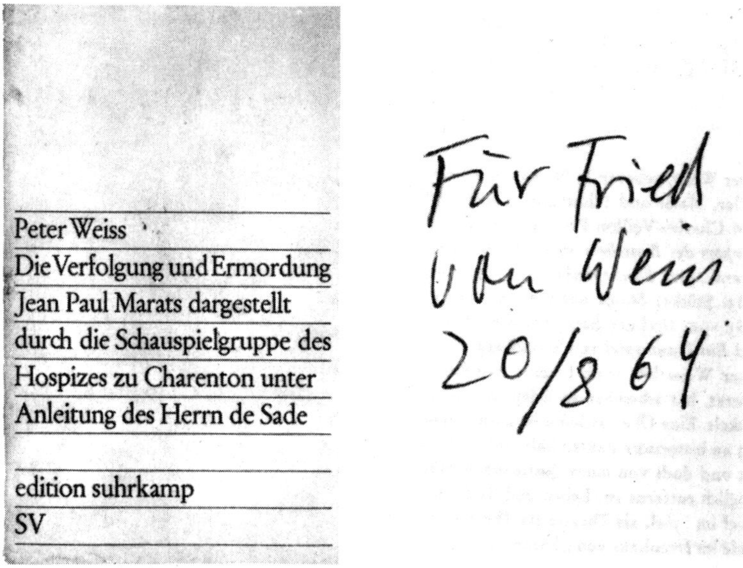


Peter Weiss: Die Verfolgung und Ermordung Jean Paul Marats dargestellt durch die Schauspielgruppe des Hospizes zu Charenton unter Anleitung des Herrn de Sade. Frankfurt / M.: Suhrkamp 1964 (13.–22. Tsd.). Umschlag (Vorderseite) und Vorsatzblatt mit eigenhändiger Widmung von Peter Weiss.

Christa Wolf: Störfall. Nachrichten eines Tages. Darmstadt und Neuwied: Luchterhand 1987. Vorsatzblatt mit eigenhändiger Widmung von Christa Wolf (Ausschnitt).

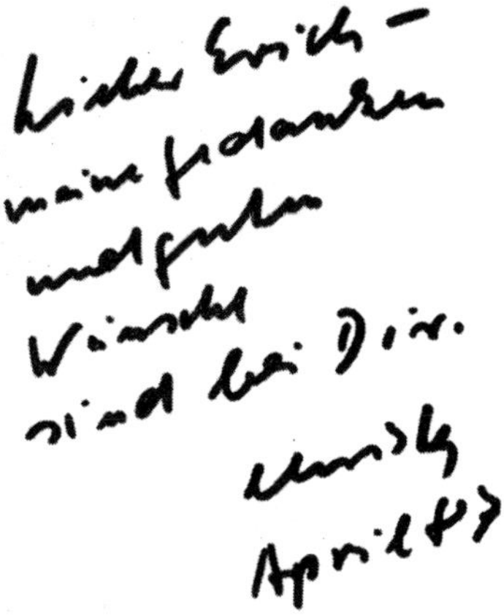

| | |
|---|---|
| Klaus Wagenbach | (1983: W.v. 8.6.83) |
| Marita Waibel | (1988: W.v. 15.6.88) |
| Andreas Weidinger | (1986: W.v. 14.3.86) |
| Peter Weiss | (1964: W.v. 20.8.64) |
| Hans-Eckardt Wenzel | (1984) |
| Arthur West | (1985: W.v. 3.85) |
| Wolfgang Weyrauch | (ohne Daten) |
| Bernhard Widder | (1983: W.v. 2.88) |
| Walter Widmer | (1959: W.v. 23.6.62) |
| Wolfgang Windhausen | (1986?) |
| Gunild Regine Winter | (1978) |
| Peter Paul Wiplinger | (1981: W.v. 16.9.87) |
| Witold Wirpsza | (1967: W.v. 10.10.67 und 2.12.67) |
| Christa Wolf | (1974: W.v. 29.10.77; 1981: W.v. 14.12.81; 1985; 1987: W.v. 4.87) |
| Gerhard Wolf | (1982; 1983: W.v. 3.85) |
| Winfried Wolf | (1981; 1984: W.v. 20.7.84) |
| Gisela von Wysocki | (1984: W.v. 10.84) |
| Douglas Young | (1957) |
| Peter-Paul Zahl | (1982: W.v. 27.2.82; 1983: W.v. 10.5.83) |
| Dieter E. Zimmer | (1966) |
| Ludwig Zollitsch | (1984: W.v. 6.8.84) |
| Gustav Zürcher | (1977: W.v. 3.78) |
| Gerhard Zwerenz | (1962; 1962: W.v. 10.63; 1974: W.v. 6.12.76; 1979: W.v. 12.12.85; 1980: W.v. 13.8.80) |
| Krystyna Zywulska | (1980: W.v. 18.12.83; 1983: W.v. 16.9.83) |

# Rara, Kuriosa und Varia

## Solidarität mit den Palästinensern

Schriftliche Hausarbeit im Fach
Wissenschaft von der Politik
im Rahmen der Magisterprüfungsordnung
der Universität Hannover

Thema: Die Zionisierung Palästinas und ihre
Folgen für die palästinensischen Araber
in Israel

Verfasser: Awad Hegazi
Matrikelnummer: 492443

Prüfer: Prof. Dr. Ingolf Ahlers

Verdrängung Beweisen
82. Zerstörung der Agrarwirtschaft des arabischen Dorfes
16 Dunum 1948 weniger als ein Dunum 1974

9 Judenfrage im Empfo (Klasse?)
(Rabah, Söhne des Dorfes

Titelblatt einer über 220 Seiten umfassenden Magisterarbeit zum Thema »Die Zionisierung Palästinas und ihre Folgen für die palästinensischen Araber in Israel« (Hannover 1982). Daß sich Fried mit der Studie von Awad Hegazi beschäftigt hat, beweist ein eingelegtes Blatt mit eigenhändigen Lektürenotizen.

## Solidarität mit den Palästinensern

Erich Fried auf einer politischen Veranstaltung in Wien im März 1988 (Foto: Rainer Schulz, Berlin).

## Bett im Herbst

B E T T   I M   H E R B S T

Das Götterbett mit der Decke aus weisser Kälte :
Leicht dich lieben im Bett in dem du nicht bist !
Meine Augen bedecke ich mit aufgelesenen Fingern
mit Küssen bedecke ich dich und rühre die Lippen nicht .

Weil man sich nichts ist Geliebte oder weil man sich weit ist
weil man dem Nichts geweiht ist : Das geht so weil es vergeht .
Das Bett ist vergittert wie alles weil es verwildert :
nachts nichts - und sonst die Taktik der Tage umsonst ...

Unser Einssein ist im Einsamsein ist im Einstsein :
Verzehrte Zärtlichkeit knickt Einsig zu Winzig .
Im Wetterleuchten das nicht einschlägt erschüttert
lautloser Donner das abgeschlagene Herz .

Die Verfasserschaft des auf den 8. September 1951 datierten Gedichts (Ausschnitt) konnte auf Anhieb nicht ermittelt werden. Erich Fried muß als Verfasser in Betracht gezogen werden. Ungeklärte Fälle dieser Art werden der Nachlaßgruppe 1.16 »Zweifelhaftes« zugeordnet.

## Angst und Zweifel

Plakatwand mit Erich Frieds Gedicht »Angst und Zweifel« (zuerst in dem Lyrikband »Gegengift«, Berlin 1974). Abbildung (Copyright Eckhard Brümmer / Bernt Schubert) nach einer Postkarte aus der Korrespondenz an Erich Fried.

## Erich Fried

Foto von Peter Peitsch, Hamburg 1981.

## Ernst Jandls Gedichtband »Andere Augen«

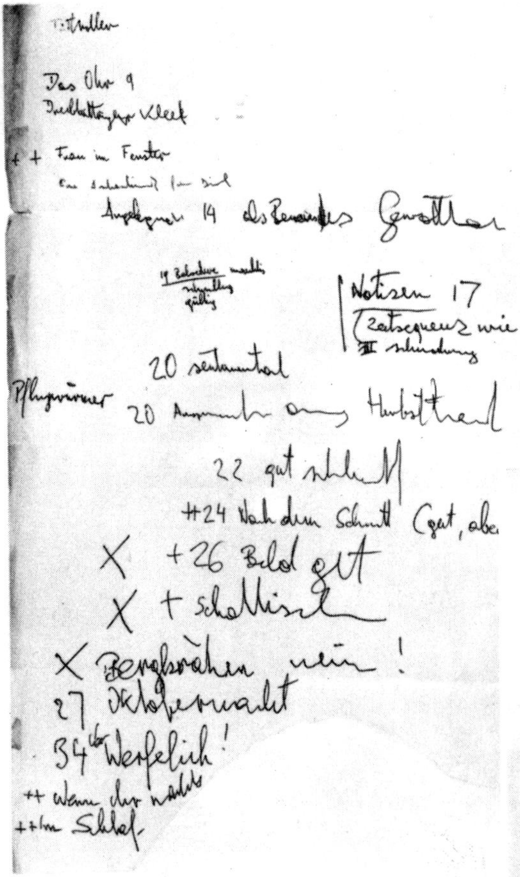


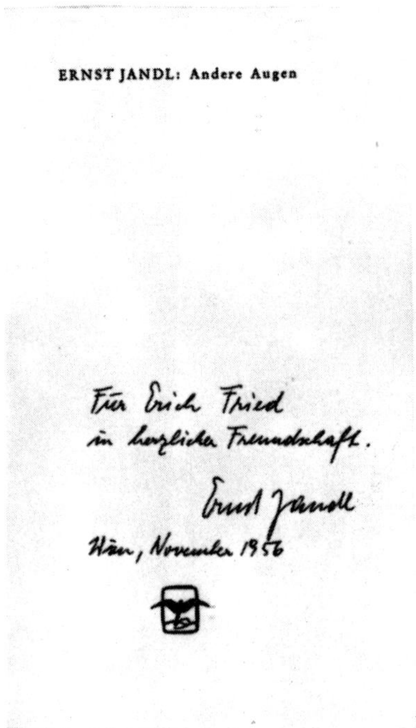


Blatt mit eigenhändigen Lektürenotizen von Erich Fried zu Ernst Jandls Gedichtband »Andere Augen« (Wien 1956), das sich in Frieds Widmungsexemplar befand. Erheiternd ist Frieds Kommentar zu dem Gedicht »Vom Reisen und vom Zuhausebleiben« (S.33–34), das er zunächst als «Werfelich«, dann als »Verwerfelich« einstufte.

Hugo Fried

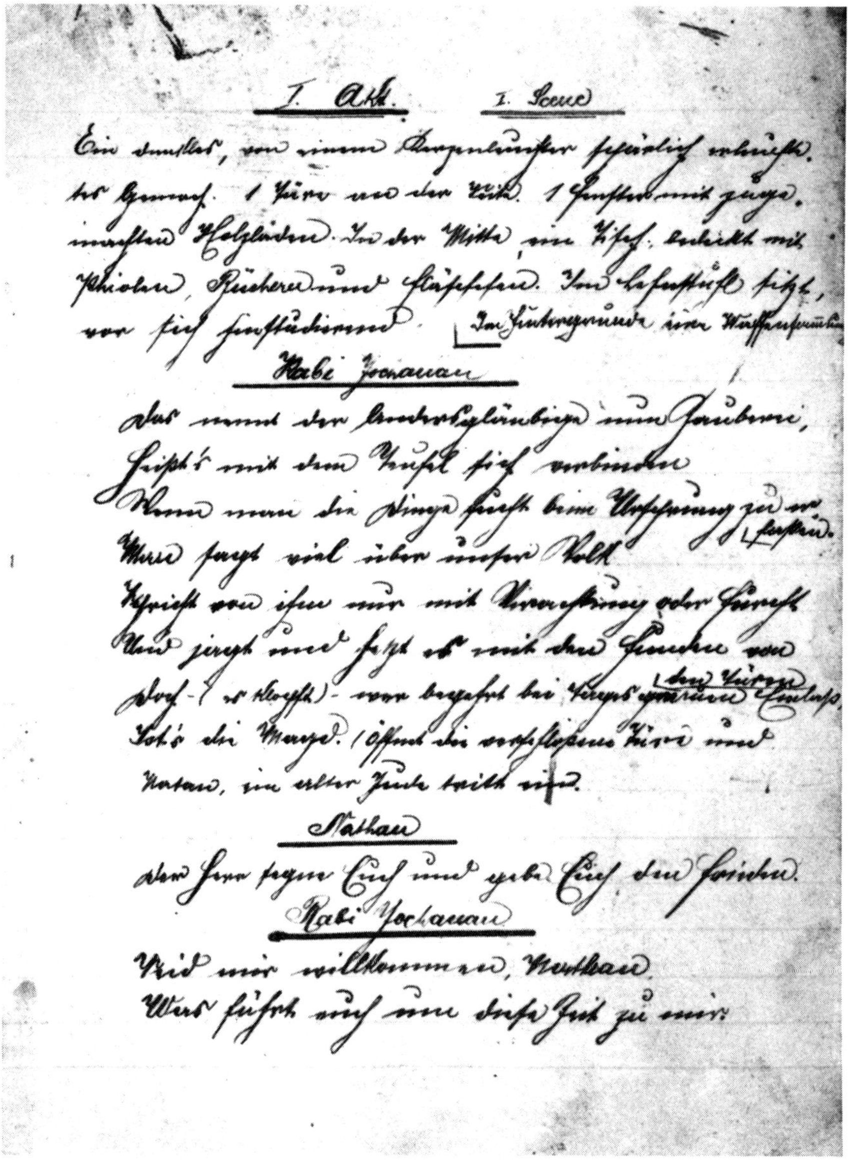

Eine handgeschriebene Seite aus Hugo Frieds Drama »Schicksalsbund Göttlichkeit« von 1907. – Im (Krypto-)Teilnachlaß befinden sich zahlreiche weitere Typo- und Manuskripte, darunter u.a. »Das Lied von Wien. Ein Filmspiel«, »Kain. Ein Mysterium«, »Der Fall Maria Gontard. Ein Schau-Spiel«, »Christus spricht zu seiner Mutter. Eine Vision« und die Gedichtsammlung »Unterwegs«.

*Zur Abbildung auf der rechten Seite*

Erste Seite eines Gerichtsgutachtens über Frieds Vater von 1932 aus dem (Krypto-)Teilnachlaß Hugo Frieds. – Über seinen Vater schrieb Erich Fried: »Ab etwa 1930 entdeckte mein Vater, daß er gut hypnotisieren konnte, kurierte einige Frauen mit Lähmungserscheinungen sowie die Impotenz eines ältlichen Amtsrates. Die Zeitungen berichteten über eine dieser Kuren als ›Das Wunder von Berndorf‹. Die Kuranstalt Baden bei Wien richtete eine Abteilung für ihn ein. Bei einem Kurpfuschereiprozeß wurde er bedingt verurteilt; in zweiter Instanz, als er sich selbst verteidigte, freigesprochen. Behandlungen dieser Art setzte er fort, in verminderter Zahl und in späteren Jahren ohne Kuranstalt, bis die Nazis kamen« (zit. n. Erich Fried und Österreich. Katalog von V. Kaukoreit u. H. Lunzer. Wien: Dokumentationsstelle / Literaturhaus 1992, S. 96). Im Nachlaß fand sich auch ein Exemplar der Wiener Tageszeitung »Die Stunde« vom 7.2.1931 mit der Schlagzeile »Der Wunderdoktor von Baden. Heilmagnetismus oder Kurpfuscherei? – Der Fall Hugo Fried – ein zweiter Fall Zeileis« (S.5).

## HUGO FRIED

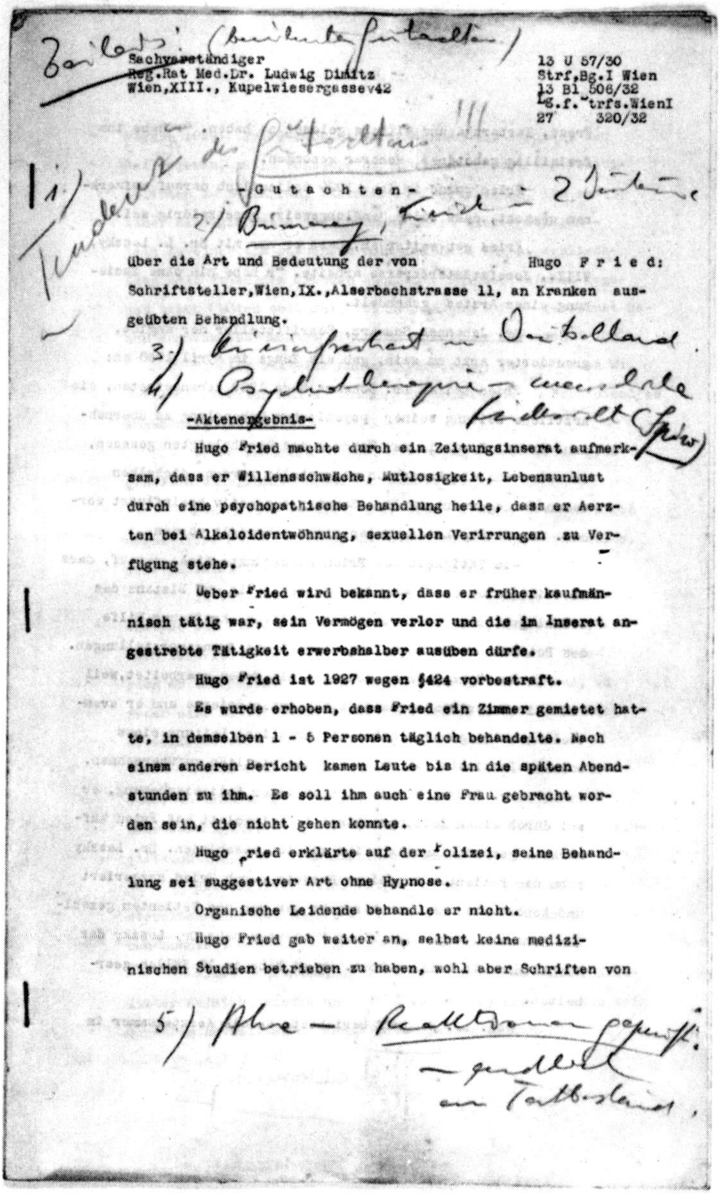

Sachverständiger
Reg.Rat Med.Dr. Ludwig Dimitz
Wien,XIII., Kupelwiesergasse 42

13 U 57/30
Strf,Bg.I Wien
13 Bl 506/32
Lg.f.Strfs.WienI
27 320/32

-Gutachten-

über die Art und Bedeutung der von Hugo Fried: Schriftsteller, Wien, IX., Alserbachstrasse 11, an Kranken ausgeübten Behandlung.

-Aktenergebnis-

Hugo Fried machte durch ein Zeitungsinserat aufmerksam, dass er Willensschwäche, Mutlosigkeit, Lebensunlust durch eine psychopathische Behandlung heile, dass er Aerzten bei Alkaloidentwöhnung, sexuellen Verirrungen zu Verfügung stehe.

Ueber Fried wird bekannt, dass er früher kaufmännisch tätig war, sein Vermögen verlor und die im Inserat angestrebte Tätigkeit erwerbshalber ausüben dürfe.

Hugo Fried ist 1927 wegen §424 vorbestraft.

Es wurde erhoben, dass Fried ein Zimmer gemietet hatte, in demselben 1 - 5 Personen täglich behandelte. Nach einem anderen Bericht kamen Leute bis in die späten Abendstunden zu ihm. Es soll ihm auch eine Frau gebracht worden sein, die nicht gehen konnte.

Hugo Fried erklärte auf der Polizei, seine Behandlung sei suggestiver Art ohne Hypnose.

Organische Leidende behandle er nicht.

Hugo Fried gab weiter an, selbst keine medizinischen Studien betrieben zu haben, wohl aber Schriften von

C. Busby Smith: Gerücht von einer Kreuzigung

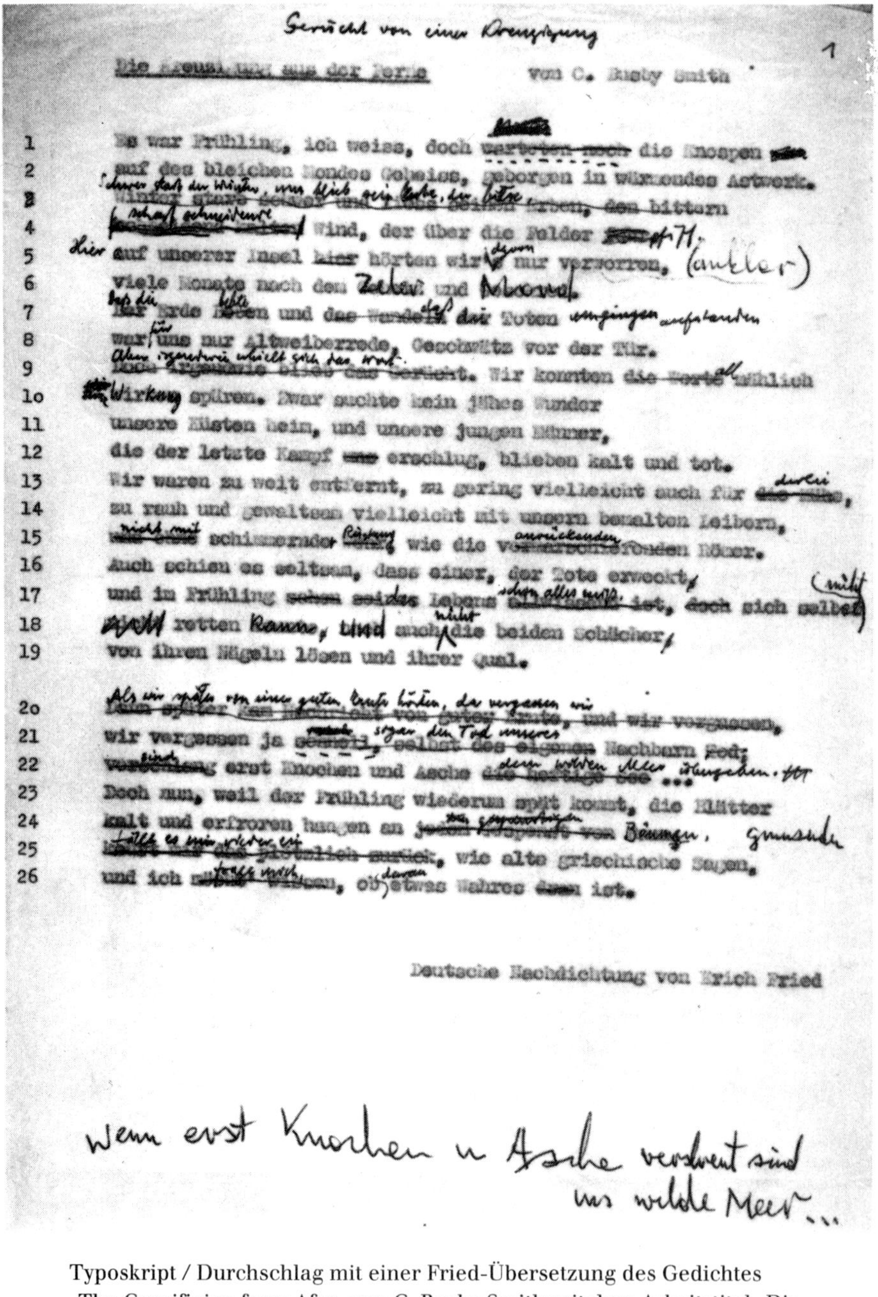

Gerücht von einer Kreuzigung

Die Kreuzigung aus der Ferne von C. Busby Smith

Es war Frühling, ich weiss, doch warteten noch die Knospen
auf des bleichen Mondes Geheiss, geborgen in wärmendes Astwerk.
Winter [illegible] den bittern
[illegible] Wind, der über die Felder [illegible].
auf unserer Insel hier hörten wir nur verworren,
viele Monate nach dem Zehnt und Mond,
Der Erde [illegible] und das Wunder der Toten
war uns nur Altweiberrede, Geschwätz vor der Tür.
[illegible] Gerücht. Wir konnten die Worte allmählich
Wirkung spüren. Zwar suchte kein jähes Wunder
unsere Küsten heim, und unsere jungen Männer,
die der letzte Kampf erschlug, blieben kalt und tot.
Wir waren zu weit entfernt, zu gering vielleicht auch für [illegible],
zu rauh und gewaltsam vielleicht mit unsern bemalten Leibern,
[illegible] schimmernder [illegible] wie die [illegible] Römer.
Auch schien es seltsam, dass einer, der Tote erweckt,
und im Frühling [illegible] Lebens [illegible] ist, doch sich selbst
nicht retten kann, und auch die beiden Schächer
von ihren Nägeln lösen und ihrer Qual.

[illegible], und wir vergassen,
wir vergessen ja [illegible], selbst des eigenen Nachbarn Tod;
[illegible] erst Knochen und Asche [illegible] See ...
Doch nun, weil der Frühling wiederum spät kommt, die Blätter
kalt und erfroren hangen an [illegible] Bäumen,
[illegible], wie alte griechische Sagen,
und ich [illegible], ob etwas Wahres [illegible] ist.

Deutsche Nachdichtung von Erich Fried

wenn erst Knochen u Asche verstreut sind
ins wilde Meer...

Typoskript / Durchschlag mit einer Fried-Übersetzung des Gedichtes »The Crucifixion from Afar« von C. Busby Smith mit dem Arbeitstitel »Die Kreuzigung aus der Ferne«, mit eigenhändigen Korrekturen Frieds und Korrekturen von fremder Hand. – Zu dem englischen Lyriker C.B. Smith vgl. S. 99f. Die Fremd-Korrekturen stammen möglicherweise von Joseph Kalmer.

# Personenregister


Abels, Franz 156
Abendroth, Wolfgang 95, 156
Abraham a Sancta Clara 43
Achmatova, Anna 63
Adenauer, Konrad 59
Adler, H.G. 37, 134
Adler, Viktor 126
Aichinger, Ilse 95, 98, 102, 156
Aktoprak, Levent 156
Alegría, Claribel 156
Algarín, Miguel 156
Allert-Wybranietz, Kristiane 95, 156
Alliluyewa, Sewtlana 65
Altenberg, Peter 126
Altendorf, Wolfgang 156
Al-Udhari, Abdullah 156
Anders, Günther 156–157
Andersch, Alfred 95
Artmann, H.C. 95, 156–157
Asriel, André 95
Astel, Arnfrid 95, 123, 156
Atabay, Cyrus 95, 156
Augustin, Michael 156
Bahr, Hermann 126
Balser, Karl 156
Barsøe, Søren 137
Basil, Otto 156
Baudissin, Wolf-Heinrich 153
Bauer, Michael 137
Bauernfeld, Eduard von 153
Becher, Johannes R. 59, 63, 136, 138
Beheim-Schwarzbach, Martin 156
Beicken, Peter 95
Belz, Marga 156
Benda, Johann O.W. 152
Bender, Hans 95
Benjamin, Walter 68
Berendt, Joachim E. 156
Berg, Jo 156
Bergengruen, Hermann 156
Betz, Albrecht 156
Beyer, Renate 123
Bezzel, Chris 156
Bezzel-Dischner, Gisela 156
Biermann, Wolf 52–53, 62–64
Blatter, Alfred 95, 156
Blatter, Sylvia 95
Bloch, Ernst 88
Bluth, Karl Theodor 124–125
Bobrowski, Johannes 156–157
Bodenstedt, Friedrich 152
Bödeker, Johann Dietrich 156
Böll, Heinrich 62, 65, 95, 101
Bohnenberger, Stefan 156
Bohrer, Karl Heinz 156
Bold, Alan 156
Boock, Peter-Jürgen 95
Borchers, Elisabeth 95, 156
Bormann, Alexander von 95
Bornemann, Ernest 95, 123
Brady, Ian 63
Brandt, Heinz 66
Brandt, Willy 60, 62, 67
Braun, Edith 156
Braun, Volker 64
Brecht, Bertolt 54, 61, 64, 76, 80, 88–89
Breicha, Otto 95
Breidenstein, Gerhard 156
Brenner, Anne-Marie S. 95, 123
Breuer, Eva 91
Brill, Stefan 32
Brinitzer, Carl 95
Brod, Fritta 124–125
Brönnimann-Egger, Werner 154
Brooke 88
Brügel, Fritz 89-90
Bubenik-Bauer, Iris 156
Buchebner, Walter 95, 102–103
Buchhorn, Martin 158
Büchner, Georg 119
Bürger, Peter 158
Bulla, Hans Georg 158
Bullock, Michael 76
Bunge 64
Burkhard, Jörg 158
Burschell, Friedrich 125
Butkus, Günther 158
Cameron, Norman 158
Canaris, Volker 95
Canetti, Elias 37, 83, 101
Canetti, Véza 95
Carpenter, Maurice 158
Carrington, Norman T. 154
Castro, Fidel 68
Celan, Paul 101, 158
Cerha, Michael 123
Chaussy, Ulrich 158
Chavers, Ronald 123
Chiellino, Gino 123, 158
Chromik, Resi 158
Churchill, Winston 62
Chvojka, Erwin 158
Claasen, Hilde 95, 158
Cleve, Heinz 89, 91, 95, 104, 123
Cohn, Hans Werner 123
Cooper, David 105
Cooper, William 123
Coryllis, Peter 158
Cramon, Enzio von 95
Cremer, Fritz 66

Crome, Len 158
Cunovics, Zeljko 123
Dalos, György 158
Danneberg, Erika 123
Daxner, Michael 123
Debbert, Helga 158
Dedijer, Vladimir 69
Deesen, Gerhard 158
Delius, F.C. 123
Delius, Nikolaus 152
Demus, Klaus 158
Demuß, Karl H. 158
Deppert, Fritz 158
Derschau, Christoph 95, 158
Deutsch, Erich 95
Deutsch, Gitta 95, 107, 123
Deutscher, Issac 64, 68
Diesel, Ellen 158
Dillinger, Michael 158
Dilke, Christoper W. 53
Dingelstedt, Franz 152
Dobocan, Dorél 158
Döblin, Alfred 95, 98, 102
Döring, Johanna 95
Domin, Hilde 39, 95, 158
Dor, Milo 95
Doutiné, Heike 158
Drewitz, Ingeborg 95
Drews, Karl 34
Duchkowitsch, Wolfgang 96
Duchrow, Alfred 59
Duden, Anne 95, 105, 123, 158
Duncan, Beata 123
Dutschke, Rudi 95, 112
Egypten, Jürgen 158
Ehrenburg, Ilja 64
Ehrenreich, Alexander 86
Ehrenreich, Marcus 85
Ehrenreich, Moritz 86
Eich, Clemens 158
Eich, Günter 95
Eichner, Hans 37, 95–96, 123
Eicke, Wolfram 158
Eisenmayer, Ernst 96, 158
Eisler, Georg 96, 110
Eisler, Hanns 110
Eisler, Steffi 110
Engelke, Kai 158
Engelmann, Bernt 158
Engels, Friedrich 137, 140
Ensslin, Martin 61
Enzensberger, Hans Magnus 95–96, 101, 158
Erhard, Ludwig 62
Eschenburg, Johann Joachim 152
Falckenberg, Otto 154
Fein, Johannes 153
Felmayer, Rudolf 96, 158
Feuchtwanger, Lion 88–89
Fichte, Hubert 157
Fields, Alfred 154
Fischer, Ernst 61, 63–64, 66–68, 95–96, 158–159
Fischer, Lou 95–96
Fischer-Kowalski, Marina 158
Fitzbauer, Erich 158
Flatter, Richard 145, 153
Flechtheim, Lili 96
Flechtheim, Ossip K. 96, 158
Flesch (-Brunningen), Hans 34, 124–125, 134
Foresti, Traute 158
Forster, Gerd 158
Frangi, Abdallah 158
Frank, Manfred 158
Freud, Sigmund 126, 141
Fried, Catherine 19, 47, 118, 133, 145, 147
Fried, David 19, 47
Fried, Hans Rolf 19
Fried, Hugo 19, 22, 70, 84–85, 175–177
Fried, Katherine 19
Fried, Klaus 19
Fried, Maria 19, 83, 90, 116
Fried, Nan 19, 116
Fried, Nellie 19, 84–85, 133
Fried, Petra 19
Fried, Tom 19
Friedenthal, Richard 117, 158
Friedmann, Hermann 117
Fringeli, Dieter 158
Fritsch, Barbara 96
Fritsch, Gerhard 96, 123
Fritz, Walter H. 96
Furtmüller, Gerti 95–96, 158
Furtmüller, Lux 95–96
Furtmüller, Lydia 123
Gábor, Hajnal 160
Gail, Hermann 160
Gall, Herbert 160
Gallacher, Willie 62
Gansner, Hans Peter 160
Gauch, Sigfrid 160
Gelbke, F.A. 152
Genet, Jean 59
Gervinus, Georg G. 154
Geschler, Brigitte 160
Geschwinder, Alois 96
Giancane, Daniele 160
Gildemeister, Otto 152
Glaser, Peter 160
Goehr, Alexander 71
Görischk, Werner 160
Goetze, Helga 160
Goethe, Johann W. v. 88
Gollwitzer, Helmut 96
Goldscheid, Rudolf 126
Goldwater, Barry 61
Gooch, Steve 71
Gould, Brian 123
Grafe, Felix 34
Grass, Günter 62, 64–65, 100
Greene, Graham 64
Greene, James 160
Grese, Irma 84–85

Greven, Jan M. 160
Groen, Hannie 160
Groenewold, Gisela 96, 123
Groenewold, Kurt 96, 128
Gross, Fritz 34, 123, 126
Grüneberger, Ralph 160
Günther, Frank 153
Günzel, Elke 160
Gundolf, Friedrich 145, 153
Haacker, Klaus 160
Habermann, Ursel 160
Habermas, Jürgen 96, 160
Haffner, Sarah 96, 160
Haffner, Sebastian 63
Hager, Kurt 61
Hahm, Claudia 96, 123
Hahn, Ulla 96
Hájek, Jiři 96, 160
Hamburger, Michael 95–96, 101, 153, 160
Hamel, Peter Michael 126
Hamm, Peter 96
Hampton, Christopher 154
Hanisch, Ernst 160
Hannover, Heinrich 96, 160
Hannsmann, Margarete 96, 160
Hansen, Volkmar 160
Harich, Wolfgang 61
Harig, Gerhard 66
Harig, Ludwig 160
Harrison, Austin 60
Harrison, Tim 52
Hartinger, Ingram 96, 160
Hartke, Werner 63
Hartung, Rudolf 160
Haslinger, Josef 96, 160
Hauck, Gerhard 160
Haug, W.F. 160
Havemann, Robert 61–64, 66–68
Haverkamp, Josef 160
Hegazi, Awad 171
Heinrichs, Erich 160
Heise, Wolfgang 160
Heldmann, Hans Heinz 160
Hellendall, R. 134
Hemmingway, Ernest 60
Hempel-Soos, Karin 160
Hennecke, Gerda 96
Hennecke, Hans 96, 160
Hennemann, Susanne 160
Henschel, Gerhard 160
Herchenröder, Babette 160
Hermlin, Stephan 95–96, 100
Herms, Uwe 160
Herold, Horst 106
Herwegh, Georg 152
Herzfelde, Wieland 160
Herzl, Theodor 126
Herzog, Werner 160
Hesse, Eva 96
Hettche, Thomas 96, 123
Heubner, Christoph 160
Heun, Georg 154
Heym, Stefan 62
Heyse, Paul 152
Hiesel, Franz 160
Hikmet, Nazim 101
Hilsenrath, Edgar 161
Hindley, Myra 63
Hintze, Christian Ide 161
Hiob, Hanne 96
Hirschmeier, Michael 161
Hirte, Chris 161
Hoch, Paul 161
Höllerer, Walter 95–96, 159, 161
Hoffmann, Hilmar 161
Hoffmann, Rosa 34
Hofmannsthal, Hugo von 126
Hollitscher, Walter 96
Holmesworthe, Leonard 154
Holmqvist, Bengt 161
Holzinger, Alfred 96
Hood, Stuart 161
Hopkins, Gerald M. 43
Hubmann, Monika 161
Hübotter, Klaus 161
Hughes, Ted 62
Hunter, G.K. 154
Huppert, Hugo 96, 106
Hurwitz, Emanuel 161
Hutten, Katrine von 161
Ironside, Edmund 154
Ishikawa-Franke, Saskia 161
Jäckel, Robert 161
Jaeger, Hans 96
Jamieson, Michael 154
Jandl, Ernst 96, 103, 161, 174
Janker, Josef W. 161
Jarka, Horst 96
Jaroschka, Markus 162
Jaspers, Karl 64, 68
Jenny, Jean-Paul 162
Jens, Walter 96, 159, 162
Jochheim, Gernot 162
Johnson, Lyndon B. 64
Jong, Cees de 162
Jonke, Gert F. 96, 162
Jordan, Wilhelm 152
Joyce, James 43
Judd, Denis 162
Jünschke, Klaus 162
Jung, C.G. 82, 141
Juvan, Susi 162
Kaeser, Ewald 162
Kafka, Franz 65, 102, 126
Kaiser, Ernst 162
Kaléko, Mascha 162
Kalmer, Erika 96, 144
Kalmer, Joseph 96, 134, 144, 178
Kalmus, Hans 162
Kalow, Gert 68, 123, 162
Kammerer, Paul 126
Kamnitzer, Heinz 162

Kappeler, Detlef 96
Karasholi, Adel 162
Karkutli, Burhan 162
Karpeles, Heinz 96
Karsunke, Yaak 95–96, 162
Kausch, Werner 162
Kautzky, Karl 126
Kazarova, Rimma 162
Keil, Ernst-Edmund 162
Keilson, Hans 162
Keimig, Horst 162
Keran, Zora 95, 99, 123
Kesten, Hermann 96
Kieseritzky, Ingomar von 123
Kiani, Hassan Akhtar 162
Kipphardt, Heinar 96
Kirchhoff, Eberhard 162
Kiwus, Karin 95, 162
Klaus, Michael 162
Klinger, Kurt 96
Klotz-Dutschke, Gretchen 96
Knepler, Georg 162
Knodt, Reinhard 162
Koch, Jurij 162
König, Christoph 13, 22
Kokoschka, Oskar 89-90, 126
Kokot, Andrej 162
Kolleritsch, Alfred 103
Koltz, Anise 162
Konjetzky, Klaus 96
Koplowitz, Jan 162
Kornfeld, Paul 125
Koschel, Christine 162
Kosmac, Ciril 162
Kosta, Tomas 96
Kossygin, Alexej N. 64
Kouwenaar, Gerrit 136
Kovar, Roman 162
Krämer, Klaus 162
Kraft, Werner 96
Kramer, Theodor 96, 108–109, 123, 134, 136, 138, 161–162
Kraus, Karl 126
Kraus, Wolfgang 95–96, 100–101, 162
Krawtschenko, Victor 63
Kreisky, Bruno 95, 162–163
Kremer, Rüdiger 162
Kroetz, Franz Xaver 101, 123
Krüger, Michael 96
Kryst, Christiane 162
Kuba (d.i. Kurt Barthel) 123
Kuczynski, Jürgen 162
Kühnen, Michael 95–96
Kuhner, Herbert 96, 123
Kunert, Günter 162
Kupka, Gertrud 163
Kuprijanow, Wjatscheslaw 163
Kurella, Alfred 61, 66
Kurnitzky, Horst 96
Kurz, Hermann 152
Kurz, Rosmarie 163
Laass, Henner 163
Lahtela, Silvo 163
Lamprecht, Helmut 96, 123, 163
Landauer, Gustav 154
Lander, Jeanette 163
Landmesser, Ralf G. 163
Langgässer, Elisabeth 161, 163
Lanz von Liebenfels, Jörg 126
Larsen, Egon 163
Laschen, Gregor 163
Last, R.W. 163
Laube, Horst 146
Lec, Stanislaw Jerzy 61, 63, 163
Ledersberger, Erich 163
Leifert, Arnold 163
Leithäuser, Thomas 163
Leśniewska, Maria 137
Lessing, Theodor 34
Lewan, Kenneth M. 163
Liebl, Franz 163
Lieckfeld, Claus-Peter 163
Liegl, Edgar 163
Lindemann, Gisela 96
Livingstone, Dinah 163
Löwenstammm, Arthur 133, 138
Logothetis, Anestis 163
Lombardo-Radice, Lucio 62, 64, 67
Loos, Adolf 126
Loschütz, Gert 96
Ludwig, Max 163
Luft, Friedrich 95
Lukacs, Georg 67–68
Mach, Ernst 126
Majakowski, Vladimir V. 88
Malinovski, Ivan 96, 123, 164
Mann, Heinrich 88, 90, 96, 108, 124–125
Mann, Thomas 88, 90
Mansk, Izaak 105
Marc, Franz 144
Marc, Maria 144
March, Michael 123
Marek, Franz 68
Marianelli, Marianello 136
Marnau, Alfred 99
Marx, Karl 137, 140
Mayer, Hans 60, 96, 163
Mayröcker, Friederike 163
Meckel, Christoph 96, 103, 164
Meier, Horst 164
Meierott, Hans 164
Meller, Ilse 89-90
Mendelssohn, Peter de 134, 136, 138
Mensching, Steffen 164
Messner, Janko 164
Metman, Philipp 82–83
Michaelis, Mirjam 96
Michaelis, Rolf 96
Middleton, Christopher 60, 96, 164
Mihajlov, Mihajlo 62, 66
Milch, Werner 95–96
Miller, Alex 123, 164

Miller, Alice 96
Miller, Martin 70, 90
Mills, C. Wright 59
Minnemann, Joachim 164
Mitchell, Adrian 62
Mitterer, Erika 123, 136, 138
Mňačko, Ladislav 61
Möller, Gisela 164
Morstein, Petra von 123, 164
Mühsam, Erich 34
Müller, Fedja 164
Müller, Ingrid 164
Müller, Robert 126
Müller-Claud, Werner 65
Münster, Arno 164
Murner, Thomas 43
Musil, Robert 126
Mytze, Andreas W. 96
Nabl, Franz 164
Nasser, Gamal Abdel 64
Nekritsch, A.M. 68
Nestroy, Johann 73
Neumann, Robert 89-90, 95–96, 164
Niemöller, Martin 96
Niese, Hansi 126
Nischan, Gerda 164
Nitsche, Roland 68
Nkrumah 63
Novak, Helga M. 164
Nyerere, Julius 62, 68
Nyssen, Hubert 164
Oberländer, Harry 96, 123, 164
Ören, Aras 164
Oestreicher, Paul 96
Özakin, Aysel 164
Ofner, Julius 126
Ohnesorg, Benno 64
Ohrtmann, Fritz 96, 123, 164
Okopenko, Andreas 96
Oppenheimer, Max 96, 164
Ortlepp, Ernst 145, 153
Ortseifen, Eberhard 164
Orwell, George 76, 80
Osers, Ewald 164
Ossietzky, Carl von 34
Otálora, Zora (s. Keran, Z.)
Pablé, Elisabeth 96
Pabst, Günther 164
Paczensky, Gert von 164
Parin, Paul 96, 164–165
Parnass, Peggy 96
Pasierbsky, Fritz 164
Patchen, Kenneth 101
Patten, Brian 164
Pelzer, Norbert 96
Petrov, Aleksandar 164
Peymann, Claus 96
Picasso, Pablo 66
Pietraß, Richard 164
Pinkert, Ernst-Ulrich 123
Pitut, Gheorghe 164
Plemmons, Hanneli 83
Podgorski, Thaddäus 96
Pollak, Hans 96
Popper-Lynkeus, Josef 126
Poswiantzky, Anna 88
Priester, Eva 123, 164
Puschmann-Nalenz, Barbara 153
Raghuvirsahay 164
Raimund, Ferdinand 70
Rapp, Georg 96, 164
Rauner, Liselotte 164
Rauter, E.A. 164
Ravenel, Iris 164
Reboul, Antoine 164
Rehfisch, Hans J. 125
Reich-Ranicki, Marcel 95–96, 164–165
Reichert, Klaus 145, 153
Reimann, Max 62
Reinshagen, Helmhold 164
Remus, Pierre 126
Renn, Ludwig 88–89
Rennert, Jürgen 164
Retzlaw, Karl 164
Reznicek, Emil N. 126
Rheinsberg, Anna 96, 164
Richter, Horst-Eberhard 164
Ricke, Gabriele 164
Ridder, Dorothea 165
Riechers, Cornelia 165
Rilke, Rainer Maria 88,126
Rindl, Peter 165
Ringel, Erwin 165
Rischbieter, Henning 97
Ritter, Roman 123
Rodin, Auguste 89, 91
Roeder, Anke 96
Rokeah, David 17, 96, 135, 139, 165
Rose, Romani 165
Rothe, Hans 145, 153
Rothschild, Thomas 96
Rothziegel, Leo 126
Rühmkorf, Peter 96
Russel, Bertrand 63
Sachs, Nelly 64
Sagredo, Nilo 165
Salvatore, Gaston 96, 165
Samson, Frederic 165
Sarrazin, Gregor 154
Schaff, Adam 63, 67
Schallück, Paul 165
Scharrer, Manfred 96, 165
Schaukal, Richard 134
Schenk, Johannes 97, 123, 165
Scherrer, Wennemar 165
Schindler, Sigrid 165
Schlamm, William S. 69
Schlegel, August Wilhelm 146–149, 152–154
Schlette, Klaus 146
Schley, Martin 165
Schlösser, Manfred 165
Schmeier, Hans 53, 60, 104

Schmidt, Alexander 154
Schmidt, Alfred 68
Schmidt, Burghart 165
Schmied, Wieland 97
Schneider, Theo 165
Schnetz, Wolf Peter 166
Schnittger, Klaus Thomas 166
Schnitzler, Arthur 126
Schnurre, Wolfdietrich 166
Schoeck, Helmuth 166
Schoenbaum, Samuel 154
Schoenberner, Gerhard 166
Schönweger, Matthias 166
Schönwiese, Ernst 96, 166
Schütt, Peter 166
Schuller, Frieder 166
Schumacher, A. 153
Schwendter, Rolf 97
Seeger, L. 152
Shahak, Israel 95, 166
Skaked, Zora (s. Keran, Z.)
Shakespeare, William 17, 71, 133, 135–136, 139, 145–154
Shdanov, A.A. 63
Shephard, Ann 123
Sieff, Anath 166
Sigel, Kurt 166
Sigrist, Christian 128
Simrock, Karl J. 152
Smiljeníc, Radomir 166
Smith, C. Busby 95, 97–99, 178
Smith, T.W. 154
Sölle, Dorothea 166
Soldi, Anni 123
Sommer-Bodenburg, Angela 166
Sonnemann, Ulrich 166
Soyfer, Jura 34, 71, 73, 78–79, 126
Spiel, Hilde 97, 111, 118, 125, 166
Spranger, Otto 95, 97, 109
Stadler, Robert 166
Staub, Herta F. 166
Stefan, Verena 95, 97
Stehl, Lutz 166
Stein, Gerd 166
Stein, Malvine 19, 85
Steindl-Rast, David 166
Steiner, Franz Baermann 37, 95, 97, 101–102
Steiner, Herbert 97, 166
Steinke, Udo 166
Steinwachs, Ginka 97, 123, 166
Stern, Carola 166
Sternberg, Judith 89-90
Sternfeld, Wilhelm 37, 97
Stiller, Niklas 166
Stingl, Kiev 97, 166
Stoessl, Otto 126
Storck, Joachim W. 166
Stotz-Stroheker, Tina 166
Strasser, Ferdinand 34
Strauss, Franz Josef 61
Struck, Karin 95, 97, 166
Stückrath, Jörn 166
Suchy, Viktor 166
Suhr, Elke 166
Sukarno 63
Suttner, Bertha von 126
Swoboda, S. 86
Syniavsky 63
Taëni, Rainer 166
Tandler, Julius 126
Tarnowski-Seidel, Heide 166
Tarsis, Valerij 63
Tausig, Otto 77, 79, 89-91, 97
Tergit, Gabriele 102
Tesevic, Drago 166
Tetzner, Gerti 166
Teuter, Abraham 166
Thomas, Dylan 17, 43, 70, 76, 80, 101, 135, 139
Thomson, Stewart 166
Tieck, Dorothea 153
Tieck, Ludwig 145–146, 152–154
Tito, Josip B. 63, 66–67, 69
Tobien, Hubertus von 166
Törne, Volker von 166
Togliatti, Palmiro 66
Toller, Ernst 34
Traversi, D.A. 154
Trebitsch, Arthur 126
Treulieb, Jürgen 166
Tuchatschewski, Michail N. 60
Tumler, Franz 166
Übel, Oskar 33–34
Uhlenbruck, Gerhard 166
Ulbricht, Walter 59–60, 63, 65
Unseld, Siegfried 97
Unterweger, Jack 97
Valentin, Veit 134
Van Het Reve, Gerhard-Kornelis 166
Vedernjak, Del 166
Verkauf-Verlon, Willy 166
Viehoff, Heinrich 152, 154
Viertel, Berthold 88–89, 123
Völker, Werner 166
Voß, Heinrich 145, 152
Wagenbach, Katia 96
Wagenbach, Klaus 95, 97, 168
Waibel, Marita 168
Wallisch, Koloman 126
Walter, Fritz 32
Walter, Otto F. 97
Wandrey, Uwe 97
Wehner, Herbert 64, 67
Weidinger, Andreas 168
Weigel, Hans 41, 75, 97, 107
Weinzierl, Ulrich 97
Weiss, Peter 62, 100–101, 167–168
Weiss, Victor 63
Weizsäcker, Carl Friedrich von 65
Weizsäcker, Richard von 95, 97, 101–102, 118
Wells, Herbert George 70
Welser, J.L. 83
Wenzel, Hans-Eckardt 168

Werfel, Franz 88–89
Wesker, Arnold 80
West, Arthur 89-91, 97, 106, 123, 168
West, Edith 89-90
Weyrauch, Wolfgang 95, 97, 123, 168
Widder, Bernhard 168
Widmer, Walter 168
Wieland, Christoph Martin 145–146, 152
Wildbrand, Adolf 152
Wilder, Thornton 76, 80
William, Carlos W. 101
Wilson, Harold 63
Windhausen, Wolfgang 168
Winter, Gunild Regine 168
Wiplinger, Peter Paul 123, 168
Wirpsza, Witold 168
Wittdorf, Jürgen 61
Wolf, Christa 63, 167–168
Wolf, Gerhard 168
Wolf, Hugo 126
Wolf, Winfried 168
Wolff, Max J. 154
Wollschläger, Hans 97
Wysocki, Gisela von 168
Young, Douglas 168
Zadek, Peter 95, 97, 99
Zadek, Walter 97
Zahl, Peter-Paul 97, 105–106, 112, 125, 168
Zimmer, Dieter E. 168
Zioghas, Wassili 99
Zollitsch, Ludwig 168
Zürcher, Gustav 168
Zweig, Arnold 64
Zweig, Stefan 126
Zwerenz, Gerhard 63, 97, 168
Zwerenz, Ingrid 97
Zywulska, Krystyna 168

# Verlag Turia & Kant

1 Walter Gartler: Unglückliche Bücher oder Die Marginalität des Realen. Untersuchungen im Vorfeld des deutschen Idealismus. DM 24,–/SFr 24,50/öS 170,–
2 Gottfried Liedl: Al-Hamra'. Zur spanisch-arabischen Renaissance in Granada, Bd.1. DM 24,–/SFr 24,50/öS 170,–
3 Manfred Rösner, Alexander Schuh (Hg.): Augenschein – ein Manöver reiner Vernunft. Zur Reise J.G. Forsters um die Welt. DM 24,–/SFr 24,50/öS 170,–
5 Otmar Kollmann: Das Prooimion der ersten Pythischen Ode Pindars. Ein sprachlich-poetischer Kommentar. DM 26,–/SFr 26,50/öS 190,–
6 Libanios (Hg. Fatouros, Krischer): Antiochikos. Zur heidnischen Renaissance in der Spätantike. DM 49,–/SFr 49,–/öS 346,–
9 Weiland/Pircher (Hg.): Mythen der Rationalität. Denken mit Klaus Heinrich. DM 26,–/SFr 26,50/öS 190,–
10 Eva Meyer: Der Unterschied, der eine Umgebung schafft. Kybernetik – Psychoanalyse – Feminismus. DM 10,–/SFr 10,40/öS 70,–
11 Ludwig Wittgenstein: Geheime Tagebücher 1914–1916. hg. und dokumentiert von Wilhelm Baum. DM 29,–/SFr 29,40/öS 198,–
13 Walter Seitter: Unzeitgemäße Aufklärung. Franz Grillparzers Philosophie. DM 34,–/SFr 34,20/öS 238,–
14 Rike Felka: Psychische Schrift. Freud – Derrida – Celan. DM 36,–/SFr 36,20/öS 248,–
15 Cornelius Castoriadis u.a.: Die Institution des Imaginären. Zur Philosophie v. C. Castoriadis. DM 34,–/SFr 34,20/öS 238,–
17 Michael Benedikt: Heideggers Halbwelt. Vom Expressionismus der Lebenswelt zum Postmodernismus des Ereignisses. (dzt. vergriffen)
18 Ambros/Glantschnig (Hg.): Lektion der Dinge. 33 Autorinnen. DM 34,–/SFr 34,20/öS 238,–
19 Tumult 15: Franzosen. DM 26,–/SFr 26,50/öS 190,–
20 Benedikt, Baum, Knoll (Hg.): Verdrängter Humanismus – verzögerte Aufklärung. Österreichische Philosophie 1750-1820. DM 68,–/SFr 67,70/öS 470,–
21 Eikon: Internationale Zeitschrift für Photographie und Medienkunst, Hg. Carl Aigner. DM 26,–/SFr 26,50/öS 190,– (Bis Herbst 1993 sechs Bände)
23 Lucas Cejpek (Hg.): Nach Musil. Denkformen. DM 34,–/SFr 34,20/öS 238,–
24 Rüdiger Hentschel: Sache selbst und Nichtdenkungsgedanke. Husserls phänomenologische Region bei Schreber, Adorno und Derrida. DM 29,–/SFr 29,40/öS 198,–
25 Klaus Hamberger: »Mortuus non mordet«. Kommentierte Dokumentation zum Vampirismus 1698-1791. DM 36,–/SFr 36,20/öS 248,–
26 Klaus Hamberger: Über Vampirismus. Krankengeschichten und Deutungsmuster 1801-1899. DM 36,–/SFr 36,20/öS 248,–
27 Tumult 16: Ernst Kantorowicz. DM 26,–/SFr 26,50/öS 190,–
28 Slavoj Žižek: Der erhabenste aller Hysteriker. Psychoanalyse und die Philosophie des deutschen Idealismus (2. erweiterte Auflage). DM 36,–/SFr 36,20/öS 248,–
29 Werner Michael Schwarz: Kino und Kinos in Wien. Eine Entwicklungsgeschichte bis 1934. DM 36,–/SFr 36,20/öS 248,–
30 Slavoj Žižek (Hg.): Ein Triumph des Blicks über das Auge. Psychoanalyse bei Hitchcock. DM 36,–/SFr 36,20/öS 248,–
31 Walter Gartler: Feindesliebe. Szientismus und Paranoia in Fichtes Wissenschaftslehre. DM 32,–/SFr 32,30/öS 224,–
32 Gottfried Liedl: Dokumente der Araber in Spanien. Zur spanisch-arabischen Renaissance in Granada, Bd. 2. DM 32,–/SFr 32,30/öS 224,–
33 Dorer/Marschik/Glattau: Medienverzeichnis 1992/93. Gegenöffentlichkeit und Medieninitiativen in Österreich. DM 36,–/SFr 36,20/öS 248,–
34 Yvonne Rainer: Die Filme der Yvonne Rainer. Deutsche Ausgabe, hg. v. Kunstverein München. DM 38,–/SFr 38,10/öS 268,–
35 Michael Benedikt: Philosophische Politik? DM 42,–/SFr 42,–/öS 298,–
37 Slavoj Žižek: Mehr-Genießen. Lacan in der Populärkultur. DM 17,–/SFr 17,60/öS 120,–
38 Miran Božovič: Der große Andere. Gotteskonzepte in der Philosophie der Neuzeit. DM 17,–/SFr 17,60/öS 120,–

39 Rado Riha: Reale Geschehnisse der Freiheit. Zur Kritik der Urteilskraft in Lacanscher Absicht. DM 17,–/SFr 17,60/öS 120,–

40 Peter Mlakar/Laibach: Reden an die deutsche Nation. Mit den Ansprachen der »Laibach«-Konzerte. DM 17,–/SFr 17,60/öS 120,–

41 Michael Turnheim: Freud und der Rest. Zur Geschichte der Psychoanalyse. DM 32,–/SFr 32,30/öS 224,–

42 Karl Stockreiter: Narzißmus und Kunst. Das erotische Bündnis der ästhetischen Illusion. DM 36,–/SFr 36,20/öS 248,–

43 Gerhard Grössing: Das Unbewußte in der Physik. DM 38,–/SFr 38,10/öS 268,–

44 Walter Pamminger: Architektur der Bewegung. DM 26,–/SFr 26,50/öS 190,–

45 Tumult 17: Osten. DM 26,–/SFr 26,50/öS 190,–

46 Eva Waniek: Hélène Cixous. Entlang einer Theorie der Schrift. DM 24,–/SFr 24,50/öS 170,–

48 Matthias Marschik: Poesietherapie. Therapie durch Schreiben? DM 49,–/SFr 49,–/öS 346,–

49 Johanna Dorer / Matthias Marschik: Kommunikation und Macht. Public Relations – eine Annäherung. DM 26,–/SFr 26,50/öS 190,–

50 Das Fremde – Der Gast. Hg. v. Wolfgang Pircher in Zusammenarbeit mit dem Offenen Kulturhaus Linz. DM 42,–/SFr 42,–/öS 298,–

51 Kurt Ryslavy: Die Fährnisse des menschlichen Vorstellungsvermögens als Funktion: Kunst. DM 28,–/SFr 28,40/öS 190,–

52 Georg Rigele: Die Wiener Höhenstraße. Autos, Landschaft und Politik in den dreißiger Jahren. DM 34,–/SFr 34,20/öS 238,–

53 Ralf Rother: Wie die Entscheidung lesen? Zu Platon Heidegger und Carl Schmitt. DM 29,–/SFr 29,40/öS 198,–

54 Tumult 18: Georges Dumézil (1898—1986). DM 26,–/SFr 26,50/öS 190,–

55 Hans-Dieter Bahr: Tropisches Denken mit gespaltener Zunge. Phänomenologische Landschaften. DM 32,–/SFr 32,30/öS 224,–

56 Mladen Dolar u.a.: Kant und das Unbewußte (Wo Es war 4). DM 17,–/SFr 17,60/öS 120,–

58 Wilhelm Baum: Wittgenstein, Rilke und Ludwig von Ficker. Über die Schwierigkeit, einen Verleger für den »Tractatus logico-philosophicus« zu finden. DM 10,–/SFr 10,40/öS 70,–

59 Wilhelm Baum: Reichs- und Territorialgewalt. Königtum, Landesfürsten und Eidgenossen im späten Mittelalter. DM 42,–/SFr 42,–/öS 298,–

60 Hermann Noordung: Das Problem der Befahrung des Weltraums (1929). DM 42,–/SFr 42,–/öS 298,–

61 Slavoj Žižek: Verweilen beim Negativen. DM 42,–/SFr 42,–/öS 298,–

62 Otto Rank: Der Doppelgänger. DM 26,–/SFr 26,50/öS 190,–

63 Jacques Allain Miller u.a.: Von einem anderen Lacan. DM 26,–/SFr 26,50/öS 190,–

64 Reinhold Knoll / Helmut Kohlenberger: Gesellschaftstheorie. Ihre Entwicklungsgeschichte als Krisenmanagement in Österreich. Bd. 1: 1850-1938. DM 42,–/SFr 42,–/öS 298,–

65 Tumult 19: Synanthropen. DM 26,–/SFr 26,50/öS 190,–

66 Friedrich Nietzsche: Ich und meine Schwester. Das Werk aus der Nervenklinik. DM 48,–/SFr 48,–/öS 338,–

**Verlag Turia & Kant**
**A-1190 Wien, Weinberggasse 17**
**Tel. 043/1/597-70-92**
**Fax: 043/1/596-29-40**